안수길 소설의 근대성 연구

김영희

충북 옥천군 청산 출생
문학박사. 소설가
대전대 충북대 외래교수
대전대 평생교육원 독서논술. 한국어지도 전임강사
대전시 평생교육문화센타 전임강사
평생교육진흥연구회 독서논술 전임강사

▶저서
소설집 <하얀봄날의 이야기 >
인터넷 연재소설 <잃어버린 소리>
독서지도서 <책읽기를 좋아하는 아이로 키우는 부모의 지혜>
독서논술교재 <토론과 국어기초> <논술내친구 - 전 6권>
공동집필 <독서지도의 이론과 실제> <초등논술교과서>
한글지도서 <한글지도의 이론과 실제>

안수길 소설의 근대성 연구

김영희 지음

국학자료원

머리말
안수길 소설을 통해 본 작가의식

필자가 안수길 소설 『북간도』를 처음 접한 건 고등학교 2학년 여름 방학 때였다. 당시 필자는 '문학소녀'란 별명이 붙은 엉터리 문학도였다. 그래도 딴엔 소설가의 꿈을 안고 제8회 '여학생 문학상'에 단편소설 「칠성바위」를 응모했었다. 그런데 용케도 당선이 됐고, 그 때 심사위원이 안수길 선생님이셨다. 하지만 안타깝게도 시상식엔 참석하지 못했다. 후에 집으로 도착한 작품이 담긴 책 속에서 베레모를 쓰신 선생님을 처음 뵙게 된 것이다. 그 날의 감동은 지금도 생생하다. 국어 선생님은 좋은 작품을 쓰는 작가가 되라고 하셨고 어머닌 집안에 문장가가 났다고 좋아하셨다.

그러나 지금도 그 날 안수길 선생님과 여러 작가들을 직접 뵙지 못하고, 뽑아주신 선생님께 보답하지 못한 것이 못내 아쉽다. 나는 그 후 가슴 한켠에 남은 애석함을 선생님의 작품을 접하며 달랬다. 『북간도』를 시작으로 『북향보』, 『북원』 등 많은 작품을 탐독했고, 그러면서 우리 근대사와 만주를 알게 되었다. 어렴풋하게나마 민족의식이 무엇인가란 생각도 해보았다.

1976년 안수길 선생님의 부음을 방송으로 접했을 때, 문득 가슴 깊은 곳에서 흐르는 듯한 서늘한 물줄기를 느꼈다. 그리고 삼십여 년이 지난 지금에야 그 때 묻어두었던 애틋함으로 선생님의 작품을 하나하나 다시 만나고 있는 것이다. 뭔지도 모르고 읽었을 어린 시절 보다야 좀 나아졌겠지만 솔직히 선생님의 작품을 내 능력으로 말한다는 것은 선뜻 자신이 없다. 그러나 작품을 통해서라도 그 분을 더 가까이 만나고, 그 분의 의식, 삶 등을 들여다보고 싶었던 것은 진심이다. 이렇게라도 막연했던 문학소녀의 꿈에 푸르른 희망을 주고 끝내 소설가의 길을 걷게 해 준 그 분께 내 마음을 드리고 싶은 거다.

작가는 작품으로 말할 수밖에 없는 존재다. 그렇다면 결국 작품은 작가를 말하는 것이다. 이런 면에서 나도 지금 안수길 선생님을 만나고 있는 것이다. 『북간도』 속에는 선생님의 만주 체험과 작가로서의 의식이 형성된 과정이 고스란히 녹아있고, 선생님의 민족적 생존 논리와 저항의식이 담겨 있다.

선생님은 작품을 통해 우리 민족의 생존 방식과 순응적인 삶의 방향을 제시했으며 당시의 현실을 정확하게 인식하고 있다. 동시에 우리 민족의 갈 길을 안내하고 있다. 즉 안수길 선생님은 확고한 민족주의자이며 우리 민족의 생존 방식을 작품 속에서 말하고 있는 것이다.

고아한 선비로 추앙 받기에 부족함이 없는 선생님을 늘 마음속에 담아두었다가 이렇게 글로써 그 마음을 표현하려니까 부족함이 너무 커 송구스럽기가 이를 데 없다. 그러나 이렇게라도 스스로 마음을 정리할 수 있어서 행복하다, 특히 이렇게 할 수 있는 기회를 주시고 그동안 많은 지도를 해주신 송기한 교수님께 깊은 감사를 드린다. 아울러 빈약한 글을 책으로 엮어준 출판사와 편집부 여러분께 고마움을 표한다.

2009년 5월

김 영 희

차례

1. 연구사 검토

안수길은 1935년『조선문단』속간 기념 현상 모집에 단편「赤十字病院長」과 꽁트「붉은 목도리」가 함께 당선 되면서 본격적인 창작생활을 시작했다. 이후 그는 1977년 작고하기까지 100여 편에 달하는 방대한 양의 작품들을 남겼다.

안수길에 관한 연구는 양적인 면에서는 상당한 성과를 보여주고 있다.『북간도』가 발표되면서 그의 문학에 대한 논의가 시작되었으나, 대부분『북간도』를 읽고 쓴 간단한 리뷰나 독후감 정도에 그치고 있다. 이후『북간도』가 완성되면서 당시의 평자들에 의해 다시 주목을 받기 시작했으나, 이때의 평가 역시 대부분 간도를 배경으로 민족의 고난을 그린 작품이라는 다소 한정적인 관점을 벗어나지 못하고 있다.[1] 이러한 단편적인 평가에서 벗어나 본격적인 연구가 시작된 것은

---

[1] <북간도>가 처음 발표되던 시기의 <북간도>와 관련된 연구는 다음과 같다.
　곽종원, 「다시 기교면의 요령」,『사상계』통권 74호, 1959. 5.
　백　철, 「또 하나의 리얼리즘」,『사상계』통권 74호, 1959. 5.
　선우휘, 「이것은 명편이다」,『사상계』통권 74호, 1959. 5.
　최일수, 「기념비적 역작」,『사상계』통권 74호, 1959. 5.

1970년대 이후이며, 특히 학술적인 연구로 다채로운 성과를 보인 것은 1980년대 이후이다.

안수길은 처음부터 리얼리즘에 기초한 작법으로, 작품에서 일제 시기 만주에서 펼쳐지는 조선 이주민들의 삶을 통해 한국근대사의 비극을 형상화 하였고, 전후 한국 사회의 부조리한 현실 및 사회적 문제들을 예리하게 파헤쳤다. 특히 한국현대문학사에서 '만주의 대서사시'[2]라 평가되는 장편소설 『북간도』를 통해 안수길은 리얼리즘 작가로서의 성숙된 면모를 보여주고 한국 리얼리즘 문학의 발전에 크게 기여했다.

역사적으로 리얼리스트들의 시류에 대한 저항은 매우 구체적이다. 그들은 생활 소재가 지닌 여러 가지 특징을 예술적으로 극복하여, 예술적으로 생동하게 만들 수 있는 경향들을, 바로 구체적으로 찾으려고 노력했다.[3] 안수길은 자신의 실제 체험에 기초하여 현실적이고 능동적인 인간을 작품 속에 부각시킴으로써, 여느 작가들의 만주를 소재로 한 작품들과는 다른 면을 보여주고 있다. 즉 만주에 대한 관념성이나 추상성 혹은 기이한 상상에서 벗어나 일제시기 조선 이주민들의 수난과 고투의 현장을 생생하고 리얼하게 형상화 하고 있다. 그러므로 그의 문학은 '간도문학', '개척문학'이라는 수식어가 따라 다닌다. 만주 체험은 안수길 문학의 출발점이자 귀착점이고 안수길 문학의 원천이다. 그처럼 만주 이주민들의 삶을 깊게 이해하고 있는 작가도 드물고, 그만큼 만주를 사랑하고 깊은 곤심 속에 그곳 이주민들의 삶을 기린 작가도 없다고 본다. 이로써 안수길의 한국현대문학사에서의 위치도

백　철,「기성작가의 항변 <북간도> － 4,5월 작품 best의 순위」, 《동아일보》, 1959. 5. 22.
최일수,「한계 상황의 인간－7월의 창작평」,『사상계』, 1959. 8.
2) 김윤식 · 김현,『한국문학사』, 민음사, 1973년, 382쪽
3) G · 루카치(조정환 옮김),『변혁기 러시아의 리얼리즘 문학』, 동녘, 1986, 222~223쪽.

확고해진다.

안수길은 등단 후부터 作故하기까지 40여 년간을 줄곧 창작으로 일관하였다. 생계를 위해 직장을 가진 기간은 전 생애의 3분의 1도 안 될 만큼 짧은 기간이었다고 한다. 그러므로 그는 투철한 작가정신만으로 일생을 산 작가라고 볼 수 있다. 제자를 받거나 신인 작가를 추천할 때도 작가로 한평생을 할 수 있는 사람, 작가를 업으로 할 수 있는 사람을 선정했다고 한다. 그는 언제나 작가라는 사명의식을 가지고 초지일관하였다. 어느 시대든 어떤 정치단체나 조직, 문단 파벌에 가담하지 않고 '한 마리의 고고한 학(鶴)'[4]처럼 '선비처럼 무욕과 청빈한 생활'[5]을 하였다. 일생동안 작가로서의 사명에 충실하며 살다 간 작가로서, 안수길의 문학자적 자세는 문학인들의 좋은 본보기가 될 것이라고 생각한다.

그러나 안수길이 차지하고 있는 문학사적 위치에 비해 전반적이고 객관적인 연구는 아직 충분히 이루어지지 않고 있다. 여기에는 여러 가지 원인이 있겠지만 무엇보다도 그의 작품에 대한 개관적인 분석과 작품 배경에 대한 세밀한 분석 없이 표면적인 면에 더 큰 비중을 둔 선입견이 작용한 점을 지적할 수 있다. 또한 전기 작품[6]을 만주국 국책에 부응한 '만주국 국책문학'으로 일축하고 있다는 것도 원인이다. 즉 그의 작품이 당시 조선 국내 작가들의 친일 경향과 오십보백보의 차이

---

4) 유현종,『고고(孤高)했던 학(鶴)』,『현대문학』, 1977, 7. 16쪽.

5) 박용숙,『가난 속에 꽃피운 산문정신』, 작가연구 제2호, 1996, 새미, 159쪽

6) 안수길의 작품에서 만주체험을 소재로 한 작품을 대상으로 안수길이 만주에서 창작하고 그곳에서 발표한 작품은 前期 작품으로 보고 광복 후 월남하여 만주체험을 형상화한 작품을 後期 작품으로 보고자 한다. 이는 단순히 만주체험을 대상으로 하기 때문에 前期와 後期의 시간적 거리와 이로 인한 작가 정신의 성숙을 분류 기준으로 했다.(박은숙,「안수길 소설 연구」, 성균관대, 2002.)

라고 판단했고, 그런 왜곡된 시각에 따른 부작용이고 그 시기 만주에서 활동한 조선인 문인들을 낮게 평가한 결과로도 보인다. 단지 만주국 통치하에서 문인들이 활동했고, 간도 벽지에서 신진 작가들이 창작을 했다는 이유로 그들의 창작활동을 평가절하 하거나 한국근대문학의 아류로 과소평가하려는 경향이 이런 결과를 초래했다고 볼 수 있다. 이는 중앙문단이라고 하는 서울 문단과 이를 추종하는 문인들의 편견이라고 할 수 있다.

안수길의 기존 연구를 살펴보면 문학사적 고찰, 작가론이나 작품론적 관점, 간도문학연구사의 측면으로 대별할 수 있다. 먼저, 문학사적인 고찰 부분의 연구 성과를 살펴보자.

김윤식과 김현은 『북간도』를 '안수길 혹은 만주의 대서사시'[7]라고 하면서 이 작품의 주제는 땅에 대한 농민들의 애착과 강렬한 민족의식이라고 하였다.

이재선은 『북간도』에 대한 체계적인 분석을 한 다음 '당대 한국문학에서 역사소설의 한 획을 긋고 있다'[8]고 하면서 전기 작품과 『북간도』를 비교하고 있다. 그러면서 땅과 민족 교육 문제에서 작가의 변화를 지적하고, 민족의 근대 — 현대사에 대한 의지와 통찰의 영역을 넓혀 주었다는 긍정적인 평가를 하고 있다. 한편 작품의 유기적 연계가 흐트러진 점과 인물 또는 가계의 성격적인 연계가 부권적인 위계의 상호 접속으로 이루어지고, 도식적으로 제시됨으로써 역사관 자체를 단순화하고 기계적이게 한 점을 한계로 지적하고 있다.

김윤식과 정호웅은 북간도에 이주한 세 집안의 4대에 걸치는 가족사를 통해 한민족의 생존방식을 탐구하고 그 역사를 재구성한 5부작

---

7) 김윤식 · 김현, 위 책, 382~9쪽.

8) 이재선, 『현대한국소설사(1945~1990)』, 민음사, 1991년, 329쪽.

의 대작으로 '민족문학의 가장 확실한 거점의 하나'[9]라고 평가했다.

권영민은『북간도』가 한국의 농민들이 지니고 있는 땅에 대한 애착과 그 저류에 흐르고 있는 민족의식을 대하적인 구성을 통해 구체적으로 형상화하여 식민지시대 민족사의 또 다른 면모를 소설적으로 재현함으로써 대하 장편소설의 새로운 가능성을 보여주었다[10]라고 평하고 있다.

안수길의 작품『북간도』는 문학사에서 민족문학이라는 긍정적 의미를 부여받고 있는데, 이것은 동시에 안수길의 문학사적 위상에 대한 평가이기도 하다. 위의 연구자들은 이 장편소설의 작품 구성을 형식적 특징과, 땅에 대한 농민들의 애착이라는 내용적 면에 주목하고 있다. 이는 70년대 박경리, 황석영 등 작가들의 대하장편소설의 출현을 위한 전 단계로서 의미를 부여하는 것으로 이해되기도 한다. 그러나 작가의 전기 만주 체험 작품에 대한 고찰은 상당 부분 결여되어 있다. 그러므로 만주체험 작품에서 보이는 작가의 인식 변화와 역사의식 성숙 과정에 대해서는 규명하지 못하고 있다. 이는 안수길이라는 작가의 특이성과 작가가『북간도』의 배경과 이 작품을 창작한 동기에 대한 인식이 부족한 때문이라고 본다.

두 번째, 작가론이나 작품론적 관점의 연구 성과를 살펴보자.

백철은『북간도』가 '사실에 토대한 또 하나의 리얼리즘문학'[11]이라고 평가하였고, 최일수는『북간도』를 평해 안수길의 '작품 계열 가운데서 독특하리만치 기념비적인 작품이'며 또한 '신(新)사실주의 정신이 그 내면에 하나의 사상적인 밑받침으로써 흐르고 있음'[12]을 볼

---

9) 김윤식 · 정호웅,『한국소설사』, 도서출판 예하. 1993년, 378쪽.

10) 권영민,『한국현대 문학사』, 민음사, 1993년, 149쪽.

11) 백 철,「또 하나의 리얼리즘」,『사상계』, 1959년, 5. 331쪽.

수 있다고 하였다. 백낙청은 '젊은 세대의 자만 가득한 허무주의나 많은 선배의 피곤한 허무주의 틈에서 오히려 청신한 인상을 주는 것이 사실13)'이라고 말하며, 앞의 연구자들과 같이『북간도』의 리얼리즘적 성과를 긍정적으로 평가하고 그것의 시대적 의미를 지적하고 있다.

그러나 위의 단편적인 고찰들은 이 작품이 발표 직후의 짧은 서평으로 작품에 대한 세밀한 분석을 동반하지 않은 한 편의 독후감이나 감상에 그치고 있다는 점이 아쉬움으로 남는다.

김우창은『북간도』의 민족적 주체성 논의에 대한 기여를 지적14)하였고 신동한은 '『북간도』는 우리나라 민족 문학의 초석'이라고 하며 이 작품의 민족 문학적 성격과 그 의미를 높이 평하고 있다.

한기형은『북간도』의 주제는 '민족적 휴머니즘'이라 하며 이 작품이 드러내는 사실성의 설득력 결여와 역사 사실이 인물들의 성격을 압도한 나머지 인물의 성격이 살아나지 못함을 한계점으로 지적15)하고 있다.

이주형은 이 작품이, 만주에서의 민족 문제를 작품 전체를 통해 사적으로 다룬 1950년대 말 – 60년대 후반의 작품인 것이 특별히 중요하다고 하였다. 반면 만주국 시기 이주민들의 생활을 누락하고 있는 점, 인물 전형성의 문제, 화자의 역사-강담사 같은 서술 기법 등을 문제점으로 지적16)하고 있다.

이 연구 논문들은 비교적 냉철하고 객관적인 태도로『북간도』를 분

---

12) 최일수,『사상계』, 1959, 5. 329쪽.

13) 백낙청,「스케일이 큰 민족사의 기록」, ≪東亞日報≫, 1967. 10. 28.

14) 김우창,「민족주체성의 의미」,『궁핍한 시대의 시인』, 민음사, 1989년, 196~7쪽

15) 한기형,「역사의 소설화와 리얼리즘」,『한국전후문학연구』(조건상 편), 성균관대학교 출판부, 1993년, 147쪽.

16) 이주형,「<北間島>와 북간도 민족사의 인식」,『작가연구』, 위 책, 72쪽.

석하여 만주 조선 이주민들의 삶을 증언한 민족 문학적 성격에 주목하면서 의미를 부여하는 한편 문제점도 지적하고 있다. 그러나 『북간도』한 편의 작품에만 국한하다 보니 안수길의 만주체험 작품에 대한 전반적인 고찰에서 얻을 수 있는 작가의 만주 체험 작품의 특징 및 작가의 의식 변화에 대한 깊은 고찰이 보이지 않는다. 이것은 또 다른 아쉬움으로 남는다.

세 번째, 간도문학연구사의 측면과 관련한 연구 성과들인데, 이는 주로 前期 만주 체험문학에 대한 연구들이 대부분이다.

오양호는 안수길의 전기 만주 체험 작품에 주목하면서 그의 간도 이민 소설은 자신의 체험을 바탕으로 하여 쓴 것으로 설득력을 얻고 있으며, '당대 한국 문학 작품 중에서 가장 강력한 민족의 지향 의지를 형상화 한 작품'[17]이라 했다. 그리고 안수길과 더불어 일제 시기 만주에서 활동한 문인들의 작품과 그 배경에 대한 객관적이고 폭넓은 고찰을 토대로 새로운 연구가 이루어져야 하며 일제시기 암흑기의 한국문학은 응당 간도를 중심으로 써야 한다는 주장을 제기했다.

민현기는 안수길의 전기 작품은 일제시기 친일문학의 독성에 깊이 침윤된 대부분의 국내 문인들의 작품과는 달리 비교적 건실한 민족주의적 성격을 보여준다고 하면서 '소위 암흑기 한국 문학사의 공백을 채워주는데 가치가 있을 뿐만 아니라, 한국 민족의 정신적 성장 과정을 문학을 통해서 통찰하는 데도 훌륭한 자료가 되고 있다'[18]고 평가했다.

---

17) 오양호, 『한국문학과 간도』, 문예출판사, 1988, 65쪽.
　　　　『일제 강점기 만주조선인문학 연구』, 문예출판사, 1996.
18) 민현기, 「안수길의 초기소설과 간도체험」, 『한국 근대소설과 민족 현실』, 문학과 지성사, 1989, 325쪽

전성호는 안수길의 전기 소설이 이주민들의 수난의 역사를 심도 있고 리얼하게 형상화하여 그의 '후기 대작 창작의 밑거름'[19]이 되었다고 의미를 부여하는 한편, 안수길은 시대에 대한 투철한 인식이 부족하고 안일한 창작 태도로 이주 농민들의 비참한 현실에 대한 부각이 결여되어 있다고 지적하고 있다.

김호웅은 안수길의 전기 작품이 '만주국의 시책에 순응하면서 민족의 활로를 찾으려 한 작품'[20]이라며 민족의 정착에 내포된 본질 즉 더 큰 유랑의 의미를 간과함으로써, 현실에 대한 깊은 통찰력과 역사에 대한 거시적인 안목이 결여되었음을 지적하고 있다. 하지만 '더 큰 유랑의 의미'가 무엇이며 그것이 후일 이주민들의 삶에 어떤 영향을 미쳤는지에 대해서는 언급이 없다.

조정래는 안수길의 전기 만주 체험 작품은 만주라는 특수한 배경의 심각성을 체험으로 인식하고 농민의 삶이 특수한 환경과 교호하는 제 국면을 생생하게 드러냈다는 점을 지적하며 '농민소설로써 지니는 문학사적 의미'[21]가 큼을 긍정적으로 평가했다. 그러나 이주 농민을 소재로 한 작품에만 한정하여 다른 소재의 작품과의 연관성 및 후기 작품과의 관계에 대한 연구는 결여되어 있다.

오상순은 안수길의 전기 작품을 비롯한 당시 재만 문인들의 작품이 일제 말기의 만주 현실에 대해 고발과 증언을 하고 있는 한편 작가들의 세계관과 일제의 검열 제도 때문에 현실에 순응하거나 친일 경향을 보이는 등 작가들의 심리적 동요와 의지의 나약성 등을 드러내고 있다[22]고 지적하고 있다.

---

19) 전성호, 『중국 조선족 문학 예술사 연구』, 이화, 1997, 316쪽
20) 김호웅, 『재만 조선인 문학연구』, 국학자료원, 1998년, 140~168쪽.
21) 조정래, 『한국근대사와 농민소설』, 국학자료원, 1998년, 197쪽.

최만봉[23]은 안수길의 문학관 형성과 간도체험간의 상관관계를 고찰하고,『북간도』의 근대성 수용양상과 인물유형의 특징을 파악한 후,『북간도』가 지닌 작품의 주제의식과 한국문학사적 의의와 한계를 연구하였다. 최만봉의 연구는 안수길의『북간도』를 내재적 관점과 반영론적 관점을 동시에 수용하여 종합론적 관점에서 편견이나 선입견에 치우치지 않고 객관적으로 작품을 분석, 검토하였다. 그러나 연구 대상을『북간도』에 한정시킴으로써 안수길 문학의 전반적 의의를 도출해 내지 못한 한계를 보였다.

이미경[24]의 연구 역시 사회학적 방법을 중심으로 소설 속 인물을 분석함으로써 작품에 내재된 작가의식을 축출하였으나, 최만봉의 연구와 같이『북간도』만을 텍스트로 삼아 분석함으로써 지엽적 연구 결과를 내놓고 있다.

박창순[25]은 안수길의『북간도』를 대상으로 인물 유형과 작품 배경에 대한 고찰을 거쳐 작가의 새로운 인물 유형을 창조하기 위한 노력을 긍정하면서 이 작품이 1950년대 이후의 한국 소설의 방향성을 결정한 의미 있는 작품이었다고 높이 평가했다. 그리고 시간적 배경과 공간적 배경에 대한 고찰을 통해 작가의 당시 이주민들의 삶에 대한 깊이 있는 고찰을 못한 점이 한계로 남는다고 지적했다. 그는 작가의 재만 시절의 전기 작품은 소재의 측면에만 국한된다고 하였고 초기 만주 시절의 작품과 비교해 볼 때 정직하지 못하다고 했다.

이 논문에서 연구자는『북간도』의 인물과 시대적 배경에 대한 꼼꼼

22) 오상순,『개혁개방과 중국 조선족 소설문학』, 월인, 2001년, 11~54쪽.
23) 최만봉,「안수길의 북간도 연구」, 충남대 석사논문, 1996년.
24) 이미경,「안수길의 북간도 연구」, 계명대 석사논문, 1998년.
25) 박창순,「＜北間島＞ 연구」, 인하대 박사논문, 1990년.

한 분석을 토대로 작가의 새로운 유형의 인물을 창조하기 위한 노력에 주목한 점은 특기할만하다. 그러나 이 작품이 1950년대 이후의 한국 소설의 방향성을 어떻게 결정하고 그것이 어떻게 전개되었는지는 밝히지 않고 있다. 특히 재만 시절 작품과의 연관성을 소재의 측면에서만 찾은 것은 겉만 보고 안을 통찰하지 못한 것이며 후기 작품에서 드러낸 작가의식의 성숙을 인식하지 못한 결과이다. 여기에서 안수길의 만주 체험 작품 일부를 대상으로 고찰했을 때의 한계가 극명하게 드러나는 것을 알 수 있다.

안수길의 작품에 대해 비교적 전반적으로 다루고 있는 연구자로 김윤식과 최경호를 들 수 있다. 김윤식은 안수길의 성장 환경, 만주에서의 활동과 더불어 만주의 역사적, 정치적 문제를 비롯한 지정학적 특성, 만주국의 성격 등에 대한 고찰은 토대로, 안수길의 전기 작품 중에서「새벽」과 같은 소수의 작품 이외의 것들은 만주국 이념에 부응한 작품으로 규정하고 있다. 그리고『북간도』를 '장사의 사상'이라 부를 수 있는 중인 계층이 만주 땅에서 '어떻게 사느냐'를 다룬 작품[26]이라 평했다. 이 연구는 만주국과 안수길이 기자로 몸을 담았던 ≪만선일보≫의 성격에 지나친 큰 비중을 두고 고찰한 나머지, 안수길의 전기 작품 중에서 시류에 순응하는 부분적인 내용을 확대 해석하며 정치적인 요소에 지나치게 치우쳐 있다. 따라서 작품 해석에서 작품에 입각한 객관적 시각을 잃고 있다고 볼 수 있다.

최경호[27]는 안수길의 창작 단계를 초기 · 중기 · 후기로 나누어 만주에서의 문학 활동시기부터 1960~1970년대의 통속소설과 대하 장편소설까지 고찰했다. 안수길 작품에 대한 보기 드문 전반적인 연구로

---

26) 김윤식,『안수길 연구』, 정음사, 1986년.

27) 최경호,『실향시대의 민족문학 – 안수길 연구』, 형설출판사, 1994년.

초기 작품과 후기 장편연재소설에 대해서도 고찰하고 있어 연구 성과가 한결 돋보인다. 그러나 그는 안수길의 작품들을 발표 시기에 따라 주제별로 나열, 해석하며 자료들을 한 곳에 쌓아놓고 있다. 따라서 깊이 있는 연구가 되지 못하였다. 한편 초·중·후반 작품 고찰에 있어 연구 기준의 일관성이 결여되는 것도 한계로 지적할 수 있다.

만주 체험은 안수길 문학과 그의 작가적 전모를 살피는데 있어서 주요 쟁점이다. 앞에 제시한 연구 결과들은 안수길의 전기 만주 체험 문학이 보여주는 일제 암흑기시대 한국 민족문학을 계승한 점을 업적으로 밝혀내고 있다. 그러나 작가의 전기 작품만을 텍스트로 설정한 지엽적 연구나 대표작인『북간도』만을 대상으로 한 부분적인 연구는 안수길의 만주 체험 작품 전반에 대한 꼼꼼한 분석과 고찰 및 시대적 상황에 대한 객관적 분석이 부족하고 표면적인 접근에 그친 한계를 가진다.

일정 시기, 일부 작품에 대한 부분적인 연구로 작가의 문학적 위치를 결정하는 것은 다분히 위험을 안고 있다. 그러므로 안수길의 만주 체험 문학에 대한 전반적인 검토를 통해 그의 문학사적 위치를 규정해야 한다. 그래야만 작가적 모습이나 작품에 대한 객관적이고 공정한 평가가 이루어질 수 있다.구체적으로, 그의 만주 체험 작품에 대한 연구에서 전기 작품과 후기 작품을 연결시킬 때 그 의미가 한층 분명하게 드러나며 따라서 이에 대한 객관적이고 공정한 평가가 이루어질 수 있을 것이다.

2. 문제의 제기

일제 강점기 하에서 만주체험이 투영된『북향보』는 안수길의 만주

시절 ≪만선일보≫에 연재했던 작품으로 만주정책에 부응했다는 문제가 끊임없이 제기되었던 작품이다. 『북간도』는 해방 후 국내에서 창작된 작품이다. 그 또한 순수한 민족의식이 투영된 작품으로 보기 어렵다는 논의가 많았다. 특히 금년 2007은 안수길이 작고한지 30년이 되는 해이며, 본 연구와자는 일찍부터 적잖은 인연이 있었다. 안수길은 인생의 중요한 청년기를 만주에서 보낸 특별한 경험이 있고, 그런 삶이 『북향보』와 『북간도』에 고스란히 녹아들 수밖에 없었을 것이다.

소설은 역사적 사실과 당대의 문화 등이 스며들어 있고 서로 긴밀한 관계를 유지하고 있다. 역사와 무관해 보이는 소설이라 하더라도 그 속에는 당대 사회 현실이 녹아있게 마련이다. 그러므로 그 자체가 하나의 역사적 사실이 될 수도 있는 것이다. 역사는 과거의 사실로서만 중요한 것이 아니라, 현실을 반성하고 미래의 지향점을 제시하는 역할로서 큰 의미가 있다. 특히 소설은 한 국가의 역사와 민족 정체성을 표출할 수 있는 가장 적합한 양식이며 개인의 의식이 그대로 녹아든 장르이다.

작가가 자신의 언어로 소설을 쓰지 못하고 자신의 생각을 자유롭게 담아내지 못한다면 진정한 문학이 될 수 없고, 작가에게도 진정한 작품이 될 수 없을 것이다. 그런 의미에서 일본이 '창씨개명'을 법제화하여 개명을 강요하고 '제3차 교육령'을 공포하여 우리말을 사용할 수 없게 만든, 1939년에서 1945년까지 국내에서 창작된 문학은 순수한 우리 문학으로 보기 어렵다. 이런 시기에 민족문학의 맥을 이어갈 수 있었던 '만주체험문학'의 공헌은 그 나름대로 의의가 있다고 본다. 이러한 '만주체험문학'의 맥을 이은 대표적인 작가로 안수길을 꼽을 수 있으며, 『북향보』와 『북간도』를 그 대표작으로 볼 수 있다. 특히 우리

민족의 수난기인 일제 시대를 배경으로 쓴 『북향보』는 만주에서 제2
의 고향을 세우자는 북향정신(北鄕精神)을 주로 하고 있다.

　작가가 말하는 북향정신이 만주가 추진하는 만주정책, 즉 목축농업
으로 만주를 살리자는 것과 일치한다고 해서 만주정책에 부응하는 작
품으로 보는 것은 작가의 깊은 의도를 간과하고 있다고 본다. 여기서
작가의 고민을 엿볼 수 있다. 나라 잃은 민족의 생존방식은 무엇일까?
그리고 그 속에서 백성들은 어떻게 살아야 가치 있는 삶을 살 수 있는
가를 진지하게 묻고 있다. 구한말에서 해방시기까지 역사 속에서 우리
민족은 과연 어떻게 살아내야 하는가에 대해 고민했고, 그 터전을 만
주 비봉촌으로 설정했다. 이 작품 속의 공간 만주는 작가의 삶이 고스
란히 담긴 곳이다.

　『북간도』는 당시 우리민족의 삶을 생생하게 증언하고 있는 대하소
설이다. 이 작품을 통해 백여 년 전 우리 민족의 삶을 살펴보는 것은 소
설 이전의 깊은 의미가 있다. 특히 급변하는 우리의 현실을 생각하면
작품 속에서 오늘의 고민에 대한 답을 얻을 수도 있다고 본다. 현재 우
리 민족의 삶도 당시와 닮은 점이 많기 때문이다. 또한 동북아 문제 등
중국과의 역사문제도 거론되고 있는 시점이다. 이런 때에 만주의 이민
사와 국경문제 등을 검토하고 작품 속에 담긴 작가 의식을 고찰하는
것은 의의가 있는 일이다.

　해방 후 일정 기간 동안 한국인에게 만주28) 는 잊혀진 공간이었다.

---

28) 만주(滿洲) : 원래는 地域 및 民族名이다. 청조 초기 女眞人을 지칭하는 민족 名으
　　로부터 출발하여 동시에 그들이 거주하고 있는 지역을 지칭하기도 했다. 지역으
　　로서는 처음에는 오늘의 중국 遼寧省 서부 및 吉林省 산간지대(遼東 산지)가 포함
　　되었다. 淸의 세력이 확대됨에 따라 요동평원지역도 포함되고 동부 내몽고 이동,
　　압록강 · 두만강 이북, 흑룡강 이남지역으로 확대되었다. 유럽에서는 19세기 중엽
　　으로부터 이 지역을 만주리아(Manchuria)라고 불렀다. 국민당 정권 시기는 奉天,
　　吉林, 黑龍江 3성을 만주라 부르다가 제2차 세계대전 후에는 만주라는 이름이 폐

이데올로기의 첨예한 대립과 조국분단으로 만주는 현실적 공간이 아닌 역사적 공간으로만 존재해 왔다. 그러나 한반도와 만주는 단순한 지정학적 관계를 넘어서, 우리 민족의 삶이 담긴 터전이고 지금도 그 삶의 경험을 이어오고 있는 공통된 공간이다.

조선사회가 붕괴되고 일본 제국주의가 침입하는 과정에서 수많은 조선 이주민이 만주로 향했다. 조선 농민들의 만주 이주가 일본 제국주의의 침략과 맞물려 있다는 점은 우리 민족의 역사에 중요한 의미를 지닌다. 그들이 만주를 삶의 터전으로 개척하는 한편 항일운동에서 가장 중요한 거점으로 활용되었기 때문이다. 이러한 역사적 현실은 만주가 우리 현대사에서 매우 중요한 공간으로 자리매김 하는데 큰 역할을 한다.

최근 냉전으로 막혔던 길이 열리면서, 잊혔던 만주에 대한 관심이 높아 졌다. 만주의 200만 조선족은 지금까지도 우리의 언어와 문화 속에 살고 있고, 문학에서도 '중국조선족 문학'이 만주를 중심으로 활발하게 활동하고 있다. 근대화 과정과 식민지를 겪은 상황에서 만주로 이주했던 조선인들에 의해 조선족 문학이 아직까지 그 맥을 이어오고 있다는 사실은 매우 고무적인 일이다. 또한 최근에는 이들 작품이 우리 문학과 긴밀한 연관성을 보여주며 연구도 점차 늘어가고 있는 실정이다.

만주는 우리에게 한층 밀접한 의미로 다가온다. 하지만 오랜 시간 동안의 단절은 미묘한 이질감과 차이점을 느끼게 한다. 특히 현재 우

지되었다. 중화인민공화국이 건립된 후부터는 이 지역을 중국 '東北'이라 부르고 있다. 일제시기 간도를 중심으로 이루어진 조선 이주민들의 만주 이주를 소재로 한 작품을 연구 대상으로 삼기 때문에 이 논문에서는 간도를 포함한 조선 이주민들이 거주하여 생활했던 東北 3성(省)을 광의의 '滿洲'라는 의미로 사용한다. (박은숙, 「안수길 소설 연구」, 성균관대 논문, 2002.)

리가 만주라는 공간을 어떻게 인식해야 하는가라는 문제는 그리 쉽지 않다. 예를 들어, 만주가 우리의 역사에서 중요한 부분을 차지하고 있지만, 이를 역사적 의미로 파악하지 않고 감상적으로 받아들이는 경우가 있다. '만주는 우리 땅이다'라는 주장이 그러하다. 만주가 '우리 민족 발생의 성지'이기에 되찾아야 한다는 의식[29] 속에는 만주에 대한 현실적 인식보다는 '민족'에 대한 낭만적 성격이 강하게 나타난다. 민족은 근대화의 과정에서 인종·종교·지리·역사와 혼동되어 왔으며, 하나의 이데올로기로 작용해왔다.[30] 만주가 우리 민족이 살던 땅이고, 지금도 그 후손들이 살고 있는 땅이라는 것만으로 우리의 영토라는 개념은 성립될 수 없다. 현실적으로 만주는 '동북삼성(東北三省)'일 수밖에 없다. 이것은 자명한 사실이다.

만주와 조선족을 경제적 관점으로만 접근하는 것 역시 적절하지 않다. 중국 시장으로 진출을 하기위해 우리와 민족적 동질성을 유지하고 있는 조선족을 활용하자는 주장이 그러하다. 즉, '한국인의 기술과 경영 노하우가 200만 조선족과 결합'해야 하고, 이를 위해서 '적극적이고 장기적인 대책'을 세워 '동포로서의 대단결'을 가능하게 해야 한다[31]는 것이다. 그러나 이러한 인식 또한 만주에 대한 본질적인 이해가 결여된 것이다. 우리의 근대는 고향을 상실하고 외국으로 떠돌아야 했던 이산(離散)의 역사이기도 하다. 그것은 강제적이거나 필연적인 이유로 이산을 경험한 우리 현대사의 한 특징이기도 하다. 그렇기 때문에 한반도를 떠나 낯선 땅에 정착해야 했던 이들이 아직도 세계 각지에 존재한다.[32] 우리는 그들에게 흔히 '동포'라는 이름을 부여하며

---

29) 안천, 『만주는 우리 땅이다』, 인간사랑, 1990, 127~131면.

30) 르낭(신행선 역), 『민족이란 무엇인가』, 책세상, 2002. 36쪽.

31) 『기자수첩 – 조선족 끌어안기』, ≪조선일보≫, 1996. 9. 2.

동시에 우리와 구분하려는 차별성도 함께 부여하고 있다. 이러한 모순된 인식 속에서 결과적으로 '조선족'은 '외국인노동자'로 분류된다.

이러한 문제점들은 만주에 대한 관심을 주지만, 아직도 만주에 대한 깊은 이해와 인식이 결여되어 있다는 것을 보여준다. 이런 이유는 우리가 표면적인 현상들에 주목할 뿐, 이러한 현실이 존재하게 된 이유와 그 의미를 파악하려 하지 않기 때문이다. 이러한 현실이 있기까지의 과정과 그 속에 담긴 의미를 파악하는 것은 현재의 만주와 조선족을 이해하는 데에 가장 먼저 생각해야 할 과제이다.

우리 문학에서도 만주는 역시 잊혔던 공간이었다. 몇몇 작품을 제외하고는 많은 작가와 작품들이 별다른 주목을 받지 못했다. 또한 해방 이후 만주를 중심으로 '중국조선족 문학'이 발전해 왔다는 사실도 뒤늦게 알려졌다. 최근에 이르러 해방 이전 만주에서 창작된 풍성한 문학작품과 현재 만주에서 창작되고 있는 '중국조선족 문학'을 대상으로 폭넓은 연구가 진행되기 시작했다. 한국어로 된 문학작품이 한반도에만 존재하는 것이 아니라 조선족에 의해 만주에서도 활발하게 창작되고 있다는 사실은 매우 주목할 만한 일이다. 궁극적으로 '중국조선

---

32) 경제적 궁핍과 일제의 폭압을 피하기 위한 만주 이주는 이후 '조선족'과 '중국조선족문학'을 형성하게 하였다. 뿐만 아니라, 연해주 '까레이스키'의 중앙아시아 강제 이주나, 일제에 의한 징용·징집·정신대 등에 의한 이산, 그리고 크게는 남북분단 역시 대규모의 이산 경험이라 볼 수 있다. 이산은 탈식민주의 이론의 특성을 규정하는 데 대표적인 사항으로 평가되는데, 노예화의 경험과 추방 혹은 노예노동을 경험한 이산 흑인문학이 대표적 특성을 보여준다. <애쉬크로프트·그리피스·티핀(이석호 역),『포스트 콜로니얼 문학이론』, 민음사, 1996, 36~38면>. 안수길의 문학은 궁극적으로 조국을 더나 새롭게 자리 잡아야 했던 조선인의 삶을 그리고 있다는 점에서 민족의 이산과 깊은 관련이 있을 것이다. 최근 이러한 관점을 중심으로 안수길의 작품을 논의한 연구가 발표된 바 있다. <한수영,「만주의 문학사적 표상과 안수길의 <북간도>에 나타난 '이산'의 문제」,『상허학보』, 제11집, 깊은샘, 2003.

족 문학'이 중국문학의 일부로 그 소중한 가치를 인정받는 동시에 세계 한민족 문학의 한 구성요소로써 자리 잡은 것은 우리 민족 문학에 있어서도 매우 중요한 일이다.

이러한 시점에서 만주를 중심으로 하는 안수길의 문학세계를 재고해 보는 것은 가치가 있다. 안수길이 작품 활동을 활발하게 하던 1930년대와 40년대의 만주는, 일본과 중국의 정치적 대립과 만주국의 건국으로 이어지는 급변하는 사회이다. 조국을 잃고 떠돌던 우리 민족에게 우리 문학은 그 활로가 불투명했고 자유롭지 못했다. 그런데 상당수의 문인들이 만주에서 문학 활동을 했고 작품을 통해 민족의식을 일깨우려 했다.

안수길은 만주에서 『북향보』를 창작했고 해방 후 서울에 와 『북간도』를 완성해서 발표했다. 그 때의 경험은 만주의 변화를 온몸으로 느끼고 취재할 수 있는 기회를 마련하였다. 또한 당시 만주로 향하던 많은 문인들을 직접 접할 수 있는 좋은 기회였다.33) 그렇게 만주에서 시작한 그의 문학세계는 40년이 넘는 시간을 이어가며 우리 문학의 풍요로운 자산이 되었다.

안수길은 자신의 15년간의 만주체험 생활을 토대로 한국근대사의 비극을 형상화 했다. 안수길의 만주체험문학은 다른 작가들이 만주를

---

33) 일제 말기로 접어들면서 만주의 문단은 오히려 경성 문단의 부러움을 살 정도였다, <북원>출판에 자극을 받아 만주에서 책을 간행하겠다는 작가가 늘었고, ≪만선일보≫에 투고하는 경우도 많았다. 이때 만주에는 강경애 · 현경준 · 박영준 등의 소설가와 모윤숙 · 유치환 · 김조규 · 김달진 등의 시인, 극작가 김진수 등이 살고 있었다. 이들은 모두 ≪만선일보≫를 중심으로 활동했다. 당시 ≪만선일보≫는 최남선이 고문이었고, 염상섭이 편집국장, 박팔양(김여수)이 사회부장 겸 학예부장, 안수길 · 신영철 · 윤금숙 등이 기자로 활약하였고, 그 뒤를 이어 평론가 이갑기 · 고재기 · 시인 손소희 등이 ≪만선일보≫에서 일했다. <김병익, 『간도의 망명 문단』,『한국 문단사』, 문학과지성사, 2001, 242~243면>.

소재로 한 작품과 다르다. 그는 일제 시기 재만 조선인 문인의 대표적 존재로, 한국문학이 암흑기에 처해 있을 때 끝까지 조선 글로 이주민들의 삶을 증언했다. 이렇게 그는 작품을 통해 만주에서 민족문학을 계승, 발전시켰다.

본고는 간도문학 연구의 자장 안에서 안수길의 前期 만주 체험 문학을 주목하고 의미를 부여한 기존의 연구 성과를 인정한다. 그러나 後期 만주 체험 작품을 고찰하지 않은 측면에서부터 문제의식을 가진다. 작가의 대표 장편소설 『북향보』와 『북간도』의 창작 시기 사이에는 시간적 간극이 존재한다. 따라서 『북향보』와 『북간도』의 작품 내용을 면밀히 비교·분석하고, 두 작품의 창작 연대상 시간적 간극을 고려하여 작가의식의 변모과정을 고찰하고자 하는 것이 본고의 목적이다. 이는 기존의 연구들이 보이지 못한 전기와 후기의 만주 체험 작품의 관계와 작가의 의식, 그리고 역사인식의 변모와 성숙에 대한 연구가 될 것이다.

3. 연구의 대상 및 방법

본 논문은 만주 체험을 중심으로 한 안수길 소설 『북향보』와 『북간도』의 작품에 나타난 작가의식의 변모과정을 고찰하는 것을 목적으로 한다. 조선인들은 광활한 지역적 공간인 만주를 자신들의 또 다른 고향으로 삼고자 했지만, 일본이 만주국을 세우면서 그 공간은 여러 가지로 복잡한 의미를 갖게 된다.

19세기 후반부터 본격적으로 시작된 한민족의 만주 이주는 새로운 고향에서 뿌리내리고 건설하는 과정에서 형언하기 어려운 고통과 좌절을 초래했다. 조선 농민의 만주 이주사는 식민지 상황에서 형성된 비극의 역사이며, 거기에는 일제의 식민지 정책과 제국주의적 야심이라는 배경이 깔려 있었다. 때문에 이주를 둘러싼 이 과정이 문학 작품에서는 고스란히 우리 민족의 '수난의 기록'으로 반영되었다.

안수길은 시종일관 이 문제를 작품의 주요 내용으로 삼아 작품을 창작했다. 만주 체험을 소설화하는 과정에서, 안수길은 공간 이동(함흥, 만주, 서울)과 시간적 변화(만주국 이전, 만주국, 월남한 서울)에 따라 부단히 창작하고 개작한다. 안수길은 「호가네 지팡」(1935)을 쓰고 「새벽」으로 개제하여 ≪만선일보≫(1941.2.1 - 1941.3.1)에 연재하고 『싹트는 대지』(1941.11)에 싣는다. 일정한 시간이 지난 후, 그 후속편 「새마을」(1942), 「목축기」(1943), 『북향보』(1944.12.1 - 1945.7.4), 「통로」(1969), 「성천강」(1971)을 썼다.

그의 대표작 『북간도』(1959) 역시 안수길의 지적대로 '만주지방의 우리 농민과 민족의 생활을 발굴하는 것으로 작품의 출발점을 삼았다. 안수길은 스스로 "나는 6년 전에 『북간도』를 완결함으로써 재만 시절의 중·단편적 단편들의 규모를 크게 종합적인 것으로 마무리한 셈"34)이라고 밝힌 바 있다. 『북간도』는 안수길로 하여금 '이 주제를 쓰지 않고는 나는 죽을 수 없다'라는 각오를 갖게 할 만큼의 혼신의 힘을 기울이게 한 작품이다.35) 『북간도』는 민족 수난의 이야기로, 만주 체험에 대한 집요한 그의 문학적 탐구는 거의 집착이고, 쓰지 않으면 안 될 강박관념이었고, 운명적인 것이었다.

안수길의 생애에서 '간도(間島)'라는 공간은 자신의 모든 것을 걸고

---

34) 안수길, 「어떻게 사느냐」, 『명아주 한 포기』, 문예창작사, 1977. 239쪽.

35) 김윤식의 『안수길 연구』(정음사. 1986)에 의하면 생전인 1974년 '명작의 고향'에 출연하여 <북간도>를 쓰는 도중에 교통사고라도 나서 죽을까 몹시 걱정했노라고 실토한 바 있다고 한다.

라도 형상화하고 싶어 했던 절대적인 의미를 지닌 공간이었을 것이다. 그것은 오늘날 조선족이 모여 사는 이국적 공간으로서의 간도와는 차원이 다른 의미가 있다. 안수길은 일제의 패망과 함께 귀국했지만 근 15년 간 만주에서 살았다. 그런 점에서 만주 체험을 형상화한『북향보』와『북간도』에 나타나는 역사적 사실과, 민족 정통성을 이어가기 위한 작품 내적인 역사성, 통일 이후의 민족 정체성의 모색을 위해 이 소설의 역사적 가치 등을 주목하려 고찰하고자 한다. 작품을 통해 만주 이주민들의 생활을 살펴보게 도고 그에 대한 문학적 대응을 엿볼 수 있으며, 나아가 그들과 구별되는 안수길의 전기 만주체험에서 작가의 북향의식을 확인할 수 있을 것이다. 특히 작가가 '체질론'이라고 명명한 창작 특징에 주목하여 역사 · 사회학적 방법으로 작품에 대한 분석을 시도할 것이다.

이를 위해 본 논문에서는 한국 근대사와 만주와의 관계에서 만주로의 이주가 이루어졌던 조선조 말기부터 광복까지의 만주 조선인들의 이주 역사에 대한 고찰과 함께, 그것의 성격에 대해 검토할 것이다. 더불어 안수길의 생애에 대한 고찰을 통하여 그가 간도로 가게 된 경위와 그의 부친을 비롯한 가족 환경이 그에게 어떤 영향을 미쳤는가를 살필 것이다. 그리고 일제 말기 국내에서는 조선 글로 작품 발표가 거의 불가능한 상황에서 만주에서는 어떻게 조선인 문학 활동이 전개되었고, 재만 조선인 작가의 대표라고 할 수 있는 안수길의 문학 활동에 초점을 둘 것이다. 만주국과 ≪만선일보≫의 성격에 대한 고찰도 중요하겠지만 더 중요한 것은 그러한 사회적 환경과 문화적 배경 하에서 조선 이주민들과 문인들의 실제적인 삶과 창작 활동 및 작품들이 보인 민족적인 성격이다. 안수길의 재만 시기의 문학 활동을 고찰할 때 그 당시의 만주 현실에 대해 역사적 · 지정학적 · 세계적 정세와의 관계

속에서 살펴보는 것이 무엇보다 중요한 부분이기 때문이다. 물론 안수길의 일부 작품에서 드러나고 있는 당시 시국에 대한 적응 모습도 분석과 지적의 대상이 될 것이다.

안수길의 재만 시절 현실에 대한 냉정하고 객관적인 접근을 통해 전기 만주 체험 작품들에서 보이는 만주국 국책 수용의 내용을 분석하고 문제점을 제기할 것이다. 이런 측면에 대한 연구가 이루어져야 그의 만주 체험 작품에 대한 공정하고 객관적인 평가가 이루어질 수 있기 때문이다. 안수길의 만주 체험 작품에 대한 분석에서 역사·사회학적 접근 방법은 의미 있고 유효한 연구방법이 될 것이다.

먼저 안수길의 문학사상 배경을 살펴보고, 또한 한국 근대사와 만주와의 관계에 대한 사적 고찰을 통해 만주가 한국 근대사에서 지닌 의미를 타진할 것이다. 조선이 일제의 식민지로 전락한 후 많은 문인들이 국내의 삼엄한 검열과 질식할 듯한 분위기에서 탈출해 만주로 이주하게 된다. 이들의 만주행은 일제 강점기 만주에서의 조선인 문학이 발생의 근간이 되었으며, 그들의 열성과 노력으로 인해 만주 조선인 문학 활동은 활발한 전개를 보이게 된다.

이어서 안수길 전기 만주 체험 소설을 고찰할 것이다. 안수길의 만주 체험 작품으로는 재만 시기 창작한 작품과 해방 후 귀국하여 서울에서 창작한 작품이 있다. 이를 시간적 거리와 작가의 의식 및 작가 의식의 성숙 등 여러 가지 요소를 고려하여 전기와 후기로 나눈다. 재만 시기 창작한 만주 체험 작품이 전기 작품이 되고, 해방 후 서울에서 창작한 만주 체험 작품들은 후기 작품이 된다. 처녀 장편소설『북향보』는 북향정신과 민족공동체 건설에 대한 열망에 주안점을 두어 북향정신에 담겨진 민족동질성 회복의 역사적 의미와 미래지향적 삶의 의미, 공동체 건설의 지난한 과정과 구체적인 방법론을 검토할 것이다.『북

간도』에서는 민족 수난사의 현장이자 민족 해방 투쟁의 요람으로서의
『북간도』에 대한 사적인 고찰과 결부하여 작가의 성숙 된 민족의식과
역사의식, 전기 작품들에 비해 변화된 내용의 의미 및 원인 규명, 작가
가 이 작품을 발표 할 당시의 시대적 환경과 결부시켜 이 작품의 의미
를 살필 것이다. 작품 분석에 있어서는 가족사 소설의 측면에서 세 가
족 4대에 걸치는 구조적 특성을 근대사의 전개와 결부하여 고찰하고,
이 작품의 주제인 민족 주체성의 의의와 한계 그리고 리얼리즘문학,
민족문학으로서의 성과 및 문제점을 살펴볼 것이다. 더 나아가 안수길
의 만주 체험 문학이 그의 생에서 갖는 의미와 작가의 의식, 그리고 한
국 근대문학사에서 갖는 의미를 살펴 볼 것이다.

　안수길의 만주체험 소설에 대한 연구는 작가 안수길의 한국문학사
적 위상 규명을 위해 필요할 뿐만 아니라, 일제말기 만주 조선인 문학
활동의 위상과 의미를 밝히고, 한국근대문학과의 관계 정립을 위해서
도 필요하다. 이는 안수길이 10여 년간 만주에서 생활하면서, 일제 말
기 만주에서 조선인 문단의 형성을 위해 각고의 노력을 기울였고 재만
조선인 작가의 대표적 존재로 부상한 것과 직결된다. 일제 말기, 살길
을 찾아 만주로 간 조선인들의 삶의 방식과 재만 조선인 작가들의 문
학적 형상화 방법을 살피는 것은, 한국현대문학사를 전면적으로 살피
기 위해 필요한 것이다. 또한 일저 말기 한국문학사는 실제로 기존 문
학사에서 기술한 대로 암흑기, 공백기[36]이었는가를 다시 한 번 검증해
보기 위해서도 절실히 필요한 작업이다.

---

36) 백　철,『新文學思潮史』, 신구문화사, 1968. 558쪽.
　　조연현,『韓國現代文學史』, 성문각, 1997. 586쪽.

Ⅱ. 만주체험과 작가의식 형성

1. 근대사의 전개와 만주체험

안수길의 소설은 일제강점기 만주라는 특수한 역사적 공간에서 창작되었으며, 창작집 『북원』에 실린 작품들의 대부분은 그 당시 만주 이민의 삶을 형상화 하고 있다. 작품들을 살펴보면, 작가의 만주 체험이 창작의 중요한 요소로 자리하고 있는 점을 알 수 있다. 그런 만큼 그의 작품을 다루기 전에 작품의 배경이 된 국내와 만주의 상황을 살펴보는 것이 순서일 것이다.

우리 역사에서 일제강점기는 민족의 자주권과 생존권이 가장 심각한 위기에 처했던 고난의 시기였다. 일제의 억압적 통치가 가속되면서 식민지 조선의 민중들은 제반 권리와 생활 기반을 박탈 당하고 극심한 경제적 궁핍에 허덕이게 되었다. 심지어 일부는 고향을 등지고 낯선 이국 땅에서의 새로운 삶을 찾으며 만주, 시베리아, 일본, 중국, 미국 등지로 흘러들어 갔다. 이러한 상황은 조선을 식량. 원료의 약탈지 및 상품 판매. 자본 투하의 시장으로 만들려는 일제의 식민지 경제정책에서 기인했고. 그 근간이 된 것이 '토지조사사업'이었다. 일제는 1912

년에 토지조사령을 제정하고 1918년 11월까지 총 2,456만원의 거액을 투입하여 토지조사사업을 실시하였다. 이 사업의 실시로 우리의 토지제도는 식민지적 특성이 두드러지게 되었다. 즉 형식적. 법적으로는 근대적인 토지사유제가 인정되어 봉건적 토지소유제도가 자본주의적인 것으로 변화되었으나, 실질적으로는 소유권의 확인 과정에서 그 동안 농민들이 가졌던 경작권. 도지권 등의 모든 권리는 부정되었다. 따라서 소유권만이 인정되어 생산관계는 오히려 이전보다도 악화[1]되었을 뿐 아니라 토지 신고주의에 불응한 농민들이 토지를 잃는 경우도 적지 않았다. 이리하여 사업이 끝난 시점인 1918년에는 3%의 지주들이 경작지의 50%를 소유하였으며 자작농 20%, 자소작농 39%, 순 소작농이 38%에 달하였다. 이와 함께 일본인의 토지소유도 이전보다 한층 가속화 되어 1909년에서 1915년 사이에 농업경영자 수에서 약 10배, 투자액에서 5배, 면적에서 4배 이상 증대되었고, 이에 따라 조선의 농민들은 계속적인 몰락의 길을 걸을 수밖에 없었다.[2]

1929년 시작된 세계 대공황으로 난관에 봉착한 일제는 군수산업에 주력하여 군사력을 강화하고 이를 토대로 한 해외 침략 즉, 군국주의화로 공황을 돌파하려 하였다. 이에 따라 1930년대 이후 조선은 일본 독점자본의 군사적 재편성과 관련하여 중국 침략의 전진기지 = 대륙 병참기지로서의 성격이 강화되었다.

민주사변(1931)으로 시작된 일제의 침략전쟁이 중 · 일전쟁(1937)

---

1) 봉건적인 신분관계가 완전히 청산되지 않은 상태에서, 소작농의 토지에 대한 고유의 권리를 상실하게 되자 소작권은 지주에 의해 좌지우지 되었고 소작농은 농업노동자와 유사한 처지로 전락하고 말았다.
(류미영, 「안수길의 초기소설연구」, 연세대 석사 논문, 1994년)
2) 한국역사연구회, 『한국사강의』, 한울 1989년. 287 − 289쪽
한국민중사연구회, 『한국민중사 Ⅱ』풀빛 1986년. 129 − 134쪽

태평양전쟁(1941)으로 확대되면서 식민지 수탈정책이 강화되어 강제 징용·보국대·징병 등으로 인한 노동력 부족이 심각해졌고, 미곡을 비롯한 생활용품의 강제 공출 및 각종 세금·공과금의 증가로 농민들은 더할 수 없는 빈궁상태에 빠지게 되었다. 그래서 1942년 당시 전 농가의 53%이상인 약 164만호가 소작농이었고 순화전민과 농업노동자도 각각 6만호와 10만호에 달하였다. 여기에 침략전쟁으로 조선이 대륙병참기지로서의 중요성이 커지자 일제는 농공병진을 내세워 빈곤에 빠진 농민층이 이농하여 임금노동자로 전환되도록 유도하였다. 이때 도시로 유입된 농민들 역시 식민지산업의 노동력 수용한계로 생계유지조차 어려운 실업·반실업의 도시 빈민군으로 전략하는 경우가 많았으며, 많은 농민들이 이국 땅 특히 만주로 이주해 갔다.[3]

　만주는 지금까지 '우리 민족의 연원지(淵源地)요 활동 무대였으며 우리 민족의 피난지 내지는 유망(流亡)의 地'[4]인 곳으로 인식 되어온 만큼, 우리 민족의 만주로 이주한 것 역시 제법 오랜 역사를 지니고 있다. 인조 6년(1628)에 '강화회맹(江華會盟)으로 간도(間島)지방은 양국의 간광지대(間曠地帶)로서 미금강역(彌今疆域)을 엄수하고 사월(私越)을 엄단한다.'[5]라 규정한 대로 청은 만주를 청조 발상의 성지로 타민족의 이주를 제한하였다. 우리 정부 역시 월강죄(越江罪)를 극형으로 다스렸으나 적지 않은 이주가 있었던 것으로 보이고, 1869년과 1870년에 걸친 흉년을 맞는 농민들이 '앉아서 굶어 죽으나 월강죄를 범해 단두대에 오르나 무엇이 다르랴'[6]라는 생각으로 두만강을 건너

---

3) 한국역사연구회,『한국사강의』, 한울 1989년. 229~338쪽
　　한국민중사연구회,『한국민중사 Ⅱ』풀빛 1986년. 2024쪽
4) 현규환,『한국유이민사』, 어문각 1967. 2.
5) 현규환, 위 책. 135쪽

가 농사를 짓게 된 것이 대량 이주의 계기가 된 듯하다.

이후 일제시대로 접어들어서는 이주가 더욱 적극적으로 전개 되어 1910년 11만을 헤아리던 재만조선인의 총수는 1920년에 45만 9천명, 1930년에는 60만 7천명에 이르렀으며 1939년에는 100만을 넘어섰고 해방 되던 해인 1945년에는 216간 3천여 명으로 팽창하였다.[7]

이러한 수치 중에는 독립운동의 근거지를 찾아 만주로 들어오는 사람들도 포함이 되는데 그 대표적인 예로 1910년 12월부터 이듬해 2월까지 백여 명의 신민회 인사들이 만주로 이주한 경우와 1919년 3.1운동 후에 다수의 청년들이 이주한 사실 등을 들 수 있으며 이들은 여러 단체 운동을 통해 만주에 항일기지를 수립하는 중추세력이 되었다.[8]

굶어죽기 직전의 상황에서 만주로 탈출해 간 이주민들이 겪은 그 곳의 현실 또한 떠나온 조국 못지않게 열악한 것이었다. 만주 봉천에 있었던 만주 야소교 전문학교의 목사 W.T. Cook의 다음 말은 조선 이주민들이 만주에서 겪은 괴로움을 잘 전해주는 것 가운데 하나이다.

겨울날 영하 40도의 혹한 중에 백의를 입고 말없는 군중은 혹 십여 명 혹 이십 명 혹 오십 명씩 떼를 지어서 산비탈을 넘어온다. 그들은 만주의 수림 많고 암석 많은 산변의 척박한 토지로부터 악전고투를 하면서 일즈의 생로를 잇기 위하여 신세계를 찾아서 이와 같이 몰려온다. 거기에서 그들은 꾸준한 노력으로써 중국인의 전지 위에 있는 산변 불모지를 괭이와 호미질을 하여서 손으로 심고 손으로 거두며 흔히 생을 유지하기에는 도저히 불가능 한 초근목피를 먹으며 살아가는 것이다. 다수의 사람

---

6) 현룡순,『조선족백년사화』, 거름 1989. 32쪽

7) 현규환, 위 책
   고승제,『한국이민연구』, 장문각 1973년.

8) 강은해,『일제강점기 망명지문학과 지하문학』,『서강어문 3』, 1983.10. 130쪽.

들이 식량부족으로 말미암아 죽는다. 부인·소아뿐만 아니요,
청년들도 동사하였다. 그들의 비참한 생활 위에는 또 질병이 닥
쳐온다.9)

이와 같이 역경 외에도 중국정부의 조선인 이주에 관한 정책의 변
화10)나 조선인의 이주로 삶의 터전을 잃고 말 것이라는 위기 의식을
느낀 만주의 원주민들과 생존권을 둘러싼 반목과 대립 역시 조선인 이
주민들에게는 커다란 고통이 되었다.

만주국 건국(1932) 이후의 조선인 이주는 그 이전까지가 자발적 의
지에 의한 호별 이주였던 것과 달리 일제의 만주국정책에 의해 조직적
·집단적으로 이루어졌다는 특성이 있다.11) 만주국 이후에 조선 이주
민들과 만주·중국인의 관계는 이전보다 악화되었다. 이것은 당시 만
주·중국인들이 조선인은 곧 일본이라는 인식을 가지고 있었을 뿐 아
니라 일제가 조선인 보호라는 명분으로 영사관을 설치하고 군대 등을
파견하는데 대한 위기감과 반감이 커진 데서도 연유한 것이었다. 이로
써 조선 이주민들은 중국인들의 배척을 더욱 심하게 받게 되었고 비적
이나 장작림 군벌의 노략질에 시달렸으며, 여기에 독립운동을 경계하
는 일본 관동군의 감시·억압12)과 일제의 노골적인 생산력 강화 압력

---

9) 현규환, 위 책. 223쪽

10) 중국은 그들 나름대로의 정치정세의 변화에 따라 우리나라 사람들을 받아들이는
데 있어 쇄국시대(鎖國時代)(－조선후기), 묵허시대(黙許時代)(구한말－갑오경
장 전후), 환영시대(歡迎時代)(1890－1910), 탄압시대(彈壓時代)(1910－1927) 등
으로 정책의 변화를 보였고 이후에는 일제에 의한 강제이주 시대가 이어졌다. 현
규환, 앞의 책 385쪽

11) 현규환, 앞의 책 159쪽
고승제, 앞의 책 31쪽

12) 조선족략사편찬조,『조선족약사』, 백산서당, 1989년. 118－120쪽
일본군과 만주국은 감시의 일환으로 조선인 이주민이나 중국농민의 마을을 집단

등으로 고통은 점차 심해져 갔다.[13] 여기에 만주국은 표면적으로는 새로운 국가 건설을 내세우고 왕도낙토(王道樂土)·오민족협화(五民族協和 - 일본인, 중국인 러시아인, 만주인, 조선인) 등을 표방하여 새로운 삶의 기반 보장과 미래의 희망을 선전하였지만, 실제 통치기관이 일본 관동군이었던 만큼 모든 시책은 일본의 국익과 부합되도록 운영되었고, 더 나아가 만주국을 대동아공영이라는 일제의 궁극적 의도를 달성하는 발판으로 삼으려 하였다.[14] 조선 이주민은 이러한 객관적인 정세 속에서 힘겹게 삶을 이어갈 수밖에 없었다.

1939년 아버지의 병환으로 일본에서 귀국한 안수길은 간도 용정으로 돌아왔다. 그는 학비를 벌기 위해 두 곳의 소학교 교사로 일하였다. 그 때 건강을 해쳐 교사를 그만두고 함흥 석왕사로 들어가 정양을 하게 되었다. 이 기간에 그는 학업을 포기하고 문학에 전념하기로 결심을 굳힌다.

> 석왕사의 송림은 병든 몸어 얼른 활기를 돌이켜 주었다. 혈색도 좋아지고 식미도 왕성해졌다. 이제 다시 일을 할 수 있다. 대학 같은 것은 그만 집어 치워라, 문학에 전념하자.[15]

이 때가 1934년인데 다음 해에 문단에 데뷔하였고, 광명중학교 영

부락화 하였는데 기존의 주거지를 파괴하고 짧은 기간 안에 새로운 마을을 건설하는 것이었으므로 이들의 삶의 기반이 뿌리째 흔들리게 되었다.

13) 조정래, 「1940년대 초기 한국 농민소설 연구」, 연세대, 1987년.
  채 훈, 「재만한국문학연구」, 숙명여대 논문집 제 30집, 1990. 2. 263쪽.
14) 김윤식, 『안수길 연구』, 정음사 1986년. 46쪽.
  조정래, 앞의 논문, 69쪽.
  채 훈, 앞의 논문, 262쪽.
15) 안수길, 「나의 결혼 비화」, 김윤식, 『안수길 연구』, 정음사. 1986. 16쪽.

어교사였던 이주복과 함께 문예동인지『북향』을 간행했다.『북향』에는 강경애, 박영준, 엄무현 등의 기성작가들도 글을 보내주었는데 안수길은 이들 중 특히 강경애를 선배작가로 존경했던 것으로 보인다.

1936년 용정의 ≪간도일보≫에 입사해 기자생활을 시작한 안수길은 1937년 ≪간도일보≫와 신경의 ≪만몽일보≫가 통합되어 ≪만선일보≫로 발간되자 그곳으로 옮겨 계속 기자생활을 하였다. 그는 여기서 염상섭(편집국장), 박팔양(사회부장 겸 학예부장) 등 쟁쟁한 문필가들과 교류하였다. 특히 염상섭을 존경하여 그에게서 많은 영향을 받았으며 이후로도 오래 친분관계를 유지했다.[16] 1941년 신형철과 함께『싹트는 대지』간행을 준비하다가 일본인 편집국장이 오고 편집국의 분위기가 경색되자 안수길은 1941년 용정특파원을 자청하여 용정에서 비교적 안정된 생활을 하였다.

안수길은 ≪만선일보≫의 기자생활을 하는 동안 가장 활발하게 작품 활동을 하여 당시 만주의 조선인 작가 중 대표적인 존재로 인식 되었는데 현경준은 이때의 안수길의 모습을 이렇게 설명하고 있다.

> 만선일보사(滿鮮日報社) 직영(直營) 분사(分社)를 맡아보는 씨(氏)는 일찍이는『북향(北鄕)』同人으로 間島의 朝鮮文學을 위해 많은 노력을 하든 분이다.『토스도이엡스키』를 사숙(私淑)하며 북동문단(北東文壇)의 발전을 眞情으로 바라는 氏는 사무(社務)에 여가가 없어 뜻대로 文學에 공헌을 못하는 것이 천추(千秋)의 유감(遺憾)이라고 지난 겨울에 만났을 때도 탄식하는 것을 보았다.[17]

---

16) 안수길,『북간도에 부는 바람』, 영언문화사 1987년. 56쪽.
　　＿＿＿＿,『용정・신경시대』, 234 − 235쪽.
17) 현경준,「문학풍토기 − 간도편」,『인문평론』1940. 6. 84쪽.

1945년 다시 건강이 나빠진 안수길은 ≪만선일보≫를 사직하고 고향으로 되돌아가 만주생활을 정리하였다.

망국민의 처지로 10여 년 간의 청년시절을 만주에서 보낸 작가 안수길에게 만주는 정신적 고향이자 가장 중요한 작품의 제재라 할 수 있다. 그의 작품에서 만주는 특히 이주농민의 삶이나 그들의 땅에 대한 애착과 결부된 의미로 자리하고 있다. 일제의 강압과 수탈정책으로 고향을 등지고 떠나와 원주민들을 보면, 그들이 치열하게 생존을 위해 억센 자연환경을 이겨내고 만주에 뿌리내리는 것과 이주민들의 땅에 대한 애착을 그려내는 것은 그에게 적격이었을 것이다. 그러나 그의 초기 작품은 만주가 우리 민족의 독립운동 근거지이자 일제의 대륙침략 전진기지로서 존재했던 의미를 제대로 담아내지 못하고 있다. 땅에 대한 애착만이 강조되었기 때문에 후반부로 가게 되면 이러한 땅에 대한 애착이 일제의 만주국 정책이나 생산력 강화 정책과 연결되는 모습을 보이게 된다.

안수길이 체험했던 만주에서의 삶은 넓은 의미로는 민족에게 엄청난 시련을 안겨준 일제강점기의 역사적 진실 중의 일부라 할 수 있다. 또한 그러한 중에서도 새로운 삶을 도모하지 않을 수 없었던 조선인 이주민들이 어떤 방식으로 현실을 인식하고 받아들였는가, 또 그 현실에 의해 어떻게 굴절된 삶을 이어갔는가 하는 점을 생각해 볼 수 있다. 이것이 작가 자신에게는 작품 활동을 할 수 있었던 중요한 부분이었다고 할 수 있다.

문학은 어떤 의미에서든지 사회성을 내포하고 있다. 문학은 '사회적 산물'[18)이라는 한 가지 이유로서도 그 뜻은 자명해진다. 문학은 예술

---

18) 이상섭, 『문학연구의 방법』, 탐구당, 1980년. 107쪽.

의 여러 형태 가운데서 사회적 매체인 언어를 표현 수단으로 하고 있는 점에서 어떤 다른 예술양식보다도 강한 사회성을 포함하게 된다. 그뿐 아니라 그 사회의 구성원인 인간을 표현 대상으로 하는 점에서 문학은 더욱 사회적이다. 운문인 시의 문학양식보다도 산문인 소설의 경우 반영과 투시의 역할을 담당하는 부분이 훨씬 크다. 소설이 사회현상인 외부세계를 그리든 인간의 내면세계를 그리든, 소설의 내적질서는 사회성과 깊이 관련되기 때문이다.

한말 조선사회 내부의 정치적 무질서와 사회적 혼란, 경제적 여러 요인으로, 남의 땅 북간도에 가서 삶의 터전을 잡으려는 선대 조상들의 개척사와 고난사를 내면세계로 수용한 작가 안수길의 작품은 시대상황과 밀접한 것이다. 작가는 그의 수필집19)이나 『북향보』를 연재한 ≪만선일보≫에서 이런 의도를 밝히고 있다.

안수길의 문학은 식민지 시대의 체험을 바탕으로 한 점에서 시대증언적이고 역사적 사명감의 발현이라 할 수 있다. 그의 문학을 가리켜, 「예술적 리얼리즘」보다는 「민족적 리얼리즘」을 살리려 한 것 같다는 김윤식의 평가는 이를 뒷받침해주고 있다.

안수길의 초기문학에 나타난 민족적 리얼리즘이란, 식민지시대 간도에서 한국이 겪었던 수난사와 선대 조상들의 개척사를 증언하는 것이며, 외세의 억압 속에서도 잃지 않은 민족적 자아 내지 민족적 근성을 일컫는 뜻으로 사용하려고 한다. 이러한 뜻의 한정적 의미를 안수길 문학 이해의 기본으로 삼고자 한다.

인간이 과거와 현재와 미래를 가진 존재임을 가장 잘 실증해 주는 문학양식은 소설이다. 안수길의 『북간도』와 「성천강」은 이것을 증명

---

19) 안수길, 『명아주 한포기』 수필집, 문예창작사, 239쪽.

해 보인 소설이다. 특히 창작집『북원』과『북향보』는『북간도』와「성
천강」을 탄생시킨 모태의 역할을 하고 있다. 안수길 문학의「출발과 귀
착은 동일한 것」[20]이라는 견해는 이를 뒷받침하는 것이다.

만주지방의 우리 농민과 민족의 생활을 발굴하는 것으로 작품의 출
발점을 삼아 온 나는 6년 전에『북간도』를 완결함으로서 재만 시절의
중 · 단편적 단편들의 규모를 크게 종합적인 것으로 마무리한 셈이
다.[21]

안수길은 우리「농민과 민족의 생활을 발굴」하는 것으로 작품의 출
발점을 삼았다. 따라서 그의 소설은 민족의 역사적 사실과 불가분의
관계에 놓여 있다. 그의 소설은 '역사 없는 사회는 없으며 사회 없는
역사는 없다는 것을 본질적으로 의미'[22]하고 있다.

따라서 그의 문학세계가 갖는 역사와 사회는 초기문학의 배경인 일
제하의 만주에서 찾게 된다. 그가 소년기 · 청년기를 만주에서 살았을
뿐만 아니라, 기자, 교사로서 재만 한국인들의 과거와 현실의 삶을 역
력히 체험했기 때문이다. 안수길은 작가로서 사명이 무엇인가를 깊이
깨달은 듯하다. 그가 일제치하의 어려운 시대를 한국인은「어떻게 살
아 왔으며」또「어떻게 살아가느냐」하는 것이 작품의 기조가 되었다
고 한 것은, 작가의 사명과 깊이 관련된다고 볼 수 있다. 조선 후기 때
부터 살기 위해 만주로 이민 간 한인들이, 국가적 힘의 배경이 없고 삶
의 기본인 토지도 없는 이역에서, 민족적 근성의 뿌리를 부여하려는
것은 당시의 현실이고 수난의 현장이기도 했다. 이러한 사실을 추적하
여 안수길 문학의 실상을 찾으려는 의도에 따라 이민시대의 사회상을

---

20) 윤병로,『현대작가론』, 이우출판사, 1978년, 149쪽.

21) 안수길, 앞의 책, 239쪽.

22) 미셸. 제라파(李東烈 역),『소설과 사회』, 문학과 지성사, 1981년, 27쪽.

작품에서 살펴야 한다.

중국인들이 동삼성(東三省, 봉천奉天, 길림吉林, 흑룡黑龍)이라 부르는 만주는 우리 민족의 삶의 연원지로서 역사적으로도 우리와 관계가 깊은 곳이다. 해방 당시에 근 200만이 넘는 한국인이 만주에 살았는데, 이 수는 당시 조선 인구의 10%에 해당한다. 그러므로 만주의 이민사는 국내 사정과 외세 침략의 농도(濃度)를 가장 잘 반영하는 민족사이기도 하다. 이러한 역사적 사실에 안수길 소설은 간도 중심의 만주를 배경으로 펼쳐지는 한말의 수난사를 바탕으로 하고 있다. 안수길 소설은 이 점에 특별한 의미가 있다. 또한 이러한 소설이 수적으로 적을 뿐 아니라 사실을 문학적으로 형상화하는 데도 어려움이 따르는데 안수길 소설은 그것을 잘 해결해 나갔다.

淸은 중원을 정복한 후 만주(束邊地)를 성역으로 정하고 봉금정책(封禁政策)을 썼다. 조선에서도 이의 대응책으로 북방에 변방정책(邊方政策)을 세웠다. 범월자(犯越者)에게 도강죄를 적용, 사형까지 하면서 만주 이민을 엄하게 다스렸으나, 청조말기에는 감시가 소홀한 틈을 타서 이주를 하였다.

이렇게 만주로 월경하려는 조선인의 이면에는 국내사정이 깊이 관련되어 있다. 즉, 조선후기인 1860년(철종)경, 5년에 걸친 가뭄과 식량 기근, 안동김씨의 세도정치에 따른 三政의 문란(紊亂), 농민의 민란, 병인 신미의 양요(洋擾) 등 사회적 정치적 경제적 불안이 유민을 촉진시켰다.

① 제1기(1860~1919)

제 1기는 사회적 불안이 크게 작용한 데다 경제적 빈곤이 간도 이민을 유발케 하였다. 이 시기를 배경으로 한 것이 안수길의 『북간도』다.

『북간도』는 1870년부터 1945년까지 근 1세기에 걸친 역사를 조명한 작품이다. 초기문학과의 유기적 상관성과 작품 계보 설정을 위해서 이 시기를 배경으로 한 부분을『북간도』에서 살펴보겠다.

제1기의 유민상황은『북간도』의 제1부 <사잇섬 농사>를 짓는 <李韓福>일가의 도농(盜農)에서 찾을 수 있다. 19C 후반, 가뭄으로 농사가 잘 안 된 함경도와 평안도 주민들은 식량난에 허덕이게 되었다.

> 보리가 결딴났다. 파종을 한들 무슨 소용이랴? 논밭에서 먼지가 날렸다. 모를 키울 수도 없었고 꽂을 수도 없었다. 2년 내리 계속 되는 가뭄이었다. 노인들은 30년래의 흉년이라고 했다.[23]

> 비만 오지 않는 것이 아니라, 칡뿌리로도 연명이 되지 않아 굶어 죽는 사람이 많았다. 남녀노소가 산으로 들로 나무뿌리와 나물을 캐러 다녔다. …… 칡뿌리가 캐어지고 소나무가 껍질이 벗겨졌다. 그래도 굶는 사람이 많았다. (북간도 13쪽)

> 농사가 아니고는 <감자> 한 개도 먹을 수 없는 함경도 사람들은, 검은 흙이 있는 사잇섬(간도)으로 이주하기 시작하였다. 오늘은 장치덕이네 가족이 강을 건너는 날이었다. 이한복이 가족은 남겨놓고 단신으로 먼저 처가와 함께 월강하는 날이기도 했다. (북간도 56쪽)

이와 같이 초기의 간도 이민은 흉년으로 인한 기근과 사회적 불안 등의 복합적인 요인으로 시작되었다. 위정자의 부패와 무능한 정치, 대원군 집정 이래 경복궁 중건의 강제부역 등은 국민의 不信을 자초

---

23) 안수길, 「북간도」, 三中堂, 1982년, 10쪽.

하는 농민의 유랑화를 촉진하였다.

<blockquote>

강제 부역도 감자나 조밥을 먹으나, 생활고에 세도 척신의 눈
꼴 사나운 일도 없었던 이 고장은 조선 농민의 안식처였다. 그
런 이 고장을 쉽게 팽개치고 어디로 갈 것인가? 그렇다고 입적
귀화(入籍歸化) 해 청국 사람이 될 수도 없었다. 어떻게 흰 옷을
소매긴 청복으로 바꿔 입고 상투를 풀어 등 뒤로 드리울 수 있
을까? <민족의 얼>이 용서하지 않았다.[24]

</blockquote>

국가의 무력과 위정자의 부패에서 빚어진 정치부재, 경제부재 현상
으로 불안한 생활을 영위해야 하는 서민층들은, 비록 감자나 조밥을
먹더라도 마음 편하게 사는 것이 소망이었다.

국내의 불안한 삶에서 벗어나서, 간도에 제 2고향을 설정하려던 재
만 한인에게, 갈등과 대립을 일으키는 다른 장벽은 만주의 원주민과
지주들의 경제적 수단이었다. 소작인으로 출발해야 하는 영농은 계약
기간이 거의 1년(88%)이었다. 맨주먹으로 두만강을 건너온 한인들은
1년을 지탱할 돈이 없어 결국 빚을 지게 된다. 소작인의 생활은 중국인
지주의 머슴이나 다름없었다. 한국인 마름 사음(舍音)과 이방자(二房
子)는 같은 한인인데도 지주 이상의 행세를 하였다. 이러한 비인간적
인 동족 착취의 실상들이 「새벽」, 「원각촌(圓覺村)」에 반영되어 있다.
「새벽」의 한국인 마름 '박치만'은 동족을 괴롭히는 착취자형의 한 예
이다.

<blockquote>

관청에 등을 대고 주민들을 위협 공갈하여 제 이익만을 취하
는 것은 오히려 용서할 일이나 주민들의 부녀자를 농락하는 등

</blockquote>

---

24) 안수길, 『북간도』. 36쪽.

소행이 아름답지 못하였다. 그는 원래 조선 태생이나 그자신은
그런 티를 안 내려 하였다.[25]

두만강을 건너 만주로 이민 온 二世들은 이민 당시의 가난을 이렇
게 기억하고 있었다.

아버지는 나를 오줌 얼룩진 요에 싸업고 어머니는 간난 애기
를 이불에 싸업었다. 누이는 아버지의 큰 저고리를 입고 따라왔
다.[26]

농사가 잘 되는 간도를 찾아 두만강을 넘어왔으나 거기엔 부의 꿈보
다는 가난과 횡포와 착취가 삶의 핍박을 재촉하였다. 一生을 소작농
으로만 끝낼 수 없는 小作人들은 『북간도』의 이한복처럼 사잇섬에다
감자를 밀경(密耕)하기도 하고, 「새벽」의 아버지처럼 빚을 청산하기
위하여 소금을 밀수하기도 하였다. 이한복의 감자 밀경은 백두산 정계
비(定界碑) 문제로 또는 국경문제로 확대되기도 했다. 소금을 밀수한
아버지는 소설의 인물중심이기도 하지만 나아가 민족문제를 제기하
는 인물이다. 그가 말하는 민족문제가 전 작품을 압도하는 소설이다.
민족문제라는 거시적 사회상을 통하여 이한복 일가의 인물이 행동한
다. 그러나 「새벽」은 인물의 성격화를 통하여 작품이 존재하고 있다.
삶을 찾아서 두만강을 건너온 아버지 일가는 착취형 박치만과의 투쟁
과정을 통하여 삶의 의미가 부각되고 있다. 「새벽」은 극히 개인적이고
가족적인 미시적 사회상을 통하여 민족문제를 인식하려고 하였다. 양
자는 인간문제와 사회상이 상보적 관계에 놓여 있다고 하겠다. 전자는

---

25) 안수길 , 『북원』, <새벽>, 예문당, 1943년, 302쪽.

26) 안수길, 앞의 책, 304쪽.

사회전체를 통하여 개인을 보려는 관점이고, 후자는 개인을 통하여 사회를 보려는 태도이다. 그러나 안수길 소설은 일제하의 한국인들이, 그 어려운 시대를 어떻게 살아왔으며 또 어떻게 살아 갈 것인가를 끊임없이 추적하고 있으며 그런 정신을 기본으로 하고 있는 것 같다. 이런 의미로 볼 때 「새벽」은 간도 이민의 '사회의식사'27)를 굴절 시킨 작품이다.

「원각촌」의 한익상도 동족 착취형이다. 지세(결세結稅)와 입적문제로 돈을 뜯어가고, 고의적인 문제를 일으켜 칭커(청객請客—교제交際)와 벌금을 받아서는 순경과 나누어 먹는다. '생사람'을 끌고 가서는 반죽음을 만들고 마적과 연락하여 주민을 위협한다.

이상의 예(例)가 이민 초기에 조선인들이 간도로 이민을 가게 된 원인이었으며, 만주인 지주와 그 마름으로부터 당하는 착취의 형태이다.

② 제 2기(1920~1931)

일제는 조선 침략 2단계로 경제적인 침략을 시작했다. 그 첫 번째 사업이 토지조사사업이었다. (1908~1918) 물론, 그전에 토지에 대한 법령으로서 「조선총독부등기령」, 「토지가옥증명규칙」 등을 계속 발표하였다.28) 토지조사사업은 근대적 소유권이 확립됨과 동시에 일본인이 한국의 토지소유를 가능케 하는 법적 근거를 마련한 셈이다. 그리하여 일본자본과 토착봉건자본은 농민의 토지를 약탈하여 새로운 토지 소유의 주종관계를 형성하였다. 그 결과는 농민의 실농화(失農化)가 되어 고향을 떠날 수밖에 없었다. 제 2기의 이민은 일제의 경제적 수탈에 의한 이민이었다. 20년대 최서해의 소설 「홍염」(1923), 「고국」

---

27) 이상섭, 앞의 책, 121쪽.

28) 김석담, 「조선경제사」, 박문서관, 1949년. 226쪽.

(1924), 「탈출기」(1925)와 30년대 농민문학에서도 이러한 실상을 찾을 수 있다.

안수길의 초기작품인 「새마을」, 「벼」가 제 2기의 시대적 배경과 연관되고 있다. 이 작품은 제 1기와 제 2기에 연관되고 있으나 작품 성격상 제 2기에 귀속시켰다. 단편 「새마을」의 아버지는 호가(胡哥)네 지팡살이가 싫어졌을 뿐만 아니라, 딸 복동예를 잃은 사건 때문에 용정 시내로 이사 가기로 한다. 농사를 그만두려는 의도였다.

> 지팡을 떠나는 것뿐 아니라 지팡사리를 영 그만두렴에 있었다. 농사라는 것과 하직하려고 했을는지도 모른다.[29]

「새마을」은 이민 초기 소작인들의 삶의 비애를 단적으로 나타낸 소설이다. 죽도록 농사를 지어봤자 빚만 늘어 갔고, 생활의 어려움은 갈수록 심해졌다. 게다가 어머니의 실성한 상태는 당시 이민 온 소작인들의 허탈을 상징하고 있는 것이다. 이같은 민족의 고통을 작중 현실로 선택한 안수길의 소설은, 국내 부일문학류(附日文學類)의 소설에서는 찾아볼 수 없는 민족의 문제를 다루었다.

「새마을」의 이세인물 삼손은 시대 상황을 구름과 운명으로 표현했다. 구름은 일제식민지 치하의 으울을, 운명은 무력한 현실과 민족성을 은유하였다. 삼손은 자기가 사랑했던 복동예가 죽은 것과 어머니가 미친 것은 착취자인 박치만의 죄가 아니고 일제의 죄라고 독백하였다.

> 그렇다고 박치만이의 죄(罪)두 아니다. ……죄는 따루 있건만 구름에 가려 뵈지 않는다. 그것이 운명, 운명이냐…… 그러나

---

29) 안수길, 앞의 책, 361쪽.

운명 앞에 무기력하게 굴복해 본 것이 우리의 폐단이었다.[30]

안수길은 '신음하면서 찾는 사람만이 시인할 수 있다'[31]고 하였다. 식민지체제 하에서 한국민이 가져야 할 태도는 어떠한 고통과 좌절이 있어도 민족을 저버릴 수도 없고 민족의 자존심을 팔수도 없었다. 오직 '전진'하는 행동만이 있을 뿐이었다. 「새벽」의 주인공은 "오직 전진만이 있다. 전진, 전진…"하고 외친다. 그러나 그 행동은 외부 세계를 향하는 행동 영역이 아니라, 민족 내부의 문제로 귀착하는 행동일 따름이었다. 이것은 이광수가 주장하는 민족 자성의 문제, 민족 개조의 문제와 상당한 연관성을 가진다. 그러나 이광수의 민족개조론은 일제식민지 정책을 간접적으로 시인하고 국민교육을 주장한 데 비해, 안수길의 교육은 삼손이가 의식한 <구름>과 민족의 운명을 개척하기 위해서 필요한 교육문제였다. 남의 땅 간도에서 살아가는 방도는 생활문제 다음으로 절실한 것이 교육 문제였다. 이만큼 당시 재만 한인에게는 교육문제가 중요시 되었다. 이상과 같은 일련의 민족문제는 일제하 재만 한인들이 받는 민족적 박해문제와 깊이 관련되고 있다.

소설 「벼」에 등장하는 인물들은 수차례 만주 원주민과 충돌한다. 원주민들은 흰옷을 입고 거지 떼같이 떼를 지어 이주해 오는 한국의 농민들을 달갑게 여기지 않았다. 농토를 빼앗길 것이라는 불안과 수전 개간에 따르는 적대심에서 나온 태도였다. 「벼」의 개척민 아들 '익수'는 원주민과의 충돌에서 빚어진 첫 번째 희생자였다. 그뿐 아니라 수전을 개간하고 소작농의 신세를 면하게 됐을 무렵에 중국 관헌들은 재만 한인들을 박해하기 시작하였다. 소위 만보산 사건(1931) 이전에도,

---

30) 안수길, 앞의 책, 421 – 422쪽.
31) 안수길, 앞의 책, 422쪽.

주로 1927년을 전후로 하여 만주에서 한·중 농민 충돌 사건이 있었는데 이것은 제 2기의 시대 상황을 반영하고 있다.

일제의 침략으로 한국인은 만주로 이민을 가게 되었고, 그 이민의 대다수는 농업이민이었다.「1925년 이후는 이민의 제한시대 또는 탄압시대로서 특히 1927년에는 중국 관헌의 탄압이 절정에 달했던 시기였다. 이러한 참상을 보고 국내 지도자들과 애국 인사들은 일제 통치하에서라도 우리의 힘으로 재만 동포를 구출하여야겠다는 일념에서 1927年 전북 이리를 시발점으로「재만동포옹호동맹」을 조직하였던 것이다.」[32]

안수길의 소설에는 위와 같은 역사적 사건이나 용어들이 직접 반영된 것은 아니다. 가령 '만보산 사건'이니 '재만동포옹호동맹' 같은 용어는 나오지 않는다. 그러나 중국 관헌이, 정착하고 있는 한국 농민을 구축하려는 행위는「벼」의 인물을 통해 부각 되고 있다. 일제가 대륙 침략을 기도하여 발생한 한·청·일의 국제적 문제는 중국 관헌이 한국 이민을 박해하는 주요한 원인이 되었다.「벼」의 끝부분에서는 이러한 문제가 극적인 대립으로 나타나 있다.

> 탕―한방의 총소리가 새벽 하늘에 쑤애액하는 여음을 남기고 울리었다. …… 그러자 시퍼런 총칼 든 육군 십여 명이 건너편 방축 위에 올라와 총뿌리를 이 쪽에 겨누는 것이 군중의 눈에 띄었다.[33]

---

32) 박영석,『일제하 재만 한인 박해문제』, 고려대, 아세아연구(제48호), 219－220쪽.
33) 안수길, 앞의 책, 289－290쪽.

③ 제 3기(1932~1945)

제 3기는 만주사변 이후 일본의 정책적인 이주가 봉천지방(奉川地方)을 중심으로 집중 실시되었던 시기이다. 일제는 적극적인 정책 이민을 장려하여 만주 제패를 도모했으나, 기후와 풍토가 맞지 않아 포기한 것이다. 정책에 의한 한국인 이민은 친일적인 인상 때문에 원주민의 박해와 경원의 대상이 되었다. 또 친일파의 무고로 동포들이 고통을 당하는 일이 빈번했다. 일제의 정책이민은 재만 한국인의 '안전농촌'을 설정한다는 구실로 금융회(金融會)로 하여금 영농자금과 생활자금을 지급케 하였다. 이 시기와 관련해서 논의할 수 있는 소설은 「토성」, 「목축기」와 장편소설 『북향보』이다. 「토성」은 안전농촌을 위한 정부의 특전이 반영 되어 있는 이른바 정책 반영의 내용이다.

>　……이외에 농자금으로 국고를 열어 무담보의 저리자금(低利資金)을 하였다. ……거기에 조선총독부에서는 ＸＸ회사를 통하여 자작농을 창정하였다.34)

또 만주국 정부에서는 아편재배도 허용하였다. 아편재배의 특전은 1931년경 농촌의 갱생을 위하여 베푼 것인데, 후에 금연정책의 실시와 함께 없어졌다고 하였다. 아편재배는 역사적 사실이므로, 안수길의 「토성」은 정책 반영의 의도라기보다 식민지정책을 고발하려는 의식에서 창작된 작품이라 생각된다. 또 「목축기」에는 '지금은 암흑시대가 아니다'라는 말이 나온다.

>　현 당국은 와우산 목장을 목축부락으로 인가하였고 목축 자

---

34) 안수길, 앞의 책, 70쪽.

작농으로서의 자급 자족경지를 세워나감에 가지가지로 편의를
주었다. ……지금은 암흑시대가 아니다.[35]

주인공 '찬수'는 암흑시대가 아님을 강조했으나 이는 반어적 표현
으로써 오히려 암흑시대임을 강조하고 있는 것이다. 「목축기」나 『북
향보』가 발표되던 시기에 국내에서는 결전을 독려하는 문학이나 천황
에의 『봉사문학』이 나오던 시기였다. 『북향보』는 국내보다 검열이 다
소 소홀했던 만주에서 발표되었고, 작가 자신이 ≪만선일보≫ 기자였
던 과거 경력 때문에 검열에 통과할 수 있었다고 작가는 술회하였다.
『북향보』에는 농민도장(農民道場), 고성회(呱聲會), 인조상회(隣組
常會) 등의 용어와 식순에 건국신조요배(建國神廟遙排), 궁성요배
(宮城遙拜)…… 등을 썼으며 군국주의 말기의 용어인 국방헌금이란
낱말도 사용하였다.
　「토성」, 「목축기」, 『북향보』는 일제의 식민지정책이 노골화 되고
생산정책을 강요하던 시기의 작품이다. 그러나 이런 작품에 나타난 시
대적 반영이나 만주국 정책 반영은 시대 영합이나 생산정책 영합과는
구분되어야 할 것이다. 반영과 영합 그것은, 전자는 시대 증언적 태도
에서 나온 작가의 민족적 사명감일 것이며, 후자는 친일적인 부일문학
(附日文學)에 속할 것이다. 일제 암흑기 시대 문학이 이중구조로 되어
있는 것은 당국의 검열을 전제로 한 것이다.
　지금까지 만주 이민 제 1기부터 제 3기인 1945년까지, 시대적 배경
과 안수길 소설과의 상관성 내지 삼투작용들을 살펴보았다. 안수길 소
설의 경우 시대적 배경과 그것을 증언하는 문학은 이민사의 측면적 자
료로서도 가치가 있다. 그의 소설을, 선인생활(鮮人生活)의 시대적인

---

35) 안수길, 앞의 책, 8 - 9쪽.

변천과 민족적 사명의식 및 문헌적 가치로서 평가하려는 근거로는, 당시의 ≪만선일보≫ 기사와36) 작가의 『북원』 후기에서37) 예증할 수 있다.

일제는 재만 한인에 대하여 직접적인 탄압도 하였지마는, 간접적으로는 중국인과의 충돌을 조장하였다.「일제(日帝)는 1927년의 배화사건(排華事件)에 대하여는 강력히 탄압한데 반하여 1931년 만보산 사건을 계기로 일어난 배화사건은 이면에서 확대시켰다.」38) 일본의 비호 밑에서 성행한 아편 밀매 해위는 중국 관헌의 감정을 악화시켰고, 그로인해 불법적인 탄압과 구축 문제가 심해졌다. 일본영사관의 재판 관할 문제, 중국 입적 강요문제, 지주의 혹사, 마적단의 습격, 중국 원주민과의 충돌, 한국인 마름의 행패 등은 이민들을 괴롭혔던 수난의 시대적 요인들이었다. 당시의 이민들은 일제의 군국주의 강요와 폭력, 중국 관헌의 횡포 등 외적 요인과 생존 자체를 해결하기에 급급했다. 이러한 내적문제 때문에 인간으로서 지녀야 할 개성과 특징은 무기력하게 변해 버렸다.

안수길의 초기 소설에 등장하는 인물은 개성이 없다. 외세에 억눌려 사는 인간 군상의 억압되고 피로한 모습들을 나타내려 한 것이다. 그런 중에서도 「벼」에 나오는 박첨지에게서 남녀 간의 삼각관계를 찾을 수 있다. 박첨지는 만주로 오기 7년 전부터 젊은 향옥이와 사랑하는 사

---

36) ≪만선일보≫, 1943. 4. 12자,「대부분 작품은 만주에 있어서의 鮮人생활을 그린 것인데 起筆하기를 건국이전으로 하여 소급하여 오늘에 이르기까지 다종다양한 선인생활의 時代的인 전환과 史的使命等을 남김없이 취재한 것이다. 창작집으로 써의 가치도 가치려니와 재만 조선인 가치의 문학적 가치로도 적지 않은 바가 잇서 크게 期待된다.」

37) 안수길, 『北原』 後記, 1-2쪽,「한편 한편이 그대로 독립한 존재이기는 하지만 순서를 쫓아 읽을 때, 거기에 자연히 時代的 연결도 지어질 수 있는 것이다.」

38) 박영석, 앞의 책, 220쪽.

이었다. 향옥이와 부인과 박첨지는 삼각관계를 형성하게 되고 이것이 원인이 되어 이민을 실행하게 된 것이다. 그러나 7년 만에 다시 만주로 찾아 온 향옥이와 박첨지는 아이까지 낳게 된다. 이러한 사이에도, 청군에 대항하는 민족적 감정에는 대립이 있을 수 없었다. 개간한 논에 볏모를 쥐고 청군에 대항하는 자리에는 향옥이와 어머니 그리고 아버지도 홍덕호와 함께 엎드려 있었기 때문이다.

2. 작가의 문학의식 형성

일제 시대가 되면서 식민지 정책의 횡포 때문에 간도로 떠나는 사람이 더욱 많아진 것은 어쩌면 당연한 일인 지도 모른다. 대부분의 이주민은 간도를 중심으로 한 만주를 터전으로 제2의 고향을 만들어 갔다. 말하자면 간도는 식민지 시대 우리 민족이 찾아간 최후의 땅인 셈이다. 그러나 그들도 식민지인으로서의 고충은 많을 수밖에 없었다. 어쩌면 이주민으로 뿌리 내리는데 고난이 한층 더 심했을지도 모른다.

1940년대의 간도를 생각할 때, 간도는 한반도에서 받게 되는 억압으로부터의 탈출구이자, 중국과 일본의 세력 다툼이 벌어지는 곳이라는 것을 상기하게 된다. 또한 간도는 우리 민족의 반만 · 항일운동이 벌어진 현장이라는 지역적 특수성을 빼놓을 수 없다. 조선 후기에는 농토를 찾아 나선 농민의 이주가 잦아졌으며, 한일합방 후로는 독립운동의 근거지로서 이주가 계속되었다. 그러면서 간도는 작가들에게도 망명의 도피처가 되었다. 안수길도 이러한 시대에 간도에서의 삶을 경험한 작가 중의 한 사람이다.

안수길에게 만주는 특별한 의미로 받아들여졌던 공간이다. 작가의 본래 고향은 함흥이지만, 생의 중요한 시기라고 할 수 있는 청소년 시기를 간도에서 보냈다. 어릴 때부터 그는 또래들과 다른 생활을 하게 되었고, 특이한 경험을 가질 수 있었다. 생의 주요한 시기인 20대의 시간을 용정과 신경에서 보내면서 그는 작가로서의 풍부한 체험을 한 것이다.

이러한 체험이 바탕이 되어 그는 어려운 시대를 살아가는 실향민의 삶을 직접 바라본 자로서, 민족의 아픔과 어려움을 작품 속에 나타내려고 노력했다. 젊은 시절의 간도 체험은 그가 펼치는 문학세계의 토대가 되었다. 그는 국가의 도움이 전혀 없고 생존의 위기와 생활의 위협까지 느꼈던 간도에서 이주민의 고통과, 민족적 수난을 문학 작품으로 형상화 시키려고 노력했다. 그리하여 그는 초기 작품인 「새벽」, 「벼」 등에서 만주 이민의 개척과정과 정착하는 삶을 생생하게 담았다. 1941년 신경에서 발간된 재만 조선인의 작품집인 『싹트는 대지』에 실렸던 안수길의 「새벽」을 가리켜 김오성은 개척 이민의 생활사의 한 토막이라고 전제한 후, 만주문학의 성격이 참담한 색조로 인상을 받게 된 것은 바로 「새벽」[39]때문이라고 했다.

또 염상섭은 만주국 건국 이전의 초기 이민 단계에서 오는 개척 이민의 비극적 실상을 암담하게 잘 그렸다는 평을 하고 있다.

> 나는, 이 작품들을 읽어 가는 동안에, 그 대부분의 작품에서 '전기농민'의 참담한 생활상을 회고 추적하는 일종의 '이민 수난기'와 같이도 느꼈다. 이러한 의미로 이 작품집은 만주개척사의 서설이요, 먼 장래에는 얻지 못할 귀한 문헌의 가치도 가지게 되리라 믿는 바이거니와, 한편으로는 선구자로서의 '농민'개척자로서의 선진을 위한 대변이요, 설분이며 동정에 넘치는 감

---

39) 김오성, 「조선의 개척문학 – 재만조선인 작품 『싹트는 대지』를 평함」, 국민문학, (1942. 3).

사의 문자이기도 한 것이다 이 점으로 보면 이 일편은 만주 광
야의 진흙 구덩이를 후벼 파고 돌아나왔다고 하기보다는, 차라
리 우리의 만주 개척민이 땀을 흘려가며 파고 심그고 거두어서
빈 바가지를 채운 최초의 둔화라 할 것이다. 나의 이러한 소리
는 너무나 낭만적이라고 할 지 모르겠으나, 읽어가는 동안에 자
자구구에 그 개척자의 혈한이 서리운 듯한 경건한 느낌이 없지
않았던 것도 사실이다.[40]

　해방이 되고 월남한 후에도 그는 꾸준히 만주의 생활을 작품의 주제
로 삼아 왔다. 그의 작품이 온통 만주에 관한 이야기로만 이루어져 있
다고 해도 과언이 아니다. 이러한 그의 꾸준한 간도의 관심은 작품『북
간도』를 통해 총체적으로 형상화 된다.

　작품『북간도』는 한 시대의 역사적 사실을 그리면서 주인공의 삶을
통해 역사와 민족애를 전달하려고 애를 쓴 노력이 역력히 보인다. 우
리 땅임이 분명한데 남의 땅에 온 것처럼 우여곡절을 겪어야 하고, 고
통을 받아야 했던 상황을 문학작품을 통해서 나타내고자 했다. 또한
한민족의 민족성을 강조하면서 간도에 정착하고자 하는 이주민의 삶
에 중점을 두었다. 이것은 작가의 철저한 민족정신이 본질적으로 흐르
고 있음을 증명하는 것이다.

　　역사적으로는 우리의 땅읶이 분명한 이 지대에 남의 땅에 온
것처럼 우여곡절 복잡다단했던 세기 말에서부터 금세 초기에
걸친 열강들의 각축전 속에 부대끼는 우리 농민들의 생활상은,
고로들의 전언과 더불어 기자였던 탓으로 현지답사 같은 것에
의해 뼈저리게 실감할 수 있었다. 그들의 생활에 있어서는 '인
간이 무엇이냐?' 보다도 '어떻게 살아야?'가 절실한 문제로 등

---

40) 염상섭, <싹트는 대지>, ≪만선일보≫, 1941. 2.

장하고 있었던 것이다.[41]

안수길의 작품에는 특별히 '우리가 어떻게 사느냐'하는 문제를 만주 이주민들의 삶을 통해 진지하게 묻고 있다. 하지만 이것은 작가 자신의 삶 속에서 제기된 것이 아니다. 단지 '고로(古老)들의 전언'과 '기자의 현지 답사' 등 수동적이고 피상적인 행위를 통한 파악이었다. 즉 적극적이고 능동적인 파악이 아니라는 점이다. 이는, 안수길의 간도 이주민에 대한 여러 측면의 실상이 교사생활과 기자생활을 통해서 얻은 간접 체험이었다. 도시 상업 중심지인 용정과 신경(新京)에서 간도 시절의 대부분을 보냈던 것을 생각하면 추론이 충분히 가능한 부분이다. 이것이 『북간도』에 나오는 이주민들의 삶에서 한계이다. 그러나 이것은 안수길이 북간도 시절의 생활이었기 때문에 작품 속에 이주민의 고통을 담아내는 데는 어쩔 수 없었을 것으로 생각된다. 김윤식은 이와 같이 『북간도』는 안수길의 북간도 시절의 경험 범주였기 때문에 안수길 작품에 나타나는 이주민에 대해 고통의 실체를 그리는 데는 한계가 있었던 것으로 생각된다.

> "안수길은 만주 태생(제2세)이 아닌 만큼, 윤동주와 같은 두 개의 고향에 관한 형이상학적 앓음이 없다. 앞에서 이미 살펴본 바와 같이 안수길의 아버지 안용호는 어떤 이념으로 말미암아 국내에서 쫓겨 간 쪽이기보다는 보다 나은 곳을 찾아 간도로 간 경우에 해당된다. 절박한 이념 선택과도 상당히 거리가 있는 삶의 선택 방법에 지나지 않았다. 그런 만큼 안수길이 간도에서 망명문학(문단)을 건설하겠다는 생각은 어떤 투철한 이념지향성이라고 보기 어렵다."[42]

---

41) 안수길, 『명아주 한포기』, 서울문예창작사, 1997. 245쪽.

라고 말하며, '처음에 문학청년적인 객기 또는 외로움의 한 가지 표현 양식을 그는 망명문학이라 부르고 싶었는지도 모른다.'고 비판적으로 덧붙인다.

안수길 소설에서 주인공들의 삶이 대부분 북간도와 불가분의 관계를 맺고 있다는 사실은 이미 널리 알려진 바이다. 그것은 무엇보다도 작가의 간도 경험이 그의 삶 전체에 있어 가장 소중한 청년기에 이루어졌다는 점, 그러한 경험에서 획득한 현실 인식이 그의 나머지 삶을 규율하는 정신적 기둥으로 작용하였다는 점 등에서 연유된 것이라 할 수 있다.

안수길은 살아가는 데 불의와 타협하지 않는 강직한 태도로 쉼 없이 민족과 역사의 문제를 자신의 문학적 화두로 삼아 진정한 '민족의 주체성 찾기'에 노력했던 작가라 할 수 있다. 따라서 안수길의 문학적 시각은 어느 시대를 막론하고 민족의 삶과 현실에 집중되었다. 이러한 그의 민족정신은 역사의식에 바탕을 두어 우리 문학사에 영원히 남을 『북간도』를 제작하였으며, 작가의 입장에서 미래를 바라본 깊이 있는 문학의 바탕을 이룩하였다고 할 수 있다.

남석(南石) 안수길은 1911년 함남 함흥시에서 간도 용정 광명고등여학교 교감을 지낸 안용호씨와 김숙경 여사의 2남 1녀 중 장남으로 출생하였다. 6세 때 흥남 서호리로 이주하여 유년시기와 소년시기를 할머니 밑에서 자랐고 이곳이 원적(原籍)으로 되어 있다. 1924년에 소학교를 다니다가 3·1운동에 관여하여 3년 전에 먼저 간도로 간 아버지를 찾아간다. 1926년 함흥고보에 입학하여, 2학년 재학 중에 맹휴사건(盟休事件)이 일어났는데 여기서 주동학생으로 인정되어 자퇴했다.

---

42) 김윤식, 『안수길 연구』, 정음사, 1986. 49쪽.

다시 1928년 상경하여 경신학교 3학년에 편입한다. 그러나 이듬해 '광주학생사건'이 터지자 항쟁의 선두에 섰다가 일경에게 체포되어 15일간 구류 생활을 치른다. 이것을 빌미로 학교에서 퇴학을 당한다. 1930년 일본으로 건너가 정도 양양중학교에 입학했으며, 이듬해 의예과를 치르라는 아버지의 명을 어기고 동경 와세다 대학 고등사범부 영어과에 입학한다. 하지만 일 년도 안 되어 집안의 우환과 학비 관계로 학업을 중단하고 귀국한다. 남석은 학비를 벌어 공부를 하려고 용정에서 떨어진 팔도구에서 소학교 선생으로 근무한다. 그러나 1933년 여름 건강 때문에 그 학교를 떠나 고향 함흥으로 돌아와 석왕사에서 요양을 하게 된다. 요양 중 대문호들의 작품을 읽으면서 '문학도 남아 일생의 업'이라는 확신을 얻고 그 이후 문학에 전념키로 한다.

　1935년에 단편 「적십자병원장」과 콩트 「붉은 목도리」가 『조선문단』에 당선되었다. 그러나 정작 중요한 「적십자병원장」은 검열로 발표되지 않고 다만 콩트만이 실렸다. 이 해에 소학교 동급 동창인 김현숙과 결혼하였다. 그녀는 학원 선생이었으며, 일본 잡지 『문예』를 구독하게 하는 등 안수길의 문학에 아내로서 충실한 내조를 했다. 또한 이 해에 박영준, 이주복, 김국진 등과 함께 문예동인지 『북향』을 간행하였다. 1937년 용정의 우리 말 신문 간도일보와 신경의 만몽일보가 병합되어 만선일보로 발족하자 신경으로 가서 근무하였다.

　1940년에 그의 대표작격인 「새벽」을 재만 조선인의 작품집인 『싹트는 대지』에 수록한다. 1944년에 광복 직전까지, 모국어로 우리 농민의 어려운 이주사를 다룬 처녀 장편 『북향보』를 만선일보에 연재한다. 그리고 「새벽」을 비롯 「벼」(1941), 「토성」(1937), 「새마을」(1942), 「원각촌」(1942), 「목축기」(1942) 등 제1창작집 『북원』을 간행한다.

　1945년 건강이 나빠 안수길은 ≪만선일보≫를 사직하고 함흥에서 대수술을 받고 만 3년간 요양하며 작가로서의 활동을 쉬었다. 1948년 가족과 월남하여 ≪경향신문사≫에 입사하여 문화부 차장과 조사부 장을 역임하고, 이듬해 해방 후 처음으로 붓을 들기 시작하여「여수」, 「밀회」를 썼다. 그러나 그는 만주 체험의 기억에서 좀처럼 벗어나지 못하였다. 이 무렵의 작품은 도시 소시민의 생활을 그리는 가운데 인 텔리의 양식을 파헤치려 하였다. '어떻게 사느냐'를 창작의 기본 태도 로 해온 안수길이 그 나름의 수준을 보인 것은『제3인간형』(1953)이 라는 평가를 받는다.

1954년 서라벌 예술대학 문예창작과 과장에 취임하고 제2창작집 『제3인간형』을 간행하여 1955년에는 제2회 아세아자유문학상을 수 상하였다. 또한 제3창작집『초련필담(初戀筆談)』을 간행했다. 1956 년에 장편『가장행렬』을 동아일보에 연재하다가 건강이 좋지 않아 중 단하였고, 1959년 이대 국문과 소설 창작 강의를 맡았었다. 이해에 『북간도』1부에서 시작하여 1965년 5부작으로 10년 가까운 시기에 걸쳐 작품을 썼다. 그리고 1963년에는 제4창작집『풍차(風車)』를 간 행하였다. 1968년『북간도』로 서울시문화상 문학 부문을 수상, 1971 년부터 장편 대하소설『통로』의 제2부인「성천강(城川江)」을 3년여 에 걸쳐 ≪신동아≫에 연재하였고, 장편『부교』와 함께 1973년 3·1 문학상을 수상한다.

작가와 조국의 관계를 깊이 다룬 그의 마지막 단편인「망명시인」 (1976)을 쓰고 이어서「동맥」을 ≪현대문학≫에 연재하는 한편, 경향 신문에 역사소설인「이화에 월백하고」를 연재하던 중인 1977년 4월 18일 66세를 일기로 세상을 떠났다. 슬하에는 3남 2녀가 있었다. 그의 창작 경력은 처녀작이자『조선문단』의 단편소설 현상 응모 당선작인 「적십자병원장」(1935)에서부터 따져 42년에 걸쳐 계속되었다. 1935

년부터 제6장착집 『망명시인』을 간행하기까지 약 25편의 장편, 10여 편의 중편, 70여 편의 단편소설을 발표했다.

남석은 사상사적 측면에서 고찰하여 보면, 『북간도』(1959~1967)를 비롯하여 『북향보』, 「성천강」 등 장편소설이 모두 우리 선조들의 개척의지나, 강한 민족의식을 문제 삼고 있는 작품들이다. 이렇게 출발 초기에는, 만주에서 머무르며 우리 이주 농민이 대륙에서 흙과 싸우는 모습을 그리는 농촌소설에 주력했다. 해방 후에는 월남하여 도시 소시민의 생활 단면을 그리는 많은 장. 단편을 발표하였다. 안수길의 작품 세계를 이해하는 데에는 고향의 이중성과, 작품을 쓰게 된 동기인 시대정신을 파악하는 것이 필요하다.

Ⅲ. 북향정신의 구상과 시도

안수길은 만주에서 문학 활동을 하면서 일제에 항거하는 저항 문학을 창작한 것도 아니고 그렇다고 부일(附日)문학을 창작한 것도 아니다. 다만 만주 이주민들의 생존의 문제를 비롯한 민족 문제를 꾸준히 다루면서 그 시대와 외로운 대결을 했다. 국내에서는 친일문학 일변도로 치닫고 있던 시기에 안수길은 만주에서 자신에게 허락되는 조건을 이용해 이주민들의 삶을 형상화 했다. 일제의 정책 홍보에도 말려들지 않았고 그가 줄곧 추구하는 '어떻게'에 주제를 집중했다. 그의 이런 작가적 모습은 당시 국내 문인들의 활동과 비교해 고찰해 보면 설득력이 있다.

만주에서 뿐만 아니라 국내에서도 일제 말기의 극악한 상황은 문인들의 사회에서도 그대로 나타났다. 1937년부터 문단의 어용화가 시작되고 이 해에 '문인보국연맹'이라는 어용단체가 조직되었다. 1939년 10월 29일에는 전시문단체제를 위해 '조선문인협회'가 결성되었다. 이는 조선총독부의 어용기관이었다. 이광수가 회장으로 김동환, 정인섭, 주요한, 이기영, 박영희, 김문집이 간사로 선출되었다. 조선문인협회의 창립 목적은 '새로운 국민문학의 건설과 내선일체의 구현에 있다는 것과 한국문단의 새로운 건설이 내선일체로부터 출발되어야 한다'[1]는 데 있었다.

'조선문인보국회'는 1942년 9월에 상임이사회를 조직해 임원 및 기구를 개혁하였고 실천요강을 채택하여 문단의 일어화 추진과 일본적 단련 그리고 작품의 국책협력과 현지의 작가 동원을 강화하였다. 1943년 4월에는 '조선문인보국회'로 재출발하여 유진오가 상무이사로 이광수, 유치진, 최재서가 이사로 참여하였다. 내선일체와 통후봉공(統後奉公)을 역설하였고 '대동아공영'을 예찬하였다. 그런가 하면 일어로 글을 쓰는 일방 국민문학의 확립을 주창했다. 그들은 일제의 '내선일체', '근로보국', '황국신긴화'를 위해 외쳤다. 1943년 학도병 제도, 1944년의 징병제도가 발표되었을 때도 조선의 젊은이들을 전쟁 터로 동원하는데 나팔수 역할을 했다. 임종국은 「친일문학론」에서 대표적 친일 작가로 이광수, 최남선, 주요한, 김팔봉, 박영희, 유진오, 백철, 최재서, 김동인, 모윤숙, 김동환, 노천명, 장혁주, 유치진 등을 꼽고 있다.[2]

이렇게 많은 문인들이 친일적 행동을 수행함으로써 일제말기의 문학은 어느 한두 개인의 문제가 아니라 전 문단적 양상이었다는 것으로 지적된다. 이렇게 친일문학으로 전 문단이 끌려가는 것은, 1930년 말부터 노골적으로 주관한 몇몇 대표적 문인들의 민족배반적인 행동에 기인한 바 크다고 보아야 할 것이다.[3] 특히 이광수는 '재만반도동포께

---

1) 신희교, 『일제말기소설연구』, 국학자료원, 1996, 30쪽.

2) 임종국, 『친일문학론』, 평화출판사, 1966.

3) 윤봉로, 『한국 근 · 현대 문학사』, 명문당, 2000, 290쪽.

올림'이라는 신년 축사를 통해 "만주 조선 이주민들이 만주국의 충실한 신민, 어디서나 일본 사람이 될 것을 바란다"[4]고 친일적인 발언을 서슴지 않았다.

일제 말기의 문학작품들은 일간 신문과 잡지에 발표되거나 단행본의 형태로 출판되었다. 이 시기 일간 신문을 통한 작품 발표는 한국에서는 ≪매일신보≫, 만주에서는 ≪만선일보≫를 통하여 이루어졌다. 그러나 문학작품의 발표매체로서 대중적인 것은 역시 잡지였다. 일제 말기 한국 민족 문학의 등대[5]라고 평가되는『문장』과『인문평론』이 1941년에 폐간되고『국민문학』과『춘추』가 출현하면서 이 땅의 민족 문학은 혹독한 시련을 겪게 되었다.『국민문학』은 1941년 11월 11일에 창간되어 1945년 3월 1일까지 통권 39호가 나왔다. 최재서 주재 하에 전면 일본어 일색으로 한글 말살 정책에 동조하고 일제의 국책 선전에 앞장선 잡지였다는 평을 받는다.[6]『춘추』는『국민문학』보다 훨씬 덜 시국적이었으며 한글 순수지향 소설도 많이 게재하고 1941년 2월 1일부터 1944년 10월 1일의 통권 39호까지 40편 내외가 발표되었다. 그러나 이 잡지 또한 말기에 면수도 줄어지고 전쟁 협력과 소위 내선일체를 위한 어용지로 변해 버렸다.[7]

이러한 시대적·문단적 상황으로 국내의 작가들 대부분이 문학 단체 내에서의 활동과 사회적 활동을 통해 친일 행각을 벌렸을 뿐만 아니라 창작을 통해서도 드러나게 일제의 정책에 동조했다. 이는 ≪매일신보≫에 발표되었던 신문사 측의 예고문 및 작가의 말을 통해 확인

---

4) ≪만선일보≫, 1940, 1, 1, 부록 其一.

5) 조연현,『한국현대문학사』, 성문각, 1997, 586쪽.

6) 신희교, 위 책, 37쪽.

7) 임종국, 위 책, 57~58쪽.

할 수 있다.8) 김동인의 장편소설「백마강」은 내선일체의 성지 백제를 배경으로 신체제에 적응하여 역사소설의 신기원을 만들고자 하는 것이라고 소개되었으며 채만식은「아름다운 새벽」을 국민문학의 시험이라고 작가 스스로 밝혔다. 김래성은「태풍(颱風)」창작의 의도를 대동아 공영권 건설을 목표로 하는 하나의 방편으로 탐정소설의 형식을 빌었을 뿐이라고 말하였다. 채만식의「여인전기」는 갖은 고난과 곤궁을 겪으면서 그 아들을 훌륭하게 길러서 충성스러운 황군의 일원이 되게 한 조국 어머니의 피눈물 나는 일생을 그린 것이라고 소개되었다.

이는 안수길이 ≪만선일보≫에『북향보』를 연재할 때 '만주선계문학인으로서 불우한 환경과 어려운 처지에서 단 한사람 외로이 꾸준히 또 진실히 문학을 해 오는 만큼 무엇보다도 이 작품에서 역시 진실을 탐색하고 진실을 파악하려는 열의와 노력이 있어 반드시 독자의 가슴을 감격케 하고 심금을 울리게 하는 바가 있을 것을 확신'한다는 신문사 측 소개와 '우리 부조들이 피와 땀으로 이룩한 이 고장을 그 자손이 천대만대 진실로 새로운 고향으로 생각하고 이곳에 백년대계를 꾸며야 할 곳'이라는 작가의 말과는 선명한 대조를 이룬다. 당시의 시국의 긴박함을 고려치 않고 설사 그 시기에 만주에 아름다운 고향을 건설하자는『북향보』의 주제가 당시 현실에 밀착하지 못하고 정시하지 못한 한계를 지니고 있다하더라도 국내의 문단 및 작가들의 창작과 비교하면 안수길의 이 시기 창작의 의미는 더 변호할 필요를 느끼지 않는다.

신문사 측의 소개나 작가들의 말을 통해서도 확인되듯이 일제 말기의 단말마적 시기에 국내의 문단 상황이나 작가 대부분의 창작은 친일 일변도로 기울어져 있었다. 이때 민족문학은 고사하고 조선 글로서의

---

8) 신희교, 위 책, 40~41쪽.

창작마저 어려웠다는 것을 알 수 있다. 이 대목에 이르면 일제말기 안수길로 대표되는 재만 조선인 문학을 평가해 민족문학을 지킨 마지막 보루[9], 국내 문인들의 작품과는 상대적으로 비교적 건실한 민족주의적 성격을 보여주었다는 데[10]에 동의하지 않을 수가 없다.

1940년대 말 친일문학으로 대표되는 국내의 문단 사정과 대비되는 안수길의 작품들은 이주민들의 삶의 질곡과 여정을 그려내고 있다는 점에서 의의가 있다. 본 장에서는 안수길의『북향보』를 북향정신의 형상화 과정과 농촌공동체 건설의 의지, 만주국 정책과의 상관관계 등으로 분류하여 분석하고자 한다. 이러한 작품 분석은 안수길이『북향보』를 통하여 실현하고자 했던 '북향정신'의 실체에 다가서는 의미 있는 작업일 것이다.

1. 북향정신의 형상화

『북향보』는 1944년 12월부터 1945년 4월까지 총 19장 139회가 ≪만선일보≫에 연재되었다. 이 작품은 안수길의 첫 장편소설이면서 만주에서 발표된 마지막 작품이기도 하다. 한편, 1945년은 일본 제국주의가 패장의 길로 접어드는 시기면서도 당시로서는 민족의 앞날을 쉽게 점칠 수 없는 급변하는 시기였다. 그런 점에서『북향보』는 작가 안수길의 초기 문학을 정리하고, 당시 만주에 정착한 조선인의 현실과 미래에 대한 작가의 의식을 살펴볼 수 있는 작품이다.

안수길이 일제강점기라는 민족 수난의 시기에 재만 조선인 작가들 가운데서 대표적 작가였다는 것은 위에서 고찰한 바 있다. 그의 작품

---

9) 장덕순,『한국문학사』, 동화문화사, 1981, 450쪽.
10) 민현기, 위 책, 307쪽.

의 질(質)로 보나 수(數)로 보나 또는 체험의 심각성이나 다양성에서 보나 그를 능가할 사람이 없다. 일제시기 만주 조선인 문학을 논할 때 안수길을 빼고 이야기가 이루어질 수 없으며 전모를 통찰했다고 할 수가 없는 것이다.

안수길의 만주 체험 문학의 형성은 우연적이거나 관념적 상상력의 산물이 아니다. 그는 14~35살(1924~1944년 6월)까지 조선 국내와 동경에서 공부한 시간과 병으로 요양한 시간만 빼고는 신문사 기자, 교사, 작가로서 줄곧 만주에서 생활했다. 이는 재만 시기가 그에게 세계관과 가치관이 형성되는 인생에서의 중요한 시기였음을 시사해 준다.

위에서 살펴 본 바와 같이 안수길은 14살 때 간도의 부모님 곁으로 가서 공부를 하면서 동요나 시를 신문에 발표했다. 그러나 그가 본격적으로 문학 공부를 시작한 것은 아버지의 병환으로 일본 유학 생활을 접고 간도로 돌아와 그 곳에 머물던 문인들과 접하면서부터이다.

> 그 무렵 아버지의 병환이 위급한 고비를 넘겼으나 훈장의 생활이란 예나 제나 다를 것이 없어 당신의 장기 치료비도 아쉬운 형편이므로 당장 아들의 학비를 댈 수 없는 경제 사정이었다.
> 그래서 나는 어디 취직을 하여 학비를 저축했다가 다음 해에 도동(渡東)하려고 마음먹고 그직했으나 그게 쉽지 않아 … (중략) … 자연히 한집에 살게 된 이씨(이주복－인용자 注)와 내가 친해질 수밖에 없었고, 둘은 아침 산보로 일찍 해란(海蘭)강변을 거닐면서 당시 만주 사변 직후의 일본의 침략에 얽힌 가지가지 시국담을 비롯해, 인생, 세태 문학에 관한 무궁무진한 이야기로 장래 대문호(?)가 될 꿈을 하늘만 하게 키우고 있었다.
> (중략)
> 이때 간도에는 저명한 애국지사, 교육자, 학자, 사회사업가,

경제인, 정치인, 장성들도 많이 나왔으나 문인들도 윤동주, 박
계주를 비롯해 윤영춘(尹永春), 박귀송(朴貴松) 등 알려진 문인 외
에도 알려지지 않은 적지 않은 사람들의 이름을 들 수 있을 것
이다. 이씨와의 이런 유서 깊은 해란강변 산책에서 이야기 끝에
구상한 것이 문학 동인회를 만들어야 된다는 것이었다.11)

우리는 안수길의 작품을 통해 당시 이주민들이 만주에서의 생활과
삶의 모습, 그리고 민족의 비극상을 읽게 된다. 고향에서 밀려난 이주
민들이 살길을 찾아 유토피아로 인식된 만주로 찾아든다. 그러나 그들
을 기다리고 있는 것은 국내 못지않은 빈궁과 지주, 중국 관헌, 마적 및
일제에 의한 압박과 약탈이었다. 이는 그들에게 삶의 빈궁을 초래했을
뿐만 아니라 만주에서의 정착에 어려움을 더해 주었고, 나라를 잃은
망국민으로서의 현실을 통감케 하였다.

만주로 이주한 이주민들 대부분은 가난에 쪼들리는 생활을 영위할
수 없어 고향에서 쫓겨나고 밀려난 빈민층들이었다. 그들은 새로운 살
길과 희망을 찾아 만주로 이주한 것이다. 조선 말기 연속되는 자연재
해(1869~1874년)와 척박한 농토는 조선 북부 농민들의 삶을 직접 위
협하였으며 거기에 봉건 관료들의 부정부패와 서민들에 대한 수탈은
그들을 죽음의 길로 몰아넣었다. 그리하여 변방지대에 사는 농민들은
월강죄(越江罪)에 걸리면 참수형을 당하는데도 앉아서 굶어 죽으나
월강죄를 지어서 단두대에 오르나 다를 것이 없다며 목숨을 내걸고 월
강을 강행했던 것이다.

조선 말기로 접어들면서 조선 봉건정부의 몰락과 조선 사회의 낙후
및 국력의 쇠퇴는 끝내 조선이 일본의 식민지로 전락하는 비운을 초래

---

11) 안수길,『용정·신경시대』, 강진호 편『한국문단이면사』, 깊은 샘, 255~256쪽.

했다. 일제는 식민지 조선에 대하여 무단 통치를 강화하는 동시에 조
선을 그들의 자본주의 생산의 원료공급기지로 삼아 자원과 물자를 약
탈했다. 다른 한편으로는 조선을 또 저들의 상품 판매 시장으로 만들
었다. 그리하여 조선의 농촌은 몰락하고 황폐화되었으며 농민들은 살
길을 찾아 동으로 서로 흘러나갔다. 삶의 기반을 잃은 그들은 고향을
떠나 유리걸식 하는 생활을 하고 이국 타향에서 망국인의 슬픔을 안고
참담한 생활을 영위했다.

사회적 현실의 생활 형태는 개인의 정신적·육체적 생활, 개인의
감정·욕망·체험 그리고 사호적 행동으로부터 성립하고 있다.[12] 근
대사에서 조선인들의 해외로의 유출은 일제의 식민지 통치의 결과이
며 민족적 비극이라고 할 수 있다.

조선 이주민들의 만주 이주와 그곳에서 겪는 어려움과 참상은 아래
와 같은 글에서 살펴볼 수 있다.

> 겨울날 영하 40도 혹한 중에 白衣를 입고 말없는 군중은 혹 십
> 여 명 혹 이십 명 혹 오십 명씩 떼를 지어 산비탈을 넘어온다. 그
> 들은 만주의 수림 많고 암석 많은 山邊의 척박한 토지로부터 안
> 전고투를 하면서 一條의 生路를 잇기 위하여 新世界를 찾아서 이
> 와 같이 몰려 온다. 거기에서 그들은 꾸준한 노력으로써 中國人
> 의 田地 위에 있는 山邊 不毛地를 괭이와 호미질을 하여서 손으로
> 심고 손으로 거두며 흔히 生을 유지하기에는 도저히 불가능한
> 草根木皮를 먹으며 살아가는 것이다. 다수의 사람들이 식량 부
> 족으로 말미암아 죽는다. 부인, 소아뿐만 아니요 청년들도 凍死
> 하였다. 그들의 비참한 生活 위에는 또 질병이 닥쳐온다.[13]

---

12) 伊東 勉 지음, 서은혜 옮김, 『리얼리즘이란 무엇인가』, 청년사, 1987년, 64쪽.

13) 만주 奉川에 있었던 滿洲예수敎전문학교 교사 W.T. Cook의 글이다.
　　현규환, 『한국유이민사』, 어문각, 223쪽.

삶에 대한 새로운 희망과 부푼 기대를 안고 이주민들은 만주로 찾아든다. 조선에서 더는 살아갈 길이 없어 땅 많고 기름지다는 만주에서 목숨을 부지하고자 한다. 그러나 만주의 어디서도 가진 것 없고 힘없는 그들을 반기는 이는 없었고, 결국 그들은 어디서든 수탈과 착취의 대상밖에 될 수 없었다. 인가가 별로 없는 산간벽지의 땅도 주인이 있고 끝이 보이지 않은 광막한 평야, 팽개쳐 있는 저습지도 모두 주인 있는 땅이었다. 그들이 돈으로 사지 않는 한 한 평의 땅도 가질 수 없었으며 땅을 소유하지 못하면 소작인으로 살아갈 수밖에 없다. 이곳에서도 그들이 다른 선택의 여지가 없기는 조선 내에서와 마찬가지였다.

역사적으로 우리의 땅임이 분명한 이 지대에 남의 땅에 온 것처럼 그들은 우여곡절을 겪었다. 안수길은 복잡다난 했던 세기말부터 금세기 초에 걸친 열강들의 각축전 속에 부대끼는 우리 농민들의 생활상을 기자로서 수행한 현지답사를 통해 뼈저리게 실감할 수 있었다. 그들의 생활에 있어서는 「인간이 무엇이냐?」 보다도 「어떻게 살아야 하느냐?」 가 절실한 문제로 등장하고 있었던 것이다.[14]

식민지 시대 간도에서 민족의 수난을 직접 겪고, 목격하고, 또 작품을 통해 민족의 참담한 체험상을 그려 온 작가로서는, 그 나름대로 시대 상황에 적합하게 살아가는 방법 － 어떻게 사느냐 － 를 터득했을 것이다. '수세에 몰려 있으면서도 공세를 취할 줄 모르고 주어진 상황을 숙명적으로 받아들이듯 응집과 일체감으로 위기를 넘기려던 그 딱한 현장에서 작품을 쓰고, 발표하고 살았던 작가에게 간도는 고향을 떠나온 사람들이 새로운 또 하나의 고향을 만들고자 하는 구체적 장소였다. 그래서 안수길은 『북향보』를 창작하였고 간도에 우리의 또 하

---

14) 오양호, 「新開地의 旗手들」, 『北鄉譜』, 문학출판공사, 1987, 324쪽.

나의 고향을 만들고자15) 하였다.

> …… 이제야 바야흐로 만주 조선인 문단 유일한 보배인 안수
> 길(安壽吉)씨의『북향보(北鄕譜)』를 싣게 되었습니다. 작가와 작
> 품에 대하여는 긴 설명을 피하거니와 작가는 만주 선계(鮮系) 문
> 학인으로서 불우한 환경 어려운 처지에서 단 한사람 외로이 꾸
> 준히 또 진실히 문학을 해오는 만큼 무엇보다도 이 작품에는 역
> 시 진실을 탐색하고 진실을 파악하려는 열의와 노력이 있어 반
> 드시 독자의 가슴을 감격케 하고 심금을 울리게 하는 바가 있을
> 것을 확신합니다.16)

인용문은 ≪만선일보≫에 이 작품을 연재할 무렵 실은 연재소설의
예고 기사이다. 여기에서 안수길이 만주 조선인 문단에서의 위상과 그
가 불우한 처지에서도 단 혼자서 꾸준히 그리고 진실하게 문학을 해
왔음을 알 수 있다. 이 시기에 이르러 안수길은 비교적 성숙한 작가의
정신과 현실 인식으로 이주민들의 현실을 광범위하게 조망하고 미래
지향적 삶의 지표를 제시하는 시각을 갖게 되었던 것이다.

> 나는 과거의 짧은 문학적 경력(文學的經歷)에 이어 주로 우리
> 부조 개척민(父祖開拓民)들의 지나간 역사를 단편적(斷片的)으로
> 살펴왔습니다. 이렇게 살펴온 중에 결론으로 파악된 것은 다음
> 같은 생각이었습니다. 즉 그것은 우리 부조들이 피와 땀으로 이

---

15) 안수길, 「용정·신경시대」, 『한국 문단 이면사』, 깊은샘, 1983쪽.
　　이 글은 안수길이 간도시절을 회고한 형식의 글인데, 그 시절을 말해 줄 만한 사람
　　도 드문 오늘날, 당시의 여러 가지 일들과 그 배경을 알 수 있는 매우 중요한 기록
　　이다. (손원표, 「1940년대 간도문학연구 - 안수길 소설을 중심으로」, 수원대, 1994
　　년.)
16) ≪滿鮮日報≫, 차회 연재소설 예고 기사.

룩한 이 고장을 그 자손이 천대만대 진실로 새로운 고향으로 생
각하고 이곳에 백년대계를 꾸며야 할 것이라는 것입니다. 나는
이 작품에서 이 고장에 아름다운 고향을 만들지 않아서는 안 된
다는 것을 기초 삼아 이야기를 전개시켜 보려는 것입니다.[17]

전기 이주민들이, 만주에서 고투와 수난을 겪는 현장을 그리던 작가
는, 장편소설『북향보』에 이르러서는 이주민들이 개척한 만주를 제2
의 고향으로 건설하여 자손들이 천대만대로 살아갈 터전을 만들자며
만주에서 제2의 고향 건설의 절박함과 필요성을 피력했다. 이 작품에
서 작가는 '정학도'와 '오찬구'를 중심으로 한 이주민들이 여러 가지
인위적인 난관과 자연적인 어려움을 극복하고 목장 건설로 체현되는
공동체적 삶의 터전을 만들어 나가는 지난한 과정과 그 의미를 형상화
하고 있다.

『북향보』는 그간 만주에서 발표한 전기 창작의 총괄이자 일제 말기
만주에서 조선말로 발표한 마지막 작품이다. 작가는 이 장편에서 그간
만주에서 겪은 체험과 창작 생활을 결론지으며, 당시의 시대적 상황에
서 나름대로 전망과 출로를 제시하고 있다. 그러나 이 작품은 시대적
제한과 작가의 현실 인식의 한계를 드러내기도 한다. 하지만 일제 말
기 패망 직전의 상황에서 만주 이주민들의 생활과 현실 대응 방식을
형상화 하며 작가로서의 문학적 대응을 한 것은 그 의미가 충분히 인
정된다. 이 점은 당시 조선 국내 문인들의 활동이나 창작과 대비해 보
면 더 선명하게 드러난다.

『북향보』는 일제 치하 만주에서 재만 한인의 삶을 소재로 한 소설
이다. 북향 목장에 조선인의 정착 의지를 뿌리 내리는 과정을 그렸으

---

17) ≪만선일보≫,『작가의 말』일부.

며 식민지시대 만주에서 민중의 수난과 시련을 직접 경험하고 당시의
현실 상황을 작품에 표현하였다.

　1943년에 발표한 「목축기」와 『북향보』는 창작 동기나 인물의 성격
등 여러 가지 면에서 비교 대상[18]이 될 수 있다.

　『북향보』는 주인공 '정학도'가 선구(先驅) 이주민들이 피땀으로 개
척한 만주에 후손들을 위해 북향도장을 건설하면서 이야기가 시작된
다. 그는 북향목장을 세우고 경영해 나가는 과정에서 수많은 어려움을
겪게 된다. 그런 가운데 목장 건설에서 온 피로와 그로 인한 질병으로
'정학도'는 자신과 이상을 함께 한 제자 '오찬구'를 후계자로 지목하
고, 목장과 학교의 운영 그리고 딸 '애라'를 그에게 맡기고 세상을 떠
난다.

　'오찬구'는 스승의 유지를 이어받아 경영난과 자연 재해로 곤경에
빠진 목장을 지키기 위해 고군분투 한다. 그러나 목장은 대주주이면서
개인적인 이익을 앞세운 '박병익'의 손에 넘어가고, '박병익'은 목장
을 담보로 불법 사업을 하다가 부정이 탄로나면서 목장은 경매에 넘어
가는 상황에 빠진다. 그러나 '오찬구'와 목장의 식구들 그리고 '정학
도'의 제자들이 힘을 합하여 목장을 위기에서 구한다는 것이 이 작품
의 주된 내용이다.

　'정학도'와 '오찬구'가 목장 건설에 심혈을 기울이는 이유는 이를
통해 굶주린 이주민들을 돕기 위한 것은 아니다. 북향목장은 북향도장
을 완성하기 위해 그 자금을 독지가에게 의탁하는 것이 아니라 스스로
해결하려는 목적으로 건설되었다. 북향목장에서의 수익으로 북향도
장을 운영하고, 이를 통해 인재를 양성하여 전 만주에 북향정신을 퍼

---

18) 최경호, 「안수길 소설연구」, 계명대 대학원 석사학위 논문, 1984.

뜨리는 것이 '정학도'의 목표이다. 전 만주에 걸쳐 정착한 조선인에 대한 인재 양성과 생활 개선 사업인 것이다. 때문에 성(省) 당국 수뇌와의 논의를 통해 사업을 시작하고, 도장 건설에 대한 정보를 얻기 위해 조선의 몇몇 도장을 견학하기도 한다.

학도의 원안에는 품행이 방정하고 뜻이 견실하고 신체가 건장하며 농사에 현재 종사하고 있는 20세 이상, 40세까지의 남자를 일 년의 단기간에 훈련시키고자는 것이었는데 기철이는 소학교 졸업생으로서 상급학교에 못 가는 농촌 청년을 주로 입소시켜 삼 년쯤 지식과 영농기술을 가르치자는 것이었다.

학도의 의견에는 농사를 짓고 있는 사람들을 대상으로 하면 영농의 개선은 일 년의 기간으로 족하다는 것이요 될 수 있으면 훈련 받는 사람이 속히 그리고 많이 생기어 농촌에 골고루 퍼졌으면 하는 주요한 착안점이었다. 이를테면 성인교육(成人敎育)이랄 수 있었다.

기철이의 의견 또 일리가 있다. 소학교 졸업 후의 위태한 시기에 처해 있는 소년들의 선도요, 그들로 하여금 농촌 중견이 되게 하자는 것이었다.

두 의견은 서로 일리가 있다고 인정하여 더 연구하기로 좋게 낙착을 지었다.

훈련생에게는 수업료 같은 것은 물론 안 받고 입소 이래의 식량은 자급자족한다는 것도 이의가 있을 리 없었다.

마지막으로 아무 글도 쓰지 않은 장을 넘기니 거기에는 도장 경영 기금(基金)조달에 대한 것이 적혀 있었다.

그것은 간단한 것이었다. 즉 목장의 축산물과 토지를 훈련생의 실습에 제공할 것이 첫째였고, 둘째는 도장 건축에 들 비용과 기타 경비는 목장에서 나는 이익을 적립하였다가 여기에 쓰자는 것이었다.

이것은 학도가 목장을 설치할 때 생각한 것을 그대로 써 넣은

데 지나지 않았다.

　그 때의 학도의 계획을 더 자세히 설명하면 다음과 같은 것이 있다.

　그는 종래의 조선 사람들의 사업이 열성에 비하여 끝을 맺지 못하는 것은 확고한 경제 기초를 세우지 않고 출발한 데 그 원인이 있다고 생각하였다.

　어떤 독지가(篤志家)가 있어서 돈을 내겠다하면 그 사업은 착수되는 것이었으나 일시적 간격으로 내어놓은 독지가의 정재(淨財)만으로 어찌 영구한 사업을 해나갈 수 있을까. 더욱 그 독지가의 열이 식어진다든가 중도에 피치 못할 사정이 생겨 예종한 금액이 다 나오지 못할 때 사업은 좌절되고 마는 것이 통폐(通弊)였다. (『북향보』, 37~38쪽)

　인용문은 '정학도'와 그의 친구이자 목장 설립의 발기인인 '이기철'이 북향도장의 설립을 계획하는 부분이다. 북향도장에 들어올 수 있는 자격은 20세에서 40세까지의 건강한 남성으로 농사를 지을 수 있다면 별다른 제약이 없다. 두 사람의 의견은 상급 교육을 받지 못한 사람들에게 새로운 영농기술을 전수하겠다는 점에서 차이가 없다. 또한 자신에게 필요한 식량은 스스로 농사를 지어 충당하므로 따로 수업료를 받지도 않는다.

　이러한 북향도장은 이상적인 교육 형태로 볼 수 있다. 신분이나 학력, 경제적인 사정에 의해 교육 받을 권리가 침해되지 않기 때문이다. '정학도'는 북향도장을 통해 영농기술을 전수함으로써 조선 농민들이 안정된 생활을 유지하고, 나아가 농촌의 중견이 되게 할 수 있다고 생각한다. 누구나 제약 없이 교육을 받을 수 있고, 그 혜택을 다시 사회에 환원한다는 계획이다. 신체와 정신이 모두 건강한 사람들을 모아 그들에게 영농의 개선을 위한 직업교육을 한다면 이들이 만주에 새로운 고향을 건설하는 데 일꾼이 될 것은 분명해 보인다.

하지만 이러한 교육 방침이 민족교육[19]을 의미하지는 않는다. 이주 초기 만주에 학교를 건립하고 교육에 힘써 온 '정학도'는 만주국의 건국으로 학교가 성(省)에 귀속되는 것을 경험한 바 있다. 만주의 교육제도가 만주국의 건국과 함께 국가적 차원으로 정리 되면서 만주국 건국 이념 교육에 충실하게 될 것은 당연하다. 이러한 환경에서는 조선인을 위한 민족교육이 불가능할 뿐 아니라 새롭게 시작 할 교육 사업 역시 만주국의 정책에 이반할 수 없다. 그러므로 목장사업과 교육사업을 접목시킨 새로운 형태의 북향목장과 북향도장을 설립하겠다는 목표는 순수한 민족적 의식에서 나온 것이라 할 수 없다. 북향목장을 건설하는 데 일본인 '사도미'의 도움이 있었고, 만주국이 개입했다는 사실 역시 이를 뒷받침한다.

물론 북향정신은 만주의 조선인을 대상으로 하는 교육사업의 근본 정신이다. 만주에 정착하는 조선인들이 안정을 찾을 수 있도록 하자는 것이 그 첫 목표이다. 이를 통해 생활 환경 개선과 새로운 영농 기술 보급 등을 중심적인 사업으로 시행하고, 현실적인 문제들을 해결하고자 하는 것이다. 이러한 사업을 통해서 만주에서 조선인의 생활수준을 향상시킬 수는 있을 것이다. 그러나 조선인이 차별 받는 근본적인 이유에 대해서는 고민하지 않았기 때문에 표면적인 문제에만 관심을 갖고 있다는 비판을 받을 여지가 있다. 북향정신을 민족교육을 위한 사상이라고 보기 힘든 이유는 여기에도 있다.

××농민 도장이란 조선의 모범 도장으로 기철이와 학도가 북

---

19) 박은숙, 「안수길 소설연구 – 만주체험 소설을 중심으로」, 성균관대 박사학위논문, 2002. 125쪽.

향 도장 계획 준비로 작년 여름에 성공서 개척 고장(開拓股長)과 함께 시찰하러 갔다 온 곳이었다.

농민 도장은 학도가 발안한 것이요, 이기철이 찬성한 것이었는데 성 당국 수뇌에 지기(知己)를 가지고 있는 그들은 도장 건설 계획을 그 사람에게 이야기한 일이 있었다. 그도 대뜸 찬의를 표한 것은 물론 성으로서도 후원할 뜻을 보였을 뿐 아니라 그 개척 고장으로 하여금 함께 조선 안의 몇몇 도장을 견학하게 한 것이었다.

××농민의 합숙제도는 훈련생을 모두 한 집안에서 생활하게 하여, 규율이나 훈련에는 통일이 되는 특징은 있었지만 한 호(戶) 한 호를 단위로 하는 농가의 생활양식에는 좀 맞지 않는 점도 없지 않았다. 하여 학도는 통일된 훈련도 받을 수 있으면서 또 농촌의 실정에 속하는 한 호를 단위로 하는 합숙 제도를 실시하기로 안을 세운 것이었다.

기철이는 얼마쯤 내려읽다가

"천천히 집에 가지고 가 읽지. 여부가 있으면 한 벌 주시오."

하는 것을

"가지고는 가오마는 모처럼 만난 것이니 여기서 하나하나 검토해 나갑니다."

하고 학도가 말하자 기철이도

"그래봅시다."

병자의 수고를 대접해 대답하여 들은 계획서를 놓고 머리를 맞대이나 다름없이 하고 강령(綱領)부터 검토하기 시작하였다.

"본 도장은 북향정신(北鄕精神)에 입각한 농민도(農民道) 밑에 지행합치(知行合致)에 실천적 교육을 실시하여 도장의 계발건설(啓發建設)에 솔선하여 실천궁행(實踐窮行)하는 모범 인재를 양성함을 기함 — 어떻소."

"북향정신이라는 것이 좀 뭣한데."

"그럼, 구체적으로 만주에 아름다운 고향을 건설하는 정신이라구 할까—"

"경전(經典)에 주(註) 같소."

"그럼 무어라나."

"농촌 진흥(振興)이나 자흥(自興)이나, 그렇지 않으면 그 대목을 쑥 빼고 그저 농민도(農民道)에 입각으로 함이 어떻소."

"빼면 너무 추상적이야."

"덤덤해 좋지 뭘."

"아무래도 농민도라는 게 어데 이거다 하고 정해진 것이 있소. 농촌 청년을 데려다가 훈련시키고 지도하는 가운데에 자연히 형성 되는 것이 아니겠소."

"그건 제 고향 본토에서 할 말이지. 고향을 떠나서 새로운 땅에다 새로 고향을 마련하고 백대 천대를 전해가며 살라고, 땅에 괭이를 내려놓는 사람에게 있어서는 확고한 지도정신이 있어야 됩니다."

"지도정신이 농민도로구면."

이렇게 두 늙은이는 서로 자설을 말하며 강령은 중둥무의로 결정을 짓지 못하였다. (『북향보』, 35~37쪽)

위에서 인용한 '정학도'와 '이기철'의 대화에서 북향도장의 기본 이념이 되는 북향정신의 의미가 제시되어 있다. 이러한 북향정신을 현실 속에 담아내는 것은 결국 만주에 아름다운 고향을 건설하는 것이며, 농민도를 말한다. 농민도란 벼를 자식처럼 아끼고 사랑하는 조선인 특유의 정서를 담은 것이다. 때문에 조선인이 사는 곳이면 만주 어디를 가더라도 논을 볼 수 있다. 그러나 조선 농민들은 주변 환경을 잘 가꾸지 않고 지나친 허례허식으로 낭비를 일삼거나 목축농업과 같은 국가의 시책에 적극적으로 동참하지 않는 등 여러 문제점이 있다. 이러한 문제점을 해결하기 위해서는 농민들에게 자신이 살고 있는 만주를 고향으로 인식하게 해야 한다. 새로운 땅에다 새로 고향을 마련하고 백대 천대 전해가며 살아갈 수 있기 위해서는 조선인이 가진 단점을 극복해야 하고, 이를 위해 '지도정신'이 필요한 것이다.

『북향보』에는 조선인에 대한 당시의 부정적 인식이 제시되어 있다. 일본인 관료 '사도미'는 '오찬구'와의 대화에서 조선인이 '아편밀수, 야미도리히끼, 부동성, 몰의리, 무신용, 불건실, 무책임' 등의 문제점을 안고 있다고 강조한다. '오찬구' 역시 이러한 지적에 대해 반박하지 않는다. 오히려 '우리 선계의 결점은 비단 그뿐이' 아니며, '붕우지도(朋友之道)랬다고 책선해 주시면 그 뜻만 해도 달게 받아들이겠다'고 말한다. '정학도'와 '오찬구'는 이러한 조선의 단점이 만주국에서 조선인의 입지를 약화시킨다고 믿는다. 이러한 단점을 해결함으로써 만주에서 조선인의 위치를 견고히 하고, 조선인의 삶을 한층 윤택하게 변화시키려 한다.

> "더우기 선계가 만주국에서 나라에 이바지하는 일은 오직 수전 개간과 수전 경작에 의한 식량 기여에 있다 해도 과언이 아닌데 선계가 떳떳이 국민으로서 대접을 받고 그 존재를 주장할 수 있는 점은 이 농민들의 스고 때문이라 생각해도 무방할 줄 알아요. 그러할진대, 농민에게 그 은혜를 백배 사례 해도 모자란다 생각하는데 되려 멸시를 하다니 당신네들 생각은 알 수 없는 일이오."
>
> 사도미는 술이 거나해지면서 심기가 좋아지는지, 친구를 믿는 까닭에 그랬던지 그가 평소에 선계(鮮系)에 대하여 품고 있는 생각을 털어놓았다.
>
> (아편 밀수, 야미도리히끼, 부동성, 몰의리, 무신용, 불건실, 무책임……)
>
> 찬구는 조선 사람의 결점이라고 일반적으로 정평이 되어 있는 단어들을 입속에 되뇌이면서 사도미도 마침내는 이런 말들을 끄집어낼 것이라 생각하고 묵묵히 그의 하는 이야기를 듣고 있었는데, 사도미는 찬구가 묵묵히 앉아 있는 것이 그의 말이

아니꼬와서 그러는 것인 줄 짐작했음인지,

"아핫핫, 내가 이렇게 함부로 지껄이다가는 고상한테 뺨 맞겠네."

하고 너스레를 떨었다.

"원 별 말씀, 우리 선계의 결점은 비단 그뿐이겠습니까. 책선은 붕우지도랬다고 책선해 주시는 그 뜻만 해도 달게 받아야 할 터인데……"

찬구는 슬쩍 이렇게 말하였다.

"앗따, 고상. 흉측도 하시오. 책선이라고 점잖은 명사를 붙이니…… 뺨 때리는 것보다 더 하구려……"

"건, 또 무슨……"

하는데,

"자, 자, 술이나 듭시다. 공연히 흥이 깨지는구려."

하고 사도미는 번쩍 잔을 들고 찬구더러도 들라고 눈짓 손짓을 하였다. (『북향보』, 143~144쪽)

1930~40년대 만주국에서 조선인의 위치는 매우 불안한 것이었다. 민족협화를 내세우고는 있었으나 조선인은 일본인과 중국인 사이에서 이등국민으로 여겨지고 있었다.[20] 이러한 민족적 차별은 식민지 조국을 떠나온 조선인들에게 현실적으로 삶을 힘겹게 하는 요인이었다. 이는 조선인이 이주민이면서 동시에 식민지인이라는 이중의 어려움을 의미한다. 북향정신은 이러한 이중의 어려움을 해소하기 위해 이주

---

20) 건국 초기 만주국은 조선인의 이주를 장려했다. 1936년에는 만주 이주를 관장할 회사 설립에 관한 법령도 제정되었다. 그리고 초기 만주국에서 조선인들은 치외법권을 가져, 1936년까지 일본 영사관의 관할 하에 있었다. 조선인은 한족, 만주족, 몽고인들처럼 만주국인으로 분류되지 않았다. 조선인들은 더러 일본인의 하위범주로 취급받았다. (중략) 그들은 용이한 민족박해의 대상이며, 떠돌이 비적들의 일차 먹이감에다 만주국정부에 의해서는 위험한 공산분자로 감시받는 사람들이었다. (한석정, 「만주국의 재해석」, 동아대 출판부, 1999, 165~166쪽).

민이라는 의식에서 벗어나 만주를 고향으로 받아들이는 자세를 가장 중요한 문제로 다루고 있다. 즉, 북향도장이라는 이상적 공동체는 조선인들이 정착할 수 있는 원천이다. 나아가 안정된 삶을 꾸려갈 수 있게 해주고 교육을 통해 만주국에서 다른 민족과 어깨를 나란히 할 수 있게 하겠다는 포부를 지닌 것이다.

따라서 만주는 새롭게 건설되어야 할 공간이며 그 속에 조선인의 역할을 기대하는 것이 이 작품의 만주에 대한 관점이다. 안수길이 초기 단편들을 통해 만주로 이주한 조선 농민들이 어떻게 농토를 지켜냈는지에 지속적인 관심을 가져왔다면, 『북향보』에 이르러서는 만주국 건국 이후 조선인이 '어떻게 살아가야 하는가'를 그리고 있다. 이는 안수길의 작품 세계에서 중심적인 사상이라 생각 되는 '어떻게 사느냐'의 세계관과 연결되는 부분이다. '어떻게 사느냐'는 본질적이고 존재론적인 입장보다는 실천적인 면을 강조한다. 실천적 의미에서 북향정신은 현실적이며 구체적인 방안을 모색하고 있다. 안수길은 만주에서의 체험을 바탕으로 이주 조선인들에게 다가온 어려움을 현실적으로 극복할 수 있는 방법을 북향정신에서 찾으려 하였다. 그러나 만주국에서 조선인이 민족협화를 통해 평등한 국민의 일원으로 편입될 수 있는가에 대한 본질적 질문은 보이지 않는다.

> 학도는 생전에 이 학교의 경영을 북향 도장에 앞서는 그의 사업기관으로서 끔찍이 힘을 들였다. 노인인 그는 교편 쥐는 길에 전력을 할 수 없었으나, 기회 있는 대로 아동을 모아놓고 훈화(訓話)를 하여
> "만주를 사랑하라."
> "만주의 우리 고향을 아름답게 만들라."
> 하는 그의 북향정신을 쉬운 말로써 이야기하고 하곤 하였다.

밤이면 야학을 열었다. 부녀반, 어른반을 설치하고 누구나 언제든지 와서 배울 수 있게 문을 환히 열어놓았다.

마가둔 주민들은 학교를 중심으로 자연히 모이게 되었고 모여서는 글을 배우는 한편 학도의 북향정신을 귀담아 들을 수가 자주 있었다.

학도는 학교 주위에 보기 좋게 수목을 심기도 하고 옮기기도 하였다. 꽃나무도 적당하게 배치해 심었다. 화단을 가꾸었고, 수석(水石)도 적당한 모퉁이에 이룩하는 등, 자연을 이용하여 할 수 있는 풍치를 돋우기에 힘을 썼다.

학교가 마가둔의 공원이 된 것은 더 말할 것도 없으나, 학도의 뜻은 북향정신이라는 것이 별 것이 아니라 농촌을 학교의 공원과 같은 아름다운 풍치를 가진 촌락으로 만들자는 것이요, 그런 좋은 풍경 속에서 생활의 뿌리를 깊이 박고 멀리까지를 생각하면서 아늑하게, 선량하게 살자는 것이라는 점을 학교의 경치를 표본으로 보여주자는 것이었다.

사실 마가둔 백성들도 학교의 뜻이 과시 옳다고 생각하였다. 전에 마가국민학교가 경영난으로 문이 깨어지고 벽이 퇴락하고 주위에는 나무도 없어 마치 흉가나 다름 없을 때에는 애들은 물론 어른들도 학교 옆에는 가기도 싫더니 이제 와서 교사가 깨끗해지고 그 주위가 아름다운 공원으로 되고 보니 마음이 자연히 학교로 끌리는 것으로 미루어 본다면 우리가 살고 있는 농촌도 아름답고 깨끗해지면 마음이 붙고 정이 붙어 살맛도 있겠다고 생각하였다.

학교는 공원이 되는 것뿐만 아니라 집회장도 되었다. 마가둔의 큰 일 작은 일로 학교는 공회당으로 쓰이기도 하였다.

여름에는 나무 그늘을 임간집회장(林間集會場)으로 썼고 겨울에는 교실에서 난로에다가 장작을 지펴 놓고 도중 공론을 했으며, 더욱이 많이 쓰인 것은 결혼식장으로서였다. 한지에 차일을 쳐놓고 하던 초례가 학교 서편 강당에서 열리었다.

교육으로, 공원으로, 집회소로 학교가 마가둔에 끼치는 유형

무형한 공덕은 이렇게 큰 것이었다. (『북향보』, 178~179쪽)

　인용에 나타나는 바와 같이 이상적 정착촌의 건설은 마을을 공원처럼 꾸미거나 허례허식을 바로잡고, 새로운 농업기술을 전파하는 등의 단순하게 생활면에서 실천할 것을 언급하고 있다. 북향정신이 현실성을 강조하는 '어떻게 사느냐'에 기반을 두고 있지만, 오히려 조선인을 둘러싼 현실적 차별과 억압 그리고 민족의 해방에 관한 논의는 배제되어 있다. 새로운 고향의 건설은 생활의 편리함과 아름다움을 추구하는 것과 함께 외부로부터의 억압과 간섭에 적절히 대응할 수 있는 현실적 기반과 감각이 필요하다. 때문에 더욱 근본적이며 복잡한 경제적·정치적 관계의 문제들을 해결하려 노력했어야 한다. 이 부분이 『북향보』의 한계이다.

　만주에서 안수길의 창작 활동은, 만주국이란 공간에서 생활하는 조선인의 모습을 있는 그대로 그리는 데서 출발했다. 그가 평생 추구했던 문학도 리얼리즘에 충실했다. 『북향보』 역시 이러한 관점에서 크게 벗어나지 않는다. 당대 만주에서 조선인의 생활은 상대적으로 소외되어 있었고, 안수길은 이에 대한 실천적 해답을 북향정신에서 찾고 있다. 그럼에도 '만주를 사랑하라'는 외침이 작품 속에서 공허하게 떠돌고 있는 것은, 그 속에 만주의 현실을 해부하고 비판하는 그의 노력이 구체적이지 못했다는 아쉬움이 남는다.

　『북향보』의 세계관은 만주에 대한 사랑을 바탕으로 한다. '만주를 사랑하라'는 '정학도'의 교육 방향은 작가 안수길의 만주에 대한 애착을 바탕으로 탄생하였다. 『북향보』는 작가 안수길이 만주와 그곳의 조선인들에 대한 애착이 가장 잘 드러나는 작품이라 할 수 있다. 비록 국민으로서 정당하게 대우를 받지 못하는 조선 민족이지만, 만주에 대한 사랑이 결국 그 문제를 해결할 수 있을 것이라는 믿음에는 변함이 없다. 그러나 만주에 대한 사랑이 조선인들에게 주어진 현실의 여러 문제점을 적절히 해결할 수 있을 것인가 하는 문제는 여전히 남아 있다. 때문에 북향도장은 이상적 공간으로서 마치 고향과 같은 의미로 나타나지만, 실현 가능성은 그다지 구체적이지 못하다. 그래도『북향보』는 당시의 현실을 최대한 수용하고 있고 그 안에서 우리 민족의 생존을 구체적으로 그리고 있는 작품이다.

2. 농촌공동체 건설의 의지

작가의 만주국에 대한 기본적인 인식은 '북향(北鄕)'을 만들고자 한 주체이자 정신적 기둥인 '정학도'의 말을 통해 살펴볼 수 있다.

> 조선 농민은 만주에 덕(德)의 씨를 심은 사람들일세, 조선 농민의 이주사를 줄잡아 70년이라고 한다면 70년 전이나 오늘이나 농민이 이곳에 이주한 까닭은 한결같이 여기 와서 처자 권속을 거느리고 먹고 살자는 것밖에 없었네. 그 살자는 것도 고스란히 누워서 이곳에 마련되어 있는 것을 냠냠 집어먹자는 비루한 생각이 아니었었네. 그들은 볍씨와 호미를 가지고 왔네, 넓고 거칠어 쓸모없는 땅에 옥답(沃畓)을 만들고 거기에 볍씨를 심어 요즈음 말로 하면 농지 조선 농산물 증산에 땀을 흘린 값으로 이곳에서 먹고 살자는 것이었네. 얼마나 깨끗한 생각이요, 의젓한 행동인가. 하늘을 우러러 부끄러울 것이 없고 땅을 내려 보아도 역시 부끄러울 데 없는 바일세. 그러나 (물론 건국 이전의 일이지만) 이런 깨끗한 생각과 뻔한 이치가 이해되지 못하고 가지가지의 곤경을 겪었으니 이런 억울할 데가 어디 있겠나 했으나 그들 덕을 가진 그들은 더욱 벼를 심으면서 갖은 악몽과 핍박을 굳세게 참고 버티어 온 것일세. 그 심은 덕의 씨에서는

싹이 돋았네. 만주 건국은 처음으로 돋은 덕의 싹이었었네.

이것을 다른 면으로 상고한다면 70년 간 백만이 넘는 조선 농민이 이곳에서 버티고 버틴 그 힘이 한 번도 제 공로를 주장한 일이 없었고 예나 이제나 다름없이 수전을 풀고 벼를 심는 일을 천직(天職)으로 여기고 묵묵히 이 일만을 해오고 있는 것일세. 그런데 여기에 한 가지 통탄되는 일이 있네. 그것은 다른 것이 아니라 깨끗하고 떳떳한 동포였었지. 그러나 양복선인(洋服鮮人)이라고 누가 말한 것을 들은 일이 있지만 그 명사야 무어든 건국 후 경의선 함경선 직통열차를 타고 들어온 돈벌이꾼들일세. 그들은 건국 전에야 이 땅에 동포가 살고 있는지 괭이새끼가 있는지 관심 가져 줄 까닭이 있었겠는가만 건국이 된 후 너도 나도 무력천지의 이 바닥에서 돈 벌러 떠나는 것과 꼭같은 생각으로 우 몰려 들어온 것이니 그들이 예서 하는 행동이란 조선 사람의 체면을 염려하는 지각있는 것이었을 수가 있겠나. 한다는 노릇이 몰의리요, 거짓말이요, 사기 횡령이요, 부정업이요, 또 닿지 않은 자존심에다가 쓸데없는 권리 주장이요, 심한데 이르러는 만인을 경멸하는 언동이요, 했으니 조선 사람의 신용이 일계나 만계에게 두터울 리가 있겠나. 그런 분자란 2백만 중 지극히 적은 수효인 것은 두말할 것이 없지 악한 분자란 어느 민족들한테나 다 있으니라 양해해 준다면 그만 되겠지만 어디 세상이 그런가. 결점은 속히 눈에 띄는 대신 장점을 들추어 내려 보지 않는 것이 세상 인심이고 보니 이런 분자의 행동으로 조선 사람 전체를 율(律)하기가 첩경이 아니겠는가. 더욱이 논란되는 것은 이런 분자들이 이곳에 몸둘 곳이 없다던가 제게 이롭지 못하면 만주를 실컷 욕하고 돌아가던가 새땅 북지(北支)나 남지에 가면 그만이지만 하늘이 무너진대도 갈 곳이 없는 농민의 얼굴에 한번 묻혀놓은 흙은 좀체로 벗어질 길이 없다는 점일세…… 그러나 조선 농민은 이곳에 덕의 씨를 심었고 심고 있는 사람들일세. 농민도는 또한 음덕(陰德)의 씨를 어떻게 뿌리자는 정신이기도 하네. 양보(陽報)가 있을 날을 회신하면서…… (『북이 작품은 '박병익'을 부정적으로 그리고 있다. 그 이유는 인용에서 보는 바와 같이, 그가 만주에 정착하기 위해 고난을 겪어온 진정한 만주의 정착 조선인이 아니기 때문이다. '박병익'은 정확한 고향도 알 수 없고 방랑벽을 따라 만주로 흘러들어와 큰 부자가 되었다. 만주에서 갖은 고통을 다 겪고 이만큼 기반을 잡았는데, 뒤늦게 들어온 이들이 잘못된 행동으로 돈 벌 궁리만 한다는 것이다. 게다가, 이들은 농업에 전념하지도 않으며 다른 조선인들에게 도움이 될만한 행동을 하지도 않는다는 데에도 문제가 있다. 일반적인 정착 이주민이 아니기 때문에 만주를 고향으로 여기는 마음도 없다. '정학도'와 '오찬구' 등이 '박병익'에게 부정적인 인식을 가지고 있는 것은 이러한 이유 때문이다.

'박병익' 등 투자자들을 부정적으로 그린 또 하나의 이유는, 이들이 교사 출신이면서도 북향목장의 재건에 협조적이지 않았기 때문이다. 한편 「목축기」에서는 주인공 '찬호'가 스스로 교사를 그만 두고 자신의 자본을 목장에 투자하여 이익을 보자, 다른 교사들이 투자를 원했다고 나타난다.21) 그러나 『북향보』에는 '정학도'가 교장으로 있던 중학교가 성립으로 개편되게 되자 자리를 후진에게 맡기고 용퇴한 뒤 노년의 사업으로 북향도장 건설을 시작한다. 그리고 자신처럼 퇴임한 교사들을 찾아가 투자를 유치한다. 두 작품에서 어느 정도 차이가 나타

---

21) "내가 사람을 가르친다는 것은 망발이다. 찬호는 생각했으나 그 무렵 성내의 사립학교는 하나씩 성립으로 개편되게 되어 그가 근무하는 학교에 그의 마즈막 동생이 교두(敎頭)로 오게 되자 슬며시 그는 출근을 그만두고 말았다. 그 후 역시 개편으로 자를 후진에게 맡기고 용퇴한 그 학교 수석 박선생과 더불어 사소한 자본으로, 시의 산기슭에 양계장을 꾸며놓고, 이년 남짓 적잖이 자미를 보고 있을 때, 목축의 유리함을 눈치챈 용퇴교원들은 하나 둘 빈약한 주머니를 들고와서 한몫 끼워달라 하였다."(안수길, 「목축기」, 『북원』, 예문당, 1944, 9쪽)

나지만 주인공이 목장을 건설하는 데 퇴임한 교사들이 투자를 한 사실은 동일하다. 「목축기」가 주인공 '찬호'를 실제 인물을 대상으로 하였다[22]는 사실에 미루어, 당시 학교들이 성립으로 재편되면서 퇴직한 교사들의 사회 진출이 많았던 것은 사실이라고 볼 수 있다.

만주국의 건국으로 교육제도가 건국이념에 따라 재편되면서, 민족교육을 중심으로 설립된 학교들이 만주국의 건국이념인 '민족협화'와 '왕도낙토(王道樂土)'를 가르치게 되었을 것이다. 이 과정에서 상당수의 조선인 교사가 교직을 그만두었을 것은 쉽게 예상할 수 있는 일이다. 교사가 학교를 떠나 새로운 일을 시작하는 것은 쉽지 않았을 것이며, 가능하다면 적은 돈이라도 투자를 통해 수익을 얻을 수 있기를 바랐을 것이다.

『북향보』에서 북향목장 건립에 투자한 사람들은 모두 이런 배경을 지닌 교사들이다. 그러나 이들이 부정적인 인물로 설정되는 것은, 그들이 교사였음에도 불구하고 돈 때문에 '정학도'의 큰 뜻을 저버렸기 때문이다. 이는 잠시나마 교직에 몸담았던 '박병익'의 경우도 마찬가지다. 즉, 이 작품에서 부정적인 인물로 남게 되는 요건은 그들이 '농업에 종사하는 정착 조선인인가'라는 점과 '지식인으로서 북향정신에 부합되는 행위를 하는가'로 결정된다.

> 동경 경제계의 동향을 살피기에 뇌를 쓰던 홍지배인은 마침내 다음과 같은 결론을 얻었다. 즉, 재벌들은 지하자원 발굴에 전에 없이 주력하게 되는 것인데 금광은 이미 통제가 되어버리고 했으니, 그 외의 광업은 특히 석탄 채굴에 용의(用意)하는 것을 발견하였다. 외지, 내지 할 것 없이 이미 파논 땅을 매수함은

---

22) 최경호, 「실향시대의 민족문학」, 『안수길 연구』, 형설출판사, 1994.

물론, 조사원을 파견하여 새 땅을 빌리게 하여 가지고는 대규모로 채굴을 하는 등 이는 홍지배인이 아니라도 할 수 있는 일이다.

그는 곧 이 바람이 만주, 아니 이 간도지방에도 들어오리라 생각하고는 10만 치부(十萬致富) 하기에는 탄광을 소유했다가 재벌에게 넘겨 파는 것 이상 가는 것이 없다고 확신하였다.

그러니, 제 재산 2만원을 모두 턴다고 했자 인수할 회사에서 구미를 당길 땅은 살 수도 없거니와 탄광 가진 사람이 모두 홍지배인 같은 생각인지 좀체로 내어 놓으려 들지 아니하였다.

하여, 홍지배인은 R탄광이 삼정(三井)에 팔렸다, B탄광이 삼능(三菱)과 함자했다, 이런 보도를 듣고 보고할 때마다 쓴 침만 삼키고 할 따름이었다.

이러할 때에 병익이가 연변 탄광의 이야기를 가지고 왔다.

"그러면 그렇겠지."

홍지배인은 기뻐 뛰고 싶은 것을 겨우 참고 차곡차곡 병익이에게 물었다. 원체가 대포 잘 놓는 병익인지라, 교섭이 입구에만 갔어도 다 되었다고 풍을 치는 판인데 과장을 지나 전무에게까지 서류가 간 것이고 보니 더할 나위가 없었다.

"교섭은 끝나 곧 현장을 보러 오게 되는데, 우선 채광하는 흉내라도 내야겠고 또 그 사람들은 내가 가서 안동해 와야겠으니 그 비용, 저 비용 해서, 우선 만원이면 바쁜 대목은 넘기게 되겠소."

처음에 병익이는 집문서를 가지고 은행에 찾아와서 집을 저당하고 1만원을 은행에서 돌려달라는 것을 지배인은 그의 자세한 이야기를 물은 다음 오늘 저녁 자택으로 찾아달라고 하여 집에 찾아온 그에게 은행돈이 아니라 사채 1만원을 돌려줄 뜻을 보이었다.

병익이는 건성으로라도 고맙다고 치하하였으나, 그가 인사하고 일어서려는 때 홍지배인은,

"박선새앵."

하고 병익이를 불렀다.

"네—"

하고 병익이가 고개를 돌리는 것을 보고 빙긋이 웃으며,

"바쁜 일이 있어요? 좀 천천히 앉아 바둑이나 둡시다."

하고 바둑판을 끌어당기었다.

"바둑 오랜만에 한 치 두어볼까."

병익이는 모자를 도로 놓고 지배인과 대좌해 앉았다.

바둑은 병익이편이 지배인보다 석 점은 약하였으나 지배인은 세 키에 두 키는 비켜주고 한 키 겨우 두어 집 이겨 주었다.

"이젠 그만 둘까요."

하고 지배인은 물러나려 하였으나 조금만 정신을 차리면 이길 수 있다고 마음에 안달이 난 병익이는,

"한 키만 더 둡시다."

하고 말하여 바둑은 네째 키가 벌어지게 되었다.

이번 키에는 지배인이 슬쩍 져주었다. 바둑판을 밀어놓은 지배인은 담배를 태워물고,

"박선생, 거 우리 그 돈 빌리어 내가 박선생한테서 이자를 따져 받는다구 해도 우스운 거구 하니 내 좀더 댈 터이니까 그냥 탄광을 동사해 버립시다. 허허허."

쓸데도 없는 허허허를 연발한 것은 자신의 속을 병익이가 꿰뚫어 보는 듯하여 겸연쩍어 그런 것이었는데 병익이는 불감청이언정고소원이라는 듯이 단마디에,

"아, 그야, 지점장영감 생각이 그러시다면 나는 상관 없습니다."

하고 허락할 뜻을 보이었다.

이렇게 박병익이와 홍지배인은 연변탄광을 동업으로 하게 되었는데 탄광은 네 몫으로 내어 병익이가 세 몫, 지배인이 일만 원을 더 내어 도합 이만 월을 증자하여 가지고 나머지 한몫을 차지하기로 된 것은 그 후 둘이 몇 차례 만난 후에 결정된 일이었다.

　　그리하여 박병익이는 홍지배인의 동산, 부동산, 한데 두루 2
만원 현금을 만들어주는 것을 받아 가지고 만원 남짓한 돈을 바
쁜 데 목빚 갚는 데와 채광의 유동급에 충당하고 나머지 돈을
묶어 쥐고 보름만에 동경으로 다시 건너갔다. 그랬는데 동경에
건너갔던 병익이에게서는 일이 되었다 글렀다 깜깜 무소식인
채 근 달포로 지내어 날마다 귀부리만 만지고 앉았던 홍지배인
의 애를 태이일대로 다 태이다가 마침내 소식이라고 왔다는 것
이 S재벌과의 교섭은 글러지고 지금 P재벌과 거의 계약이 되는
데 돈 만원 착실히 있어야겠으니 어떻게 하든 보내어 달라는 것
이었다.

　　"이게 무슨 소리냐."고 홍지배인은 깜짝 놀라 전보질을 한다,
법석을 하여 알아보았으나 별 수가 없었다. 하여 그는 동경으로
병익이를 만나러 건너가서 사실 P재벌과의 교섭이 막 익어가려
는 것을 눈으로 본 다음에 돈 만원을 내놓게 되었다. 그 만원이
문제를 일으킬 장본인이 될 것을 영리한 지배인 홍씨도 몰랐다.
하기야 감쪽같이 하느라고 병익이의 주택을 담보하고 대부하
는 형식을 취하였으나 양옥은 양옥이지만 촌 시세(時勢)라 주택
의 감정을 아무리 과대하게 친대도 만원이 될 수는 없는 것이었
다. 이리하여 홍지배인은 부정 대부로부터 공금(公金)에 손을 대
게 된 것이 일이 비꼬여 나가느라고 P재벌도 분석한 결과 탄질
이 맘에 안든다 어쩌다 해가지고 병익이는 퇴각을 하게 되어 동
경에 머물고 있으면서 여러 군데 접촉해 보았고, 그 비용을 대
느라 지배인은 쫄랑쫄랑 공금에서 돌려쓴 것이 수 삼만 원 착실
히 되었다. (『북향보』, 164~167쪽)

　　인용문은 '박병익'이 북향목장을 담보로 했을 뿐 아니라 불법대출
까지 해서 목장이 은행으로 넘어가게 되는 과정을 보여주고 있다. '박
병익'이 탄광업에 투자했다가 실패하는 과정은 마치 신문기사를 연상
시킬 만큼 자세하게 설명되고 있다. '정학도'의 목장 건립 계획은 단순

히 투자에 대비하여 매년 얻게 되는 수익을 따지고 있는 것에 비하여, '박병익'의 탄광사업 구상은 매우 치밀하다. 일본 본토의 재벌을 사업에 끌어들이는 것까지 염두에 둔 사업이었다. 작품에 나타나는 만주의 광업과 공업에 대한 일본의 투자는 매우 현실적인 측면이 있다.

그럼에도 '박병익'의 사업은 실패로 끝난다. 일본 사업가들이 이들의 탄광에 별다른 관심을 보이지 않았기 때문이기도 하지만, 은행 지배인의 불법대출과 공급횡령이 탄로났기 때문이다. 더구나 이를 모면하기 위해 '박병익'은 마치 자신이 북향촌을 건설하기 위해 탄광을 처분하려 하는 것처럼 꾸미다가 경찰의 조사를 받으면서 그 속임수가 탄로된다. 북향정신에 위배되는 인물이 북향정신의 실천가를 자처하다가 몰락하는 것은 부정적 인물인 '박병익'을 완전하게 파멸시키는 설정이라고 할 수 있다.

그러나 이러한 설정은 오히려 작품의 완결성을 무너뜨리고 있다. '박병익'이 불법대출 등 경제를 어지럽힌 혐의로 파멸하는 것이 아니라 북향정신에 위배되는 인물이기 때문에 제거되는 것으로 보이기 때문이다. 애초 그의 경제적 모험은 경제원리에 맞춰진 것이었음에도, '정학도'의 북향정신이 비현실적 사업을 부각시키는 결과를 초래하였다. '박병익'과 지배인이 일본 경찰과 '협화 담배'를 피우고 다니는 만주국 서원(경찰)에 의해 체포되는 설정도 마찬가지이다.

'박병익'이라는 조선 경제인의 실패는 결국 북향정신의 승리로 귀결되었다. 그러나 그 결과 북향목장은 은행에 처분되는 위기를 맞는다. 목장의 식구들은 사람들 사이의 온정과 희생만으로 그 위기를 극복하려 한다. 목장을 다시 살리기 위해 '정학도'의 제자들이 보내온 돈, 목장 식구들이 집을 팔아서 만든 돈, 장가를 가기 위해 모은 돈까지 모금하게 되었다. 그리고 마지막으로 이름 모를 독지가에 의해 필요한

돈을 모두 마련하게 된다. 이는 애초 '정학도'가 '독지가의 열이 식어
진다든가 피치 못할 사정이 생겨 예정한 금액이 다 나오지 못할 때 사
업이 좌절되고 마는 것'을 막기 위해 투자를 유치하겠다는 계획과도
위배된다.

　마지막으로 도착한 익명의 독지가의 후원금은 '정학도'의 딸 '애라'
가 보내온 돈이다. 음악을 전공하던 '애라'는 가세가 기울자 대중가수
로 나서 큰돈을 벌었던 것이다. '애라'는 신분을 노출시키지 않기 위해
'윤혜순'이라는 가명을 쓰고 얼굴도 알리지 않았다. 이것이 대중의 호
기심까지 자극하면서 '조선의 종달새'라는 별명까지 생기게 되었다.
'애라'를 찾아 서울로 향한 '마준영'은 '조선의 종달새'가 '애라'라는
사실을 뒤늦게 알고 매우 놀라게 된다.

　　"계속하지 않으면 어떻게 해요. 학교는 퇴학이요 외삼촌은
　재기할 수 없는 병환이요, 마가둔에 내려가 촌에 틀어 박혀 일
　생을 지내기는 죽어라 싫고, 거기에 인기가 총 집중이 아니예
　요. 이 생활을 버릴 수가 있겠어요."
　　준영이는 애라가 뜻밖에도 망설이는 태도도 없이 마치 준비
　해 가지고 기다린 듯 서슴지 않고 하는 말에 울컥 했으나 내려
　누르고 침착하게 말하였다.
　　"아버님과 어머님 체면이라는 것을 생각해 본 일이 있나요."
　　애라의 얼굴은 금시에 구름이 끼는 듯 어두워지더니 다시 개
　여 가지고 대답하였다.
　　"네, 생각을 해 보고말고요."
　　"생각하였다고요."
　　준영이가 재차 물으려는 것은 들은 척도 않고 애라는 이내,
　　"생각하였어요, 생각해도 곰곰이 숙고(熟考)했어요."
　　하였다.
　　"숙고까지 했다?"

"네, 그리고 고민했어요."

"고민?"

"네, 몹시도 고민 했어요."

"숙고하고, 고민하고도, 이 생활을 계속해야 된다고 말해요?"

"숙고한 끝에 결론으로 얻은 생각이 그 거야요."

"뭐요?"

준영이는 울컥 하여 말소리조차 사나워졌다.

준영이가 격한데 반하여 애라는 더욱 침착한 태도를 짓고 눈 한 번 깜박이자 않는 것은 물론, 준영이의 부아를 돋구어주려는 듯,

"네, 결론으로 얻은 생각이예요."

하고 야멸차게 말하였다.

"……"

준영이의 숨소리는 높아졌다.

애라는 그러나 그것에는 무관하고 말하였다

"난 자신의 도리를 다 했어요. 아버지 남기신 사업을 살리는데 딸로서의 도리를 다 했어요. 아버지 문하생이나 목장을 식구나 세상사람 누구 하나 나를 비난할 까닭이 없어요."

"애라."

준영이는 목소리를 높여 애라를 호명으로 불렀다.

그 기세가 자못 사나웠다.

그러나 애라는 준영이의 기세에 꺾이기는 커녕 더 야멸차게 말을 이었다.

"……다만 어머님이 마음에 씌어요. 그러나 어머니도 할 수 없는 일. 출가외인(出家外人)이라고 일찍 멀리 시집보낸 것으로 생각하시면 그만 아니예요……"

"찰싹!"

애라의 뺨에는 준영이의 으람한 손바닥이 와서 때렸다. (『북향보』, 317~319쪽)

'애라'에게 가수생활을 그만두라고 설득하려던 '마준영'은 결국 '애라'의 마음을 돌리지 못한다. '애라'는 자신의 삶을 위해서, 또 재건하기 힘들게 된 목장을 구하기 위해 대중가수를 선택한 것이다. '애라'는 결국 성공하였고, 결과적으로 목장을 위기에서 구할 수 있었다. 그러나 '마준영'은 '애라'에게 '아버님과 어머님의 체면'을 강요한다. '애라'는 이미 어쩔 수 없는 일이라고 말한다. '애라'가 애초에 얼굴 없는 가수로 나섰던 것도 같은 이유였지만, 이미 크게 성공했으므로 다시 목장으로 돌아갈 수가 없었다.

'마준영'이 '애라'에게 호통을 치는 것은 '정학도'의 딸인 '애라'가 대중가수로 나섰다는 사실 하나뿐이다. 물론 당시 여성의 사회 활동에 많은 제약이 있었고, 대중가수라는 직업이 떳떳하지 않다는 것을 짐작할 수 있다. 그러나 '마준영'이 목장을 구한 '애라'에게 목장으로 돌아오도록 강요하는 단 한 가지의 명분은, 부모의 명성에 흠을 내면 안 된다는 것이다. 근대적 교육을 받았고 신문사 직원인 '마준영'은 목장을 구했다고 해도 대중가수는 안 된다는 결론을 내린다. 그러나 '애라'는 목장으로 돌아가려 하지 않는다.[23] 애라에게 목장은 단지 전근대적이고 답답한 촌일 뿐이다. 근대적 교육을 받고 성장한 이주 2세대가 이룩한 마가둔의 북향목장이 근대적이지 못하다고 '애라'는 말하는 것이다.

『북향보』는 미완성 작품이다. 1945년 4월 '애라'와 '마준영'이 서울에서 만나는 139회를 마지막으로 더 이상 연재되지 않았다.[24] 마무리

---

[23] 최경호는 오찬구나 마준영이 만주국 정책을 수행해야하는 인물들로 보고, 이들에게 편입되지 않는 유일한 인물로 정애라를 지목한다. 때문에 이 작품에서 거의 유일한 저항적 인물은 정애라뿐이다. (최경호, 앞의 책, 115쪽)

[24] 안수길은 회고하는 글에서, 건강이 나빠져 연재를 다 못하고 1945년 6월 중순 고향으로 돌아왔다고 하였다. (안수길,『용정ㆍ신경 시대』, 강진호 편,『한국문단이

되지 못한 글을 추측하는 것은 의미가 없지만, '애라'가 다시 마가둔으로 돌아갈 가능성은 크다고 생각된다. 작가 스스로 이 작품이 '만주에 우리의 또 하나의 고향을 만들자'라는 주제로 쓴 것이며, 작품 내에서 '오찬구'와 '석순임' 그리고 '애라'의 삼각구도가 완전히 해결되지 않았기 때문이기도 하다.

『북향보』는 안수길의 만주에 대한 애착을 바탕으로 당시 만주의 현실을 사실적으로 그리고 있는 작품이다. 하지만 그 한계는 뚜렷하다. 이 작품은 이주 2세대를 주인공으로 내세워 본격적으로 만주에서 조선인의 위치를 보여준다. 이주 2세대 주인공들은 만주에서 태어나고 성장했기 때문에 조국인 조선에서의 경험이 거의 없는 반면 만주에 대한 애정은 매우 확고하다. 이를 바탕으로 조선으로 돌아가려는 의식보다는 자신의 고향인 만주에서 성공적으로 정착하려는 의식이 강하다. 이러한 의식은 만주를 새로운 고향으로 건설하려는 의지로 표현된다. 그러나 이러한 만주에 대한 애착은 단순하게 '농업에 전념하는 조선인'으로 귀결되고 있다. 그것이 만주국의 민족정책과 크게 다르지 않다는 점에서 한계가 있다.

이들 이주 2세대는 근대적 교육 혜택을 받으면서 나름의 이상을 꿈꾸었을 세대이다. 그들은 만주어서 조선인의 위치가 부당하다는 사실을 깨달았어야 하고 작품 속에 투영되어야 한다. 표면적으로는 '민족협화'의 기치 아래 모든 민족이 어울려 살아가는 것이 평화롭다고 말할 수 있지만, 그 내면에는 엄연한 차별이 존재했다. 특히 조선인에게 그 피해가 심했다. 만주가 그들에게 고향이라면, 고향에서 차별을 받으며 살아갈 수는 없다는 것을 피상적으로 인식하고 있는 인물은 '찬

면사』, 깊은샘, 1999, 283쪽)

구’였다.

이 작품에서 ‘정학도’는 개척이민 前史부터 만주국 설립 이후 정착하려는 시기까지 우리 민족의 이력을 말하면서, 참담한 고통과 핍박 후에 당당히 맺게 된 결실로써 만주국을 보고 있다. 이러한 신념을 가진 ‘정학도’는 기회 있는 대로 아동들을 모아 놓고 훈화를 하며 ‘간도를 사랑하라’, ‘간도인 우리 고향을 아름답게 만들라’라는 북향 정신을 쉬운 말로 이야기하곤 한다. ‘정학도’의 신념이기도 한 이 작품의 주제는 작품 곳곳에서 강조되고 있다. 특히 ‘정학도’의 정신적 동지이며 실제의 후계자 노릇을 하는 ‘찬구’와의 대화에서 잘 명시되어 있다.

계획서에서 강령(綱領)부터 써 있었다. 그리고 명칭, 위치, 훈련생 수용에 대한 구체적 방법 등이 있었으나 찬구는 그러한 것을 세세히 읽고 앉았을 여유가 없이 감격과 흥분이 그의 가슴을 설레이게 하는 것이었다.
　“찬구.”
　“네.”
　찬구는 머리를 들어 학도를 주시하였다.
　“농민도장은 왜 세울려고 하는가.”
　“선생님의 뜻이 북향목장과 이 마가둔만이 아니라 만주의 각 농촌에 널리 퍼지게 하려 하심인 줄 압니다.”
　“음, 그럼 나의 뜻이란 걸 한 마디로 한다면 무엇일까.”
　찬구는 북향목장을 설치할 때 천히 쓴 취지문(趣旨文)을 그때 문득 생각하고 부연하여 말하였다.
　“……건국 전(建國前)을 선구시대(先驅時代)라 한다면 그 때에는 이곳에 살림터를 마련하려고 부조(父祖)들이 피와 땀을 흘린 시대라고 할 수 있을 것이고 오늘날은 그 피로 얻은 터전에다가 우리의 뼈를 묻고 그리고 우리의 아들과 손자와 그리고 증손자(曾孫), 고손자(高孫)들을 위하여 영원히 아늑하고 아름다운 고향을 이룩하지 않으면 안될 시대라고 생각하시어 그 아늑하고 아름다운 고향을 만드시자는 것이 선생의 뜻인 줄 압니다."

학도는 찬구가 열심히 나려 외우듯 하는 말을 머리를 끄떡이면서 듣고 나서

"다아 부질 없는 일."

하고 고요히 눈을 감았다.

얼굴에는 한 줄기 눈물이 흘렀다.

입가에는 가벼운 경련이 일어났다.

찬구는 머리를 숙이었다.

콧등이 찌르르하면서 그의 팔은 눈으로 올라갔다.

정주의 뚜걱이는 소리도 나지 않았다.

바람이 없는 날이라 눈도 창에 부딪지 않았다.

갑자기 학도의 기침집이 켜졌다.

찬구는 얼른 그를 안아 눕히었다. 누워서도 학도는 어깨를 들먹이면서 기침을 하였다.

정주에서 윤씨가 올라왔다. 등을 쓰다듬어 주며 어루만져 겨우 안정을 시켰다. 그리고 헛비에 젖은 것 같은 얼굴의 땀을 수건으로 훔치었다.

이러는 사이에 찬구는 어쩔 줄을 모르고 마음만 조마조마했으나 학도가 안정하는 것을 보고야 비로소 몸을 방바닥에 붙일 수 있었다.

"찬구, 찬구 하나만 믿네."

학도는 누워서 입을 열었다.

"목장, 학교, 그리고 도장, 모두 자네에게 맡기네—"

"선생님."

찬구의 몸은 긴장으로 화끈해졌다.

"이리 손좀 가져오게."

찬구는 학도에게 다가서며 그의 손에 손을 가져갔다. 학도는 찬구의 손을 꼭 잡았다.

"내 뜻을, 내가 이루지 못하는 일을, 오직 찬구가 대신해서 해

‘정학도’가 북향으로 이루고자 하는 아름답고 아늑한 고향이란 특별한 것이 아니다. 우선 학교를 마가둔의 공원으로 만들었다. 학교에 대해 마을 사람들이 살맛이 난다는 공감처럼 농촌을 학교의 공원 같은 아름다운 촌락으로 만들어, 그 속에서 생활의 뿌리를 깊이 박고 미래를 생각하며 선량하게 살자는 소박한 것이다.

일견 당연하고 소박한 이런 꿈이 안수길의 또 다른 작품인「원각촌」[25] 에서 시작되고 있다. 북향과 같은 성격의 마을 원각촌이 만들어지는 가장 큰 이유가 심정적 친근감과 안도감이었다. 이 마을에 대해 우선 ‘다른 곳 만주인 지팡사리에 가진 고초를 겪었든 주민들’이 ‘푸근하다 하여 마음을 붙이는 심정적 친근감’이 생기는데다가 학교와 교당이 있어서 ‘만주에서 갈 바를 몰랐던 마음의 귀의처나 찾은 것 같은 안도감’ 이 생겼기 때문이다. 그래서 온 동리가 한 덩어리가 되어 원각교 이상촌을 건설해 보자는 희망에 불타는 아늑한 평화스런 동리로 그려지고 있다. 이렇듯 고향을 두고, 다시 고향을 만들고자 생활의 뿌리를 내리기 위해서는 마음, 정신부터 동화되어야 할 자세나 계기가 있게 마련이다. 뿌리 내리는 과정에서 심정적, 근원적으로 동화되어가는 모습을 보면 처음 들어와서는 마음이 붙지 않던 사람이 ‘어편네 송장을 파묻

---

25) 만주선계작가선(滿洲鮮係作家選)으로 실린「원각촌」(국민문학, 1945. 2.)의 원보 즉 억쇠가 산판마다 아내에 대한 의심 때문에 한곳에 오래 머물지 못하고 다른 곳 으로 찾아 떠나는 모습에서 정착하지 못하는 유민들의 한 단면을 볼 수 있다. 억쇠 는 고향이 어딘지 모르는 떠돌이라는 점에서「붉은 산」의 삶을 연상시키기도 하 지만, 마을에 해를 끼치지 않는다. 마을에서 암적인 존재로, 악의 상징으로서의 역 할을 당연히 한익상의 몫이다. 고향처럼 친근하게 살고자하는 마을 사람들의 노 력에도 불구하고 원각촌에서의 불행한 일은 모두 한익상으로 인해 야기되기 때문 이다. (손원표,「1940년대 간도문학연구」, 수원대, 1994.)

고 나니 착 마음이 가라앉으면서, 간도 떠나가고 싶은 생각이 안 난
다.'든가 만주민과 모내기하면서 서로 모내기 할 때의 조선 소리와 만
주 노래를 가르쳐 주고 불러가겨 서로 이해하고, 믿고, 친밀해진다.

　이런 찬구의 마음 속을 까마득히 이해하지 못하는 강서방은
오늘이야말로 무엇이 그리도 기쁜지 명랑한 기분으로 자구 지
껄이는 것이었다.
　"오선생 만주드메는 살만 해유."
　"언제는 살만하지 않습디까?"
　"처음 들어와서는 마음이 붙지 않더군유."
　"정 들이면 다 고향이지요."
　"그래유, 이제는 조선 나가 살라면 못 살 것같은데유. 작년에
조선에 나갔다 왔지만……"
　"어째서요?"
　"어째 갑갑하고 답답한 것 같애서유."
　"강서방, 이젠 아주 만주사람 다 됐군요. 몇 해든가요."
　"오 년이유."
　그리고 강서방은 말을 이었다.
　"근데 이상해유. 여편네 있을 때는 몰랐었는데 여편네 송장
파묻고 나니, 착 마음이 가라앉으면서, 만주 떠나가고 싶은 생
각이 안 나니. 그게 이상하지 않아요."
　"난 아버지 어머니 다 여기 묻었소."
　"그럼 오선생은 난생 만주사람이군유."
　하고 강서방이 말하자,
　"재미있는 일이 많기도 하오."
　하고 찬구는 대답하였다.
　"만인(滿人) 말이유. 우리 조선서는 어쩌니 어쩌니 하고 아주
말들이 많더니만, 여기 와서 서로 같이 살아보니, 이에서 더 좋
은 사람들이 없고, 정드는 사람이 없어유."

“강서방, 반(潘)서방과 친하다지요.”

“어느 사이에 그렇게 됐는지 친형제는 몰라도 촌수를 따진다
면 육촌 맞잡이만큼 친할 거유—”(『북향보』, 111~112쪽)

물론 그런 과정에서도 고향에의 그리움은 순간순간 치민다. 강서방
과 만주인 반성괴와 친해지는 과정을 모내기하는 장면에서 살펴 볼 수
있다.

그의 옆에 앉았는 만주인 반성괴(潘成魁)는 강서방의 들까부
는 양을 재미스럽게 보다가 똑똑한 조선말로 말하였다.

“술 한 모금에 취할 강서방인 줄 아오. 어림없지.”

“그러면 무스 거에 취했소.”

“재미에 취했소.”

“재미에 취했소? 이 사람이 그 뜻 모르겠소.”

“하하하, 반서방, 오늘 말이야, 모내기 마지막 날 아니유. 우
리 조선 사람 모내기 끝나는 날 제일 기쁜 날이오. 헌데 또 마가
둔 사람들 모두 한 자리에 모여서 점심을 먹지 않우, 동생은 재
미없소.”

“나두 재미있소. 마음이 기쁘오.”

반성괴는 벙글벙글 웃으며 대답하였다.

“성님, 나도 그 소리 배와 주오.”

“무슨 소리.”

“아까 논에서 성님이 부르던 소리를.”

“덩지 말이지. 그 소리 구성지지. 그게 우리 조선사람이 모심
을 때 하는 소린데…… 여기니 이렇지 마 저 우리 고향 가보오,
쪽쪽 밭전자로 갈라 논 논에 쭉 한일자로 서서 덩지를 부르며
모심는 걸 보면 심는 사람두 신이 나지만 보는 사람도 저절로
어깨가 으쓱으쓱해지오.”

하고 신이 나서 고향의 모내기 광경을 자랑하였다.

"우린 조선 못 가봤지만 이야기 들어서 조선이 좋은 줄 알고 성님이랑 우리 마가둔 사람들 사귀어서 조선사람 좋은 사람인 줄 아오."

반성괴는 강서방의 구수한 이야기를 입을 벌리고 듣고 있다가 감탄하면서 말하였다.

반성괴의 감탄에 더 기운을 얻어 강서방은,

"웃 논의 물을 뽑아내어……"

하고 목소리를 돌아 부르기 시작하다 말고

"여기선 같은 벼라도 벼 심는 맛이 나야지."

하고 고향의 모내기가 그리운 듯 말하였다.

"성님, 이 사람에게 그 소리 배와주오."

성괴는 달려 붙듯이 말하였다.

"동생네는 그런 노래 없소?"

"우리나라 말두 있긴 있소. 밭이나 맬 때 하는 노래. 꽤 좋은 것이 있긴 있소."

"그 소리 들어봅시다."

"우리는 듣기 좋지만 조선사람이 듣기 나쁠 게요."

"그럴 까닭이 있겠소. 하여튼 그럼 우리 노래는 동생네 귀에 듣기 좋소."

"네, 모두 같이 부르는 게 듣기 좋소."

"동생네 노래는 혼자 부르는 거요."

"아―니, 그런 게 아니지만 여기 우리 사람 얼마 없소."

사실 반성괴는 마가둔에 四호 밖에 없는 만주인 중의 하나였다. 원래 순직한 그이지만 많은 조선사람 농가에 끼어살자니 자연히 조선말을 유창하게 하지 않을 수 없었고 생활뿐 아니라 감정까지도 속속들이 이해하는 사람이었다. 강서방과는 형님 동생으로 친하게 지내는 터이었다.

"그럼, 동생, 날 동생네 노래 가르쳐 주오. 그러면 난 또 우리 노래 동생 가르쳐 주께, 서로 엇바꾸잔 말이야."

강서방의 이 제안을 재미있게 여기는 듯 성괴는 대뜸 찬성하었다.

"그거 좋소. 나는 조선 소리하구, 성괴는 만주 노래 부르고, 그 아주 좋소."

찬구는 현암, 둔장, 한명식이 이렇게 자리를 잡고 앉았으나 이곳저곳에서 들려오는 명랑한 웃음소리, 말소리가 대견하면서도 그 자신은 마음대로 기뻐할 수 없었다. (『북향보』, 257~259쪽)

농사짓는 협동의 과정을 통해서 알게 모르게 동화되어, 자기 고향이 아닌 곳에 뿌리 내리기를 하는 것인데 『북향보』의 정신적인 이념이 북향정신에 바탕을 둔 이러한 농민도이다. '농민도'에 대한 보다 이론적인 논거는 '정학도'와 그의 친구 — 나중에 학도가 죽은 후 그의 사업을 이어 받고, 교장직도 맡는다. — '기철' 사이에 오가는 강령에 대한 시시비비에서 잘 드러난다.

"본 도장은 북향정신에 입각 한 농민도 밑에 知行合—을 실천적 교육을 실시하여 도장의 계발건설에 솔선하여 실천궁행하는 모범 인재를 양성함을 기함이 어떻소."(학도)

"그럼. 구체적으로 만주에 아름다운 고향을 정신이라구 할까—"

(중략)

"아무래도 농민도라는 게 어데 이거다 하고 정해진 것이 있소. 농촌 청년들을 데려다가 훈련시키고 지도하는 가운데서 자연히 형성되는 것 아니겠소."

"그건 제 고향 제 본통에서 할 말이지. 고향을 떠나서 새로운 땅에다 새로 고향을 마련하고 백대 천대를 전해가며 살라고 땅에 괭이를 내려놓는 사람에게 있어서는 확고한 지도 정신이 있어야 됩니다."

"지도 정신이 붙은 농민도로구면" (『북향도』, 36쪽)

‘농민도’란 무엇인가. 그것은 ‘정학도’에 의하면 ‘조선 사람의 간도 개척에 대한 정신적 지주는 도혼(稻魂), 벼의 혼’이고 ‘도혼은 벼를, 모 포기를 자식같이 생각하는 마음, 즉 농민도’인 것이다.

늙은 다리를 훌렁 걷어붙이고 논판에서 모 꼽는 데에 다른 동 무에게 지지 않을 기세이던 정학도는 문득 그의 옆에 허리를 구 부리고 모를 심어나가던 찬구에게,
“자네, 농민도가 무엇인지 아는가.”
하고 물었다.
“……”
얘기도 안했던 말이라 찬구는 갑자기 대답을 할 수 없었다. 찬구는 대답을 못한 채, 학도도 더 추궁해 묻지 않은 채 들은 모 를 대여섯 포기나 심어 나갔다.
“농민도를 한 마디로 말해보지.”
학도는 찬구에게 채근하듯이 또 말하였다.
찬구는 채근을 받고 보니 무엇이라 대답하지 않을 수 없었는 데 정당한 농민도를 확립해야 된다, 농민의 복리를 위하여 희생 한다, 안일한 농촌을 만들기 위하여 노력한다, 입으로 뇌이는 것이 이것뿐이요, 마음으로 생각하는 것이 이것뿐이었으나 막 상 한마디로 농민도가 무엇이냐 할 때에 적당한 말이 나오지 아 니하였다.
“농민도란 농민이 지켜나갈 길이겠습지요.”
찬구는 궁한 끝에 이런 모호한 대답을 하는 수밖에 없었다. 이렇게 말하고 찬구는 학도를 보고 웃었다.
“농민이 지켜야 될 길.”
학도도 찬구의 웃음에 따라 입가에 빙긋이 웃음을 띠었다.
“생각은 가득하면서 적당한 말이 얼른 생각이 나지 않습니 다.”
찬구는 선생님의 말을 듣고 싶다는 듯 말하였는데 학도는 힘

든 모포기를 찬구에게 보이면서

"모를 심으면서도 깨닫지 못하나."

하고,

"농민도란 모포기를 자식으로 생각하는 마음일쎄."

이렇게 말하고,

"그렇게 생각하는데 자네는 어떻게 여기는가."

찬구의 의향을 떠보았다.

찬구는 갑자기 옳다 긇다 말이 있을 수 없었다.

학도는 말을 이었다.

"자네 여름이나 가을철에 북만지방에 가본 일이 더러 있는가."

"예."

"그럼, 일망무제한 들판에 고량과 뽀미밭이 지리하도록 차창에서 내다보이다가도 멀리 논이 눈에 띄고 들판에 누런 벼들이 물결치는 것이 보일 때 자네 마음이 어떻던가."

"대단히 반갑습디다."

"반갑겠지, 왜 반가울까."

"논이 있구 벼가 있으면 그 근방에는 반드시 조선 사람이 보이구 조선집이 보이는 까닭인 줄 압니다."

"그럼, 조선 삶이 있는 곳에는 산간벽지는 물론 하고, 벼가 있고 벼가 있는 곳에는 어디를 물론 하구 조선 사람이 있다는 말도 되겠구면."

"예. 그렇습지요."

"왜 조선 사람이 있는 곳에 벼가 있고 벼가 있는 곳에 조선 사람이 있을까."

"그는 조선 사람이 벼농사를 잘 짓는 까닭이겠습지요."

"그거야 물론이겠지. 그러나 조선 사람이 벼를 사랑하는 까닭은 제 자식같이 사랑하는 까닭이 아닐까."

학도는 이렇게 답하고 말을 이어 다음같이 농민도가 모포기를 자식으로 생각하는 마음인 까닭을 설명하였다.

　"조선 농민이 벼농사를 잘 짓는다는 것이 세상이 다 인정하
는 일이지만 그 잘 짓는 까닭은 벼를 자식같이 사랑하는 때문이
라고 생각하네, 꼬량이나 뽀미 농사로도 소출이 흡족한 곳에서
구태여 논을 풀어 벼를 심는 마음이라든가 산간벽지가 되어서
논을 전혀 풀 수 없는 곳이지만 노존떼만한 땅이라도 논을 만들
수 있다면 논을 만들어 벼를 심는 마음을 생각해 본다면 그것은
벼를 아들로 생각하는 마음이 아니면 못하는 일일 것일세."

　"모를 내고 물을 끌어 들이고 모를 가꾸고 가을에 베어 단을
묶고 탈곡기로써 알을 떨구고 그리고 방아에 찧어 흰 쌀을 내
고, 낸 쌀로서 밥을 해 먹으나 떡 쳐먹는 것을 마치 자식이 재롱
을 피고 걸음말 타고 말을 하고 학교에 다니고…… 하는 것과
꼭 같이 생각하는 까닭이네."

　학도는 구부렸던 허리를 펴고 흙 묻은 손등으로 허리를 두드
리면서 와우봉 쪽을 바라보다가 다시 엎디어 채 맞추지 못한 말
을 계속하였다.

　"……자식으로 생각하기 때문에 그 자식이 침해를 당하고 자
식을 키우지 못하게 방해 늘음을 받을 때 부모 된 농민들은 목
숨을 내걸고 그 침해를, 그 방해를 막을 것이 아니겠나. 자네도
과거에 우리 부조 개척민들이 여러 가지로 다난한 길을 걸었다
는 사실을 알겠지만 그 고난을 달게도 받았고 또 그 고난에 무
수한 무명의 농민이 개척의 영령으로 사라진 것도 다 이 벼를
자식같이 생각하는 마음에서 나온 것이라고 생각하네. 그러므
로 나는 평소에 조선 사람의 만주 개척에 대한 정신적 지주(支
柱)를 도혼(稻混), 벼의 혼이타 생각하네. 도혼이라는 걸 쉽게 말
하자면 벼를, 모포기를 자식 같이 생각하는 마음일세. 이것이
즉 농민도일세."(『북향보』, 249~251쪽)

　여기서 조선 사람들의 간도 개척을 가능케 한 정신적 지주를 '벼'에
서 찾은 것은 의미가 특별하다. 고향을 떠나 간도라는 낯선 곳으로 쫓
겨 와서 현실에 적응하는 뿌리 내리기를 하면서도, 내면적으로는 고향

을 지향하는 이중적 갈등 속에서 살아가는 것이다. 그 갈등을 해소시키는 매체로서 '벼'를 발견한 것은, 이주민들이 대부분 농민 출신이라는 엄연한 사실 외에도, 벼를 통해서 현실적 생존과 정신적 생존을 가능하게 했다는 해석이 가능하다.

이와 같이 『북향보』는 제 나라에서 쫓겨 나온 사람들이 참담하고 기막힌 개척 이민기를 거친 후, 비로소 북향이라는 삶의 터전을 마련, 협력하여 다시 닥쳐오는 어려움을 극복한다는 우리 민족의 간도 개척 이민의 후반기 쪽을 다루고 있다. 즉,「새벽」에서「벼」로 이어지는 만주국 건국 이전의 곤혹스러움이「목축기」, 『북향보』에서 어느 정도 해소되면서, 북향에의 뿌리를 내리기에 성공하는 것이다.

문제는 만주국 건국 이후, 일제에 부응해서가 아니라 심정적으로 어느 정도 새로운 것에 대한 기대와 기댈 것 없는 조국에 대한 체념을 감안한다 하더라도, 『북향보』의 곳곳에 반민족적이기보다는 비민족적이라고 볼 수 있는 대목들이 있으며, 작품의 주제도 만주국 건국 정신이나 그 정책에 그대로 부합되는 내용이라는 점이다.

성 안의 목축 장려와 그 진흥 조성에 대한 일을 맡아 보는, 즉 만주국 시책의 적극 참여자인 일본인 '사도미'와 '찬구'와의 협조적인 긴밀한 관계라든가, 북향 농촌에 대해 알아보려고 온 경찰서원이 급기야 '학도'의 이상을 십분 이해하며『북향보』의 사업이 만주국의 건국 정신과 정책에 그래도 일치되는 것을 만족해 하는 대목에 이르면 더욱 뚜렷해진다.

> 찬구는 박병익이가 정학도에게 은혜를 진 이야기로부터 최근에 와서 은혜와 의리를 저버리고 배반한 행동까지를 쭉 이야기하려 하였으나 옆에 제삼자인 둔장이 있어 둥글게 말하였다.

"그러면 북향 정신이란 것도 박병익이가 제창한 것은 아니겠 군요."

"여부가 있읍니까. 정선생의 만주 교육사업 20여년 간에 얻 은 신념과 인격에서 나온 위대한 정신이지요."

"흐흠, 잘 알았읍니다."

서원은 수첩을 접어 책상 위에 놓으며 머리를 끄떡끄떡하였 다.

"그러면 북향정신이란?"

하고 그는 호주머니에 손을 가져갔는데 이것이 담배갑을 꺼 내려는 행동임을 얼른 눈치 채린 둔장은 "여기 있읍니다."하고 그의 앞에 놓여 있는 <협화>갑을 집어 한 대를 빼어 서원에게 주었다.

이때 석순임이, 그 뒤를 이어 이명곤 두 교원이 시간을 끝마 치고 들어왔고, 그 뒤에 애들 몇이 우루루 따라들어와 사무실이 갑자기 부산해졌다.

"북향정신이란 별 것이 아니지요."

찬구는 말하려고 서두를 끄집어냈는데 <협화>에 불을 붙이 던 서원은,

"좋습니다."

하고 찬구의 말을 제지시키고

"미안하지만 내일 아침 열시쯤 서에 나와주실 수 없을까요."

말하였다.

"목장과 도장에 대한 참고서류를 가지고 오시오."

이윽고 서원은 돌아갔는데 갈 때에 또 이렇게 말하였다.

이튿날 아침 찬구는 목장 건설 취지서, 도장 건설 계획서, 결 산보고서 등등 목장에 관한 관계 참고 서류를 가지고 현성에 나 아가 경찰서에 출두하였다.

어저께 학교에 찾아왔던 서원은 찬구를 사무상 옆에 동그란 의자를 가져다 가까이 앉으라 한 다음 한참 심각한 표정으로 찬 구가 내어준 참고서류를 뒤즈거려 보더니 잊었던 것이 생각난 듯,

　　"북향정신을 자세히 말해보오."

　　하고 어제 미진했던 이야기를 끄집어내었다.

　　찬구는 비교적 자세히 또 구체적으로 설명하였고 서원은 혹
은 기우뚱해 가며 찬구의 말을 빼지 않고 듣고 있었는데 가끔
왕청같은 말을 들어 북향정신이란 불온한 생각이 아니냐 하는
것을 밝히려는 태도도 있었다.

　　그랬으나 급기야 서원도 학도의 이상을 십분 이해하였다. 즉
부동성이 많은 조선 농민으로 하여금 한 농촌에 정착케 하여 농
업 만주에 기여케 함은 건국 정신에 즉한 것이요 제 사는 고장
에 애착을 붙임으로써 일로 증산에 매진하여 곁눈을 뜨지 않게
하는 것은 농촌 사람의 생각을 온건히 하고 똑바른 길로 인도하
는 일이라고. (『북향보』, 205~206쪽)

　　보다 구체적으로 목장, 학교, 도장을 삼위일체로 설립하여 목장의
축산물과 토지를 훈련생의 실습에 제공하고, 도장 건축에 들 비용과
기타 경비는 목장에서 나는 이익을 적립하였다가 쓰는 식의 운영을 계
획하고, 2세 교육에 힘쓴다는 작품 설정 자체가 만주국의 국책과 그대
로 결부되는 것이다.

　　그리고 식민지 세대라는 점을 염두에 둘 때, 이념형 지도자 '정학도'
나 실천형 후계자 '찬구' 모두 이상 농촌을 건설하자면서, 일본이나 반
대 세력에 대한 비판이 전혀 없었다는 점은 지적될 만한 점이다. 무엇
보다도 이즈음의 만주국은 이미 일제의 꼭두각시였다. 그런데 이런 허
구적인 모습을 보여준 것이 이러한 비판적 시각에 타당성을 더해 준
다. '만주국 황제로서 건국의 이상에 어긋나거나, 천황의 어의를 받들
지 않을 경우 천의에 따라 즉시 그 지위를 상실하게 된다'는 「만주국
의 근본이념」을 관동군 사령부가 작성한 것은 1936년[26] 이며, 만주국

---

26)『만주국의 근본 이념과 협화회의 본질』, (1936. 9. 18. 관동군 사령부 작성)

이 초기의 5개 민족 협화라는 기치를 거둬들이고 5개 민족 질서론으로 바꾸는 것은 1938년27) 이다. 당시 조선 총독 미나미 육군 대장은 '만주국에 있어 조선인의 태도는 민족협화여서는 곤란하니 고쳐주기 바란다'는 압력을 가해 왔다. 그것은 만주국에서의 5개 민족의 협화는 곧 평등을 의미하는데, 그것은 '조선에 있어 일선상하질서(日鮮上下秩序)에 악영향을 끼칠 우려'가 있기 때문이었다. 이때부터 만주국은 허수아비적 성격이 모든 면에서 밝혀지고 있었다. 김윤식은 이때쯤의 만주국은 '왕도낙토(王道樂土)'라는 모든 면에서 허수아비적이었는데, 작가가 이 사실을 모르고 만주국 왕도낙토를 위해 글을 계속 쓴다는 것은 역사 감각의 둔감성에 그치지 않고, 친일 문학으로 나아가는 형국이라고 보았다. 그러나 이 부분에서 작가가 그 사실을 잘 모르고 썼다라는 단정은 성급하다고 본다. 모르고 글을 썼다기보다는 쓸 수 없었던 상황을 추론해 볼 수 있다. 『북향보』는 만주에서 창작한 남석(南石)의 최초의 장편이고 ≪만선일보≫에 연재했던 소설이다. 그러므로 자유롭게 표출이 어려웠던 것을 짐작할 수 있다. 그보다는 식민지 시기에 우리 민족의 생존을 염두에 둔 북향정신 주장은 이념을 초월하고 인간의 근본적인 '삶'을 바탕으로 한 것이라는 새로운 시각의 실마리가 될 수도 있다. 이렇게 작가의 북향정신은 『북향보』를 통해 형성화되었다고 볼 수 있다.

오양호 역시 이 시기가 우리 민족이 인간으로서 참으로 견디기 어려운 재난을 당한 시기였다는 점을 전제로 '나만 결백하다'는 식의 논리보다는 작품에서 비민족 문학적 요소가 어떻게 나타나고 있고, 시대상 어떻게 굴절되어 있는가를 보는 것이 더 중요하다고 옹호하는 입장을

『日帝의 侵略』, 어문각, 1983, 113쪽.

27) 김윤식,『안수길 연구』정음사, 앞의 책, 35 − 65쪽.

취하고 있다. 따라서『북향보』의 주인공들에게 나타나는 일본에 대한 소극적, 무비판적 태도도 민족의 현실 문제를 외면한 행동으로 비난 받기보다는, 작가의 현실 수용 태도에 기인한 것으로 보아야한다. 오 양호는 이러한 작가의 태도를 '무관심이나 아세(阿世)라기보다 현명 한 방법의 선택'28)으로 보고 있다. 작가 자신 역시 이 부분이 부끄럽게 느껴졌던 것으로 보인다.『북향보』의 스크랩29)에서, 지워졌거나 개작 된 부분이 거의 당시 일제의 통치상황과 관련된 것이고, 개작된 내용 은 그런 시대에 대해 긍정적이었던 것을 민족문학적인 문맥으로 처리 하고 있다.『북향보』가 작가의 다른 초기 소설과 달리 생전에 재발표 되지 않았으며, 유족들마저 公刊을 미루어 왔다30)는 점 등이 그것을 말해준다.

　작가의 이러한 심정은 발표 당시에「벼」의 마지막 부분에서 보였던 일본 영사관의 개입을 말해 주는 4행이, 후에(1974년 정음사관) 삭제 되어 수록된 것으로 보아도 충분히 짐작할 수 있다. 김윤식은 작가의 이러한 부끄러움이『북간도』를 쓰고서야 비로소 해소되었다고 본다. 즉 안수길은 만주국에서 조선문학으로서 지켜야 할 민족 문학적인 성 격을 어느 정도 인식했는데, 한갓 허구적인 만주국에 부합했다는 점 때문에, 그의 자랑이자 자존심의 근거인 간도 체험이 작가로서는 부끄 러움을 수반하게 되었고, 이러한 자랑과 부끄러움, 자손심과 속죄의식 이『북간도』를 통해서 해소되었다31)는 시각이다.

---

28) 오양호,『新開地의 旗手들』, 안수길 문학선집『북향보』, 322 - 334쪽.

29) 작가는 월남할 때 맨손으로 왔으나, 후에 부친이 고향에 다녀오면서 오직『북향보』
　　스크랩만 찾아 오셨고, 그것은 가지고 있다고 했다. (안수길,「용정 · 신경시대」,
　　『한국 문단 이면사』, 깊은샘, 1983, 250쪽)

30) 오양호, 위의 책, 322쪽.

31) 김윤식,『안수길 연구』, 정음사, 1986, 97쪽.

新京에 있는 만선학해사(滿鮮學海社)에서 강덕 10년(1943)에 만주국에 정통성을 부여하여 만주 이주가 우리 민족의 큰 행복이라는 전제 하에 펴 낸 책의 맨 끝 부분에서, 그 책의 의미를 상징적으로 마무리 하는 노래가 나온다. 그 내용이『북향보』의 전체 인상에 영향을 줄 수 있다는 것은 확실히 바람직한 일은 아니다. 안수길에게 민족의식이 없었다고는 아무도 단정하지 못한다. 오히려 그가 망명 문단에 대한 의욕을 가질 정도로 작가 의식을 가지고 있다는 점은 모두 인정한다.『북향보』에서 작가의 분신으로 보이는 소설가 '현암'의 신념이 '父祖가 괭이와 호미로 한 일을 붓과 원고지로 해야 된다'[32]는 생각은 곧 작가의 신념이기도 한 것이다.

3. 만주국 정책과의 상관관계

북향정신으로 새로운 고향을 건설하려는 의지는『북향보』의 중심 주제이다.『북향보』의 중심인물들이 보여주는 새로운 고향의 건설을 위한 노력은 만주에 대한 이들의 애착을 기초로 하고 있다. 이는 만주라는 공간에서 성장하고 작가적 역량을 키워 나간 안수길 자신의 경우와 같다. 즉, 만주 공간에 대한 애착이다. 북향 목장의 건설은 그 자체로는 자연적 환경을 개척하고 의미있게 만드는 활동이지만, 이러한 활동을 통해서 인물들은 정신적이고 상징적인 의미도 함께 구축하게 된다. 만주를 단순히 먹고 살기 위한 이주의 공간으로 보는 것이 아니라, 그곳에서 조선인이 윤택하게 살고, 아름다운 환경을 가지면서 더욱 긴밀한 관계를 형성하는 것이다. 때문에『북향보』의 주인공 '오찬구'가 북향목장을 재건하려 노력할수록 만주는 조선인의 '새로운 고향'으로

---

32) 오양호,『新開地의 旗手들』, 앞의 책, 193쪽.

변모하는 것이다.

작품의 전개는 긍정 인물과 부정 인물의 대결 및 긍정 인물의 승리로 결말을 보이는 30년 대의 농촌소설에서 자주 볼 수 있는 구조를 갖고 있다. 긍정적인 인물로는 '정학도', '오찬구', '마준영', '현암', '석순임' 등이 있고 부정적 인물로는 '박병익', '사도미 마끼히도', 북향목장 주주 등이 있으며 그 사이에서 동요하다가 대단원 부분에서 긍정인물의 대열에 끼이는 인물들이 있다. '이기철', '정애라', '오찬구'가 그들이다.33)

여기서 '정학도'와 '오찬구'는 북향정신의 실현을 위해 헌신하는 긍정적 인물과 민족의 생존을 자신들 이익의 희생물로 삼으며 자신들의 이익에만 매달리는 '박병익'을 비롯한 부정적 인물이다. 이들의 대결을 통해 작가는 일제 말기의 시대적 상황 속에서 민족 공동체 건설과 동질성 회복의 지난한 과정을 그리고 있다. 정신적 지도자 '정학도'는 큰 포부를 안고 목장을 시작하여 3년 간 경영을 해 왔지만 예상했던 것과는 달리 연속 적자를 보게 된다. '정학도'나 목장 경영을 실제로 담당하고 있는 '오찬구', '한명식' 등은 주야를 가리지 않고 심혈을 기울인다. 하지만 목장 건설 초기라는 시간적인 문제와 뜻밖의 홍수 재해까지 겹쳐 목장은 지난 해에 이어 올해에도 또 적자를 보게 되었다. '정학도'는 목장 경영에서 얻은 피로와 지병으로 몸져눕는다. 병세가 좀 호전되자 목장을 재생시키기 위하여 갖은 애를 쓰지만 주주들은 이에 힘을 실어 주지 않는다. 목장의 적자에 불만을 품고 목장 건립 초기의 목적을 외면하며 목장 처분을 추진한다. '정학도'가 가까스로 주주총회를 소집하고 증자로 목장을 재생시킬 것을 호소하지만 주주들은

---

33) 오양호, 「新開地의 旗手들」, 안수길 문학선집 I 『北鄕譜』, 327쪽.

처분 쪽으로 의견을 모은다. '정학도'는 병과 그 충격으로 주주총회에서 쓰러져 운명한다. 그러자 목장은 가장 큰 주주인 '박병익' 손으로 넘어간다. 그러면서 은행과의 부정 거래가 밝혀져 목장은 경매처분의 위기에 놓인다.

'오찬구'는 농업학교를 졸업한 지식 청년으로 ××현 사무과에 기수로 있던 것을 '정학도'가 목장을 하면서 불러왔다. 10살 때부터 키운 '찬구'를 '정학도'는 누구보다 믿고 또 자신의 뜻을 잘 이해하고 이어 줄 것이라고 생각한다.

"내 뜻을, 내가 이루지 못하는 일을, 오직 찬구가 대신해서 해 주게. 믿네."
학도는 힘은 없었으나 애타는 목소리로 말을 하였다.
찬구는 학도의 말이 중한 것은 부정할 수 없다고 생각했으나 이렇게 유언(遺言) 같은 것을 듣는 것은 믿을 수 없는 것이었다. 하여 곧 대답이 있을 수 없었다.
"내가 죽는 것 같아 겁이 나서 말이 없는가. 아닐쎄, 내 만사(萬事)를 잊고 지내고 싶어서 그러는 걸세."
학도의 이 말에서 찬구는 더욱 큰 그의 인격에 부딪치어, 그를 여의어서는 안 되겠다는 생각이 솟았다.
"선생님, 염려 마십시오. 걱정 마십시오."
찬구는 떨리는 목소리로 갈하고 학도의 손에 쥐어 있는 제 손에 한쪽 손을 마저 가져다가 살며시 쥐면서 흔들었다.
"안심하시고 곧 일어나시도록 조리하십시오."
"고마우이 고마워―"
하도는 또 한 번, 감개가 복받치는 듯 찬구의 손을 쥐었다.
"또 한 가지 부탁이 있네."
"무엇입니까."
"애라(愛羅)를 부탁하네."

“……”

“애비와 에미를 닮지도 않은 딸일세.”

“……”

“애비와 에미가 길들이지 못한 것을 맡기긴 미안하나, 찬구
에게 밖에 의탁시킬 데가 없네.”(『북향보』, 26~27쪽)

　‘찬구’는 ‘정학도’의 유지를 받들어 목장을 위기에서 살려내어 새
출발을 하려고 하지만 그것은 경제적으로 빈약한 그들에게 큰 난관이
었다. 그러나 은사에게 목장과 학교, 그리고 외동딸인 ‘애라’까지 부탁
받은 ‘찬구’는 책임의 중대함과 사명 의식을 느끼며 ‘정학도’의 뜻을
이어가기 위해 있는 힘을 다 한다. 그러나 목장과 학교 사정이 어려워
져 월급도 제 때에 지급하지 못하자 목장 인부들과 학교 교사들은 하
나 둘 목장을 떠난다. ‘찬구’는 월급도 못 받고 떠나는 사람들에게 미
안해 하며 가슴 아파한다. 목장은 ‘찬구’와 주주들의 대립과 이주민들
내부의 갈등으로 존폐의 위기에 처한다. 그들은 목장을 살릴 경제적
여력이 없다. 이러한 시련의 고비에서 그래도 ‘한명식’, ‘석순임’, ‘강
서방’ 등 뜻을 같이 하는 사람들 덕분에 ‘찬구’는 힘을 얻는다. ‘한명
식’은 방목과 돼지 치는 일을 직접 배워 목장 인부들이 떠나가는 자리
를 메우고 ‘석순임’은 교사들이 하나 둘 떠나는 학교를 지키며 학교 일
에 몸을 던진다. 목장을 경매에서 구하기 위해 ‘찬구’는 친구이며 ‘정
학도’의 문하생이기도 한 모 신문사 지사장인 ‘마준영’을 찾아간다. 그
리고 농촌 생활을 체험하러 왔다가 학교 일을 돕고 있는 ‘현암’과 함께
고심을 한다.

　‘찬구’가 목장의 어려운 사정 때문에 출로를 찾지 못하고 곤경에 처
해 있을 때, 일본인 ‘사도미 미끼히도’가 관청에 들어와 같이 일을 해
보자며 관리 한자리까지 주겠다고 약속한다. 이는 곤경에 처해 있는

‘찬구’에게 말 그대로 유혹이다. ‘사도미’와 마신 술에 취해 밤거리를 걸으면서 달콤하고 애수에 젖은 노래가 그의 마음 속에 젖어들며 ‘애라’가 연상되는 것처럼, 이 제안을 그에게 안일한 생활과, 보증된 수입 그리고 미인이자 모던 걸인 ‘애라’를 얻을 수 있는 기회였다. ‘사도미’는 ‘찬구’의 능력과 일에 대한 책임감을 인정하며 만주국의 목축농업과 생산 증식을 위해 이용하려 한다. 이는 ‘찬구’의 의지와 이념에 대한 시험이었다. 그러나 ‘찬구’는 ‘사도미’의 유혹을 물리치고 그와의 관계를 이주민들의 생활 개선에 활용한다.

목장을 경매에서 살려내기 위하여 ‘찬구’와 ‘마준영’은 ‘정학도’의 문하생과 동족들에게 지원을 호소한다. 여기에서 이 작품의 시대적 배경 즉 만주 농촌 경영의 자본화 과정을 볼 수 있다. 사회의 자본화 과정에서 언론 매체도 영향력을 과시했다. ‘찬구’는 신문에 ‘정학도’의 사업에 대한 소개와 그의 부고를 싣는다. 그래서 ‘정학도’의 이상을 널리 알리고 시련에 직면한 북향목장을 구하려 했다. 목장은 끝내 목장 식구들과 문하생들의 헌금, ‘이기철’의 집을 판 돈과 유행가수가 된 ‘애라’가 보낸 성금으로 위기에서 살아나 새 출발을 하게 된다. 여기서 이 작품의 문제 해결과 갈등 해소가 결국 독지가의 헌금 등 사회적인 힘에 의존하는 것이 너무 성급하게 치닫고 있다는 느낌을 준다. 이것은 당시의 시대적, 사회적 환경이기도 하지만 신문사 지사장으로 있는 ‘마준영’의 역할이 컸다.

목장 문제가 해결되고 ‘찬구’, ‘애라’와 ‘석순임’의 관계도 자연 정리가 된다. ‘마준영’ 부부의 권고가 없더라도 목장 살리는 일을 하는 과정에서 ‘찬구’는 착하고 자아 희생적인 ‘석순임’에게 사랑의 감정을 느낀다. ‘찬구’는 ‘애라’ 때문에 자신의 마음을 억제하지만 날이 갈수록 ‘석순임’을 사랑하게 된다. ‘석순임’은 ‘찬구’를 사모하고 사랑하지만 '찬구'가 '애라'를 마음에 두고 있는 걸 알고 역시 자신의 감정을 억제하며 영원한 동지로 '찬구' 옆에 머물려 한다. 한편 '애라'는 '찬구'를 '촌놈'이라며 유행 가수의 길을 고집하고 목장으로 돌아오지 않는다. '찬구'는 목장을 지키고 발전시키며 만주에서 북향정신과 은사인 '정학도'의 뜻을 펴기 위하여 '석순임'과 함께 앞날의 어려운 시련을 극복한다.

안수길은 '찬구'의 인물 형상 부각에서 입체적인 인물로 그리고 있다. 이 부분에서 작가가 제기한 문제는 해결되고 세대교체의 구조와 '찬구'의 성장 과정이 나타난다. 특히 '찬구'라는 인물이 난관에 부딪쳐 고민하고 나약해지는 모습도 보이면서, 점차 이주민들의 정신적인 지도자로 성숙하는 과정을 보여주고 있다. 여기서 '정학도'가 주창하고 '오찬구'가 계승하는 북향정신에 기초한 민족공동체 건설의 구체적 방법이 제시되고 있다.

민족공동체 건설을 위해 '정학도'와 '오찬구'가 착안하고 있는 것은 주로 4가지 측면이다. 그것은 경제적인 자립문제, 교육문제, 주거 환경 개선, 풍속 개선 등으로 나타난다. 목장 건설을 통해 경제적인 자립을 이룩하고, 학교를 운영함으로써 민족 교육을 실현하며, 주거 환경을 개선하고, 풍속 개량으로 진취 정신을 부여하고자 하였다.

> 마지막으로 아무 글도 쓰지 않은 장을 넘기니 거기에는 도장 경영 기금(基金) 조달에 대한 것이 적혀 있었다.
> 그것은 간단한 것이었다. 즉 목장의 축산물과 토지를 훈련생의 실습에 제공할 것이 첫째였고, 둘째는 도장 건축에 들 비용과 기타 경비는 목장에서 나는 이익을 적립하였다가 여기에 쓰자는 것이었다.
> (중략)

　　그는 종래의 조선사람들의 사업이 열성에 비하여 끝을 맺지
못하는 것은 확고한 경제 기초를 세우지 않고 출발한 데 그 원
인이 있다고 생각하였다.
　　어떤 독지가(篤志家)가 있어서 돈을 내겠다하면 그 사업은 착
수되는 것이었으나 일시적 감격으로 내어놓은 독지가의 정재
(淨財)만으로 어떤 영구한 사업을 해나갈 수 있을까. 더욱 그 독
지가의 열이 식어진다든가 중도에 피치 못할 사정이 생겨 예정
할 금액이 다 나오지 못할 때 사업은 좌절되고 마는 것이 통폐
였다. 학도는 그런 막연한 기초로 출발치 아니하기로 하였다.
사업의 기금은 기업식으로 조달하게 하자. 그리하자 연구한 것
이 목장 경영이었다. (『북향보』, 37~38쪽)

　　조선 사람들은 일시적인 열정으로 무슨 일에 쉽게 덤벼들지만 지구
력이 결(缺)하고 장원한 안목을 가지지 못한 데 대한 '정학도'의 비판
이다. 그는 이런 단점을 극복하는 방책으로 목장을 경영하여 경제적으
로 독립을 이룩하고 그 기초 위에 북향도장을 실현하고자 하였다. 당
시 시대적 상황을 고려할 때 현실성과 타당성이 있는 계획이다. '정학
도'는 그 선행 사업으로 목장을 경영하면서 벌을 치고 약초를 키우며
돼지와 양을 키웠다. 성실한 노동으로 자금을 마련하고 재력을 구비하
여 원대한 포부를 실현하려는 '정학도'의 사상은 식민지 시대를 사는
이주민들의 입장에서는 가장 현실적인 것이고 가능성이 있는 것이다.
　　작가의 이런 발상은 그의 성장과정에서 터득한 자본주의 개념이라
고 볼 수 있다. 그의 증조부는 부산에서 상업을 했고, 「성천강」에 따르
면 그의 조부는 함경도, 간도, 아라사 등지에 객주를 정해 두고 행상을
하던 계층이었다. 이런 환경이 자연스레 작가의 정신에 스며든 것이라
추측해 볼 수 있다. 일제의 허수아비인 만주국의 국책에 의존한다든가
어떤 독지가의 헌금에 의존해서 북향도장을 살리는 것은 모래성을 쌓

는 것이나 다름없으며 사업이 좌절과 실패를 하는 원인이 된다고 보았던 것이다. 스스로의 힘으로 사업을 한다고 하여도 거기에 만주국의 여러 가지 제한과 통제가 따를 것이겠지만 그래도 가장 독립적인 경영권과 지배권을 얻을 수 있는 방법임은 분명하다. 그러므로 만주국 국책반영의 구절이 있다하여 만주국 국책을 액면 그대로 받아들인다[34]고 하는 평가는 재고가 필요하다. 안수길은 '정학도'와 '오찬구'로 대표되는 긍정적인 인물들의 승리와 동요하는 세력이 긍정인물로의 전환되는 과정, 그리고 '정학도'의 비장한 최후와 제2세대인 '오찬구'가 문제 해결을 통해 새로운 지도자로 성장한 모습에 적극적인 의미 부여를 하며, 작가의 사상을 대변하고 있다. 이는 작가가 당시의 조선 이주민들에게 제시하는 방법이며 희망으로 인식하는 부분이다.

또한 교육문제는 학교의 설립과 민족 교육을 대책으로 제시하고 있다. 이는 단순한 목장 자녀들의 교육 문제만이 아니다. 만주의 학교들이 공립으로 개편된 시점에서 교육 문제는 조선인 교사들이 이주민 자녀들에게 민족정신을 고취시키고자 한 것으로 이해된다. 왜냐하면 이 시기에는 학교가 모두 공립으로 개편되어 성(省)에서 직접 관할을 했기 때문이다. 그런데 마가둔에서 문을 닫게 된 학교를 맡아 운영한다는 것은, 성(省)의 지지가 없는 산촌 학교에서 민족 교육을 하는 것을 상징적으로 나타낸 것이라고 볼 수 있다. 학교 교사도 모두 이주민 출신이고 이주민 자녀 교육에 정열을 보인다는 점, 교장도 금방 학교 개편으로 교장 자리에서 물러나고, 일인 교사가 없다는 것 등은 모두가 그 징표가 된다. 학교에서 학생들에게 민족정신을 고취시키는 교육을 함으로써 그들이 건강하고 올바르게 자라날 수 있고 민족에 대한 올바

---

34) 채 훈, 『일제강점기 재만조선인문학연구』, 깊은 샘, 1990, 69쪽.
　　김호웅, 『재만조선인문학연구』, 국학자료원, 1998, 165쪽.

른 역사의식을 가질 수 있는 것은 자명하다. 이는 '정학도'의 뜻을 이어받아 그들이 가산을 털어서 목장을 위기에서 구출하는 과정에서 나타난다. 이것은 '이기철'이 가산을 정리하고 집을 목장에 옮겨 학생들의 교육에 헌신한다는 결말 부분의 설정과 일관된다.

만주의 산골짜기인 와우산 한 귀퉁이라, 자연 환경은 황량하고 거칠기 짝이 없다. 그래도 '정학도'는 그곳에 정을 붙이고 살 수 있도록 이주민들에게 인위적으로 생존 환경을 개선할 것을 독려한다. 산천이 황폐하고 아름답지 못하면 부지불식간에 사람의 마음까지 거칠고 어두워지므로 집 주위에 나무를 심고 툇마루 앞에 화단을 가꾸는 등 부락을 중심으로 인조 풍경을 만들게 하였다.

주거환경 개선도 중요하지만 그것으로 가난에 찌들려 황폐해진 이주민들의 마음에 생기가 도는 것은 아니다. '찬구'는 이주민들의 생활이 빈곤한 현실문제에 착안해 성(省)에서 얻어온 돼지와 양을 목장에 남기지 않고 이주민들에게 나누어주며 찾아가서 기르는 방법과 함께 예방주사도 놓아준다. '찬구'는 모든 것을 활용해 이주민들을 도왔다. 하지만 이주민들의 빈곤한 생활과 황폐한 마음은 '찬구'나 '현암'의 개인적인 노력으로 해소되고 해결될 수 있는 것은 아니다. 이것은 사회 정책적 견지에서 근본적인 변화를 요하는 부분이기 때문이다. 주거환경 개선은 필요하지만 그것은 근본적인 대책이 아니다. 사람들의 생활이 여유로워지고 윤택해지면 자연히 생활 개선에 임하게 되는 것이다. 육패 마을 이주민들이 빈곤과 주거 환경 개선을 기하지 않는 것은 게으른 소치이다. 이것은 이주민들의 병폐에 대한 지적이며 당시 이주민들의 생활상을 간접적으로 반영하는 부분이다.

한편 작가는 이주민들의 진취 정신을 풍속 개량에 두고 생일잔치나 큰 일이 가난한 이주민들의 생활에 큰 부담과 부채를 안겨주는 점을 지적하고 있다. 그리하여 같은 달에 생일인 사람들을 모아 월초에 함께 생일을 지내게 하는 방법을 제시하기도 한다. 시대에 뒤떨어진 낡은 관습을 개량하고 폐지해야 함은 물론이지만 생일 같은 것을 단체로 지내는 것을 통해 생활의 개선이나 정신세계의 쇄신을 바랄 순 없다. 한편 이런 모임이나 잔치를 통해 공동체의식을 확인하고 단결과 화합을 기할 수도 있다는 점은 긍정적이다.

목장 건설을 통하여 경제문제를 해결하고 학교 설립과 운영을 통해 교육문제를 해결하는 것은 어느 정도 설득력이 있다. 하지만 주거환경 개선과 풍속 개선을 통한 진취정신 고취 같은 것은 근본적인 해결책이 아니다. 당시의 시대적 상황에서 차선책 정도인 것으로 판단된다. 작가가 당시의 시대상황과 발표를 고려한 설정임을 고려하면, 당시의 현실을 보여주는 간접 방법이기도 하다. 그렇지만 그것이 안고 있는 한계점은 분명하다.

안수길이 민족공동체 건설을 위해 제시한 구체적인 방법의 특징을 보면, 적대 세력과의 정면충돌은 없다. 민족 내부의 선과 악의 대결로 구체화되어 있으며 대립 상대에 대해서도 인내와 관용과 포용을 보이고 있다. 그리하여 원래의 중립적 세력을 긍정적 세력으로 끌어들여 부정적 세력과의 대결에서 승리하고 민족의 동질성을 확인한다. 작가는 전기 작품에서부터 동족의 이주민들에 대해서는, 설사 그들이 민족 이익에 위배되는 짓을 하더라도 잘못을 뉘우치고 다시 조선인으로 돌아오면 관용을 베풀고 포용을 했다. 이는 작가의 민족적 휴머니즘 정신의 발로이며 만주에서 이주민들이 살아가는 데 발견한 삶의 방법인 것이었다. 여기에서 전기 재만 시절 작품에서 보인 특징의 일면이 확인되기도 한다.35)

또한 『북향보』는 목장의 문제에 관심을 두었다는 점에서도 특이하지만, 그 목장이 몇몇 이사의 자본으로 운영되고 자본이 없을 때에는 목장의 존립이 어려워진다는 자본주의적 특성을 강하게 보인다는 점에서 현실적이다. 『북향보』는 '목장건설'이라는 점에서 소재의 방향이 조금 다르기는 하지만, '자본화'의 양상을 작품 속에 반영하였다는 점에서 시대를 앞서 있다고 본다. 특히 은행이라는 금융권과 관련시킴은 더욱 시사적이다.

작품에서 '정학도'는 이주민들이 피 땀으로 개척한 만주에, 후손들이 살아갈 고향을 건설하기 위한 첫 단계 사업으로 북향 목장을 건설하고자 한다. 그러나 적자로 목장을 살리지 못하고 '오찬구'에게 목장과 학교, 그리고 그의 딸 '애라'까지 맡기고 66세를 일기로 죽는다. 그리고 존폐의 위기에 처한 목장은 위기에서 벗어난다. 이 작품은 목장을 위기에서 구출하는 과정에서 '정학도'의 북향정신으로 대변되는 사업은 제 1세대인 '정학도'에게서 제2세대인 '오찬구'에게로 이어져 난관과 좌절을 극복하게 된다. 북향 정신의 창안자이며 구현자인 '정학도'에게 목장 건설을 비롯한 모든 사업은 제 2세대인 '오찬구'에게 계승되고 결국 실천하게 된다는 구도이다.

북향목장은 '정학도'가 여생의 사업을 위한 첫 단계 사업으로 시작한 것이었다. '정학도'는 대정 5년(1916년)에 간도로 들어와 '찬구'의 아버지와 함께 명동에 자그마한 학교를 세운 것을 시초로 교육계에 투신하여 자신의 열정을 다 바친 교육자이다. 교육자로서 20여 년을 교육에 종사하며 '정학도'는 간도 지방의 이주민 자녀교육에 심혈을 기울였다. 간도의 초, 중등 교육계가 오늘날의 질서와 지도 정신으로 통일된 데는 '정학도'의 숨은 공로가 한 몫을 하였다. 만주국의 교육령에

---

35) 박은숙, 「안수길 소설 연구」, 성균관대, 2002.

따라 만주의 사립학교가 모두 공립으로 개편되면서 그는 교직에서 물러나게 된다. 그러나 그는 마가둔의 와우산 기슭에 목장을 건설하여 북향목장을 중심으로 전 만주지역을 이주민들이 살기 좋은 고장으로 건설하려는 포부를 지니고 있었다. 그래서 학교를 인수해 학생들에게 민족교육을 계승시키고 있다. 원래의 계획대로라면 3년째인 올해는 농민도장을 설치해야 하는 해이다.

> "본 도장은 북향정신(北鄕精神)에 입각한 농민도(農民道) 밑에 지행합치(知行合致) 실천적 교육을 실시하여 도장의 계발건설(啓發建設)에 솔선하여 실천궁행(實踐躬行)하는 모범 인재를 양성함을 기함 — 어떻소."
> "북향정신이라는 것이 좀 뭣한데."
> "그럼 구체적으로 만주에 아름다운 고향을 건설하는 정신이라고 할까 — "(『북향보』, 36쪽)

위 예문은 북향목장의 정신적 지도자인 '정학도'의 이상이 건실하고 현실적인 면을 보여주는 대목이다. 그것은 만주에 이주민들의 제2의 고향을 건설하기 위하여 만주국의 정책에 의존하는 것도 아니고, 어떤 독지가의 기부를 기다리는 것이 아니라 스스로의 힘에 의해 먼저 경제적인 기초를 닦으려는 현실적인 상황에 착안한 사업이다. 이것이 현실적이고 의미가 있다. 여기에서 우리는 이 작품의 갈등 설정이, 왜 적대 세력과의 첨예한 모순이 아닌 민족 내부의 약화된 모순으로 설정되었는지 이해할 필요가 있다. 그것은 사업 자체를 이주민 스스로 해결해야 하기 때문에 사업에 참여하는 주체들이 민족 구성원들이고, 그 과정에서 민족 내부의 갈등을 설정할 수밖에 없었을 것이다.

'정학도'의 북향정신은 한마디로 만주에 아름다운 고향을 건설하자는 사상이다. 그것은 삶에 대응하는 그의 자세가 추상적인 것이 아니라 만주 이주민들과 고락을 같이 하는 사상적 지도자로서 현실에서 착안한 발상이고 이주민들의 현실을 직시한 것이며 미래를 제시한 것이다.

> ……건국 전(建國 前)을 선구시대(先驅時代)라 한다면 그 때에는 이곳에 살림터를 마련하려고 부조(父祖)들이 피와 땀을 흘린 시대라고 할 수 있을 것이고 오늘날은 그 피로 얻은 터전에다가 우리의 뼈를 묻고 그리고 우리의 아들과 손자와 그리고 증손자(曾孫), 고손자(高孫)들을 위하여 영원히 아늑하고 아름다운 고향을 이룩하지 않으면 안 될 시대라고 생각하시어 그 아늑하고 아름다운 고향을 만드시자는 것이 선생의 뜻인줄 압니다. (『북향보』, 25쪽)

위 예문은 '정학도'와 '찬구'가 만주국에서 꿈꾸었던 이상이고 실천궁행의 최종 목적이다. 위에서 인용한 글대로 건국 전에는 이주민들이 난관을 극복하는 의지력으로 만주의 황무지를 개척하고 삶의 터전을 닦는 선구시대였다면, 건국 후인 이주 후기시대는 이주민들이 이곳에다 자손들을 위하여 아름다운 고향을 건설하는 시대라는 것이다. 작가는 작품 중간 중간에 이주민들이 '어떻게 살아왔느냐'를 보여 주었다. 더불어 이주민들의 다양한 생활모습에서 시대적 변천 모습과 오늘날의 시대적 사명을 보여주고 있다. 즉 이주민들이 '어떻게 살아야 하는가'의 해답을 구하고 있다. 그것은 바로 부조들이 피땀으로 개척한 이 땅위에서 자손들이 행복하고 평화롭게 살아나갈 수 있도록 아름다운 고향을 건설해야 한다는 삶의 지표를 제시하는 것이다.

북향정신은 작가 안수길의 현실 인식의 구현이기도 하다. '어떻게 살아왔느냐', '어떻게 살 것인가'는 그가 만주 이주민들의 고단한 삶을 그리면서 장기간의 세월을 거쳐 점차 형상화되고 성숙한 작가 정신이다. 그것은 『북향보』시기에도 계속하여 탐구한 과제이다. 이 작품의 북향정신이 바로 '어떻게 살 것인가'에 대한 답이다. 그것은 시대적 비극을 극복하고 민족적인 차원으로 승화 시킨 생존 의지와 미래 지향적 삶을 조망해 준 생존법이라 할 수 있다.

북향정신은 도혼(稻魂) 및 농민도(農民道)로 표출되는 실천과정을 거치기도 한다. 도혼 또는 농민도란 모포기를 자식같이 생각하는 마음이다. 그들이 피땀과 생명의 대가를 치르며 벼농사로 만주를 개척하고 그곳을 지켰기 때문에 그들에게 삶의 터전이 마련되었으며 벼는 조선 농민의 상징이 되었다.

> "논이 있구 벼가 있으면 그 근방에는 반드시 조선 사람이 보이구 조선집이 보이는 까닭인 줄 압니다."
> "그럼, 조선 사람이 있는 곳에는 산간벽지는 물론 하고, 벼가 있고 벼가 있는 곳에는 어디를 몰론 하구 조선 사람이 있다는 말도 되겠구먼." (『북향보』, 250쪽)

도혼과 농민도는 북향정신의 기반이며 이주민들의 물질적 · 정신적 기조가 되는 결실을 얻었다. '정학도'와 '오찬구'가 추구하는 북향정신에는 민족 단위의 뿌리 내리기와 민족 동질성 회복에 대한 염원이 담겨 있다. 그들은 목장을 경영하면서 학교를 인수하여 아이들에게 민족 교육을 하고 풍속 재현을 통해 민족혼을 계승하고 있다.

북향목장의 경영 방법도 주주들의 출자와 이주민들 조합제 경영에서 비롯되었다. 당시 자본주의의 물결이 만주 땅에도 엄습한 것이다. 자본 증식의 이익과 재미에 일찍 눈 뜬 사람들은 원래는 교육에 종사

하는 사람들이었다. 그러나 경제 수익에 재미를 본 주주들은 목장이
손해를 보자 자신들의 이익 타산에 따라 태도가 달라진다. 그러면서
처음 목장 건설의 목적을 외견한다. 그렇게 자신들의 경제적 이익만
추구하는 개인주의와 눈앞의 이익만 따지는 근시안적인 생각을 드러
낸다.

　삶의 공동체 형성과 민족 동질성의 회복은 당시의 이주민들의 생활
에 있어서 가장 절박한 것이며 영향력이 큰 것이다. 민족의 동질성은
이주민들이 공유하는 전통과 난관 극복을 위해 힘을 모으는 데에서도
확인된다. 한 민족이고 같은 문화 배경을 가진 사람들만이 공유할 수
있는 전통은 민족의 동질성을 구체적으로 표현하는 것이다. 민속은 단
순히 즐거운 놀이로 끝나지 않고 벼농사를 짓는 집단적인 농경 행위로
나타난다. 이것은 이주민들의 집단적 노동을 요구하는 생산방식으로
표현되는 이주민들 간의 동질성 확인과 단합을 의미하는 우회적인 방
법이기도 하다.

　　　……
　　　곡챈 논의 쌀일랑은
　　　우리 부모 공양하고
　　　어어허야 더덩지로다.

　　　넙다란 논의 쌀일랑은
　　　어린 처자 먹여 살려
　　　어어허야 더덩지로다.

　　　여보 동무 정신차리소
　　　아, 실수 벼포기 뜨네
　　　어어허야 더덩지로다.

(하략)

(『북향보』, 245~246쪽)

위에 인용한 예문은 모내기 판에서 익살꾼 '강서방'의 '덩지'타령이다. 마을에서 일손을 모아 이 집 저 집 차례로 모꽂이를 하며 일을 할 때 자주 보는 광경이다. 사람들은 이런 구성진 노래에 맞추어 함께 노래 부르며 흥겨워하고 일의 고됨을 잊는다. 서로 일손을 빌리고 빌려주면서 정을 나눈다. 특히 농장의 운명이 어떻게 될지 속을 태우며 그 결과를 기다리고 있는 이 시기에 마을 사람들의 흥겨운 모내기 장면은 단합의 힘을 과시한다. 풍속이나 인물 형성에서 주제 표출을 도와주고 있다. 이외에 단오놀이, 씨름대회, 사자놀이, 박첨지 놀이 등에 관한 즐거운 분위기 속의 대화는 역시 민족의 동질성을 확인시키기 위한 설치로 이해된다.36)

민족의 동질성 회복에 대한 열망을 보여주는 대목은 '정학도'의 문하생들과 목장사람들이 보여준 단합과 헌신 정신에서 잘 나타난다. 목장이 은행의 경매에 넘어가게 되자 그들은 小我를 희생해 大我의 실현을 계획한다. 목장을 살리는데 있어 목장 식구들을 비롯한 '정학도'의 문하생들이 보여준 열의와 성의는 북향정신을 향한 성원이었으며 이주민들이 담합하여 난관을 극복하는 의지의 표현이었다. 이 모금운동에서 보여준 민족의 동질성 회복의 의지와, 힘을 모아 어려움을 이기는 과정은 바로 이주민들이 만주에 정착하고 그곳에 아름다운 고향을 건설할 수 있는 정신적 원동력이다. 이것은 일제가 전쟁을 위해 광분하던 시기에 민족과 민족적인 것을 지켜낸 큰 힘이라고 볼 수 있다.

---

36) 민현기, 「안수길의 초기소설과 간도체험」, 『한국 근대소설과 민족 현실』, 문학과지성사, 1989, 323쪽.

Ⅲ. 북향정신의 구상과 시도 125

제2의 아름다운 고향을 건설하기 위하여 첫 단계 사업으로 북향목
장을 살리는 과정을 그린 이 작품은, 이주민들의 강인한 의지력과 미
래 지향적인 삶을 사는 낙천성을 보여주고 있다. 그러므로 이 작품이
국책문학의 성격을 띤다는 평가는 재고할 필요가 있다. 작가는 일제
투항 직전, 만주에서 북향정신으로 대변되는 제2의 고향 건설을 통해
민족의 동질성 회복과 미래 지향적인 삶을 그리고 있다. 일제 말기 전
쟁에 광분한 일제에 영합하는 조선 국내의 문인들과는 전혀 다른 모습
을 보여주었다. 안수길은 부조들이 개척한 만주에 우리의 아름다운 고
향을 건설하여 자손만대로 하여금 행복하게 살아나가야 한다는 북향
정신을 작품 속에서 형상화하고 있다. 그런 작품을 통해 이주민들에게
삶의 방향을 제시하고 민족의식 고취와 민족의 정신적 응집력을 보여
주고 있다.

안수길의 前期 작품들에서 부분적으로 나타나는 만주국 국책에 관
한 내용에 대해 논자들의 논란이 분분하다. 어떤 논자는 이를 검열제
도를 의식하고 민족이란 문제를 둘러 나타낸 의도[37]거나 위협적으로
강요된 사항이거나 혹독한 검열을 피하기 위한 수단으로 이해[38]하기
도 한다. 그런가 하면 만주국의 현실을 액면 그대로 받아들이는 자
세[39], 즉 일제의 괴뢰국가인 만주국을 승인하면서 그 울타리 안에 이
른바 '아름다운 고향'을 건설하려는 데 문제가 있다고 지적하면서 이
러한 것은 현실적인 여러 관계를 무시한 유토피아에 지나지 않는다[40]

---

37) 오양호, 「新開地의 旗手들」, 안수길 문학선집 『북향보』, 327쪽.
38) 민현기, 『안수길의 초기소설과 간도체험』, 위 책 314쪽.
39) 채 훈, 『일제강점기 재만 조선인 문학연구』, 깊은샘, 1990.
    조정래, 『한국근대사와 농민소설』, 국학자료원, 1998.
40) 김호웅, 『재만조산인문학연구』, 국학자료원, 1998, 165쪽.

고 했다.

안수길이 만주 시기에 창작한 작품들은 한마디로 조선 이주민들이 만주에서 '어떻게 살아 왔고, 어떻게 살 것인가' 하는 문제를 다룬 것으로 집약할 수 있다. 작품을 통해 우리 민족의 생활을 다양하게 제시했고, 시대적 변화에 따라 '우리 민족이 어떻게 살아야 하는가' 하는 문제를 던지고 있다. 아울러 당시 사회 · 정치적인 배경을 통해 작가 역시 이 시대를 어떻게 극복할 것인가를 고민하고 있다.

> …… 두말할 것도 없이 두만강 이북에 살고 있는 우리 사람들의 한때의 삶의 모습을 구체적으로 보여 줌으로 해서 결국 어떤 핍박 밑에서도 굴하지 않고 살아나다, 그리고 살아나가야 함을 더듬어 보려는 의도였던 것이다. 이 작품뿐만 아니라 초기의 작품집 『북원(北原)』에 수록되어 있는 「새벽」, 「벼」, 「목축기(牧畜記)」 등등, 해방 전 재만시절의 소작 거의 전부가 동만주 지방에 살고 있는 우리 농민들의 생활을 발굴해, '어떻게 살아왔느냐', '어떻게 살 것인가'를 생각해 본 것이고, 그 무렵의 장편 『북향보(北鄕譜)』도 거기에 기초를 두고 쓴 최초의 긴 이야기였다.
> (중략)
> 세기말에서부터 금세 초기에 걸친 열강들의 각축전 속에 부대끼는 우리 농민들의 생활상은 고로(故老)들의 전언과 더불어 기자였던 탓으로 현지 압사 같은 것에 의해 뼈저리게 실감할 수 있었다. 그들의 생활에 있어서는 '인간이 무엇이냐'보다도 '어떻게 살아야 하느냐'가 절실한 문제로 등장하고 있었던 것이다.[41]

어려서부터 만주에서 생활했던 안수길은 그의 초기 작품에서부터

---

41) 안수길 수필집, 『명아주 한포기』, 문예창작사. 1977, 246쪽.

이주민들의 참담한 생활을 통해 그들의 삶을 증언하고 있다. 이주 초기의 참담하고 빈궁한 삶을 '벼'에 대한 애착으로 극복하고 삶에 대한 애착과 피땀으로 개척한 만주에 삶의 뿌리를 내리려는 강인한 의지가 인물들의 삶속에 담겨있다. 한편 이를 저해하는 세력에 대한 방어와 만주국 건립 후 삶을 보존하는 방법을 제시한다. 그것은 바로 순응과 민족 단위의 정착문제였다. 『북향보』는 이러한 작가의 철학을 완곡하고 사실적으로 표현하고 있다.

사회적 · 지리적 환경은 작가의 작품 창작에 결정적인 요소로 작용한다. 안수길의 작품에서도 예외가 아니다. 작가의 당시 현실적 조건이 작품의 배경, 주제 설정, 그리고 인물 형상에서 단적으로 나타난다. 이런 현상을 만주국 건립을 경계로 작품의 분위기와 주제가 변화된다. 사회적 · 시대적 환경이 창작에 미친 영향이다. 그 경계가 되는 작품이 중편소설 「벼」이다. 이어서 발표한 「원각촌」, 「토성」, 「목축기」, 『북향보』에서도 그 전 시기와 비교해 변화된 모습이 엿보인다. 즉 초기 작품인 「새벽」에서는 이주민들이 만주에서 압박과 수탈로 인한 빈곤과 인간의 존엄이 유린 당하는 현장을 고발하고 있다면, 그 이후에 발표된 작품들은 난관을 이겨내고 벼농사를 성공시키면서 만주 정착과 민족교육 문제를 그리고 있다.

위에서 고찰한 바와 같이 작품의 갈등이나 모순의 대상이 적대 세력과의 직접적인 마찰이 아닌 비교적 완곡하고 간접적인 민족 내부의 선과 악으로 되어 있다. 뿐만 아니라 선이 악을 이기거나 제거하면서 삶의 터전을 지키고 미래를 전망할 수 있게 선정되었다.

초기 작품 분위기가 어둡고 암울했다면, 후기의 작품에서는 이런 암울함이 한층 가시어 비교적 밝은 분위기로 바뀌었다. 이것은 만주에 이주한 역사가 길어지고 만주 정착에 성공한 이주민이 많아지면서 기본적인 삶의 조건이 어느 정도 해결되었기 때문이다. 만주 건립 후 일제는 중국 대륙 침략의 기반을 닦고 그 후방을 공고히 하기 위해 만주에 살고 있는 각 민족 간의 협화를 강조했다. 그러면서 표면적으로는 '만주낙토'라는 인상을 심는 것에 열을 올렸던 것이다. 그리하여 만주라는 자연환경과 농업을 비롯한 목축업 발전과 아편 재배 등 부업을 권장하고 격려했다. 덕분에 이주민은 비교적 안정된 생활 기반을 닦게 되었다. 이로써 이주민들의 생존 측면에서만 만주 현실을 본다면, 중국의 탄압 시기에 비교해 이주민들의 생활은 그렇게 절박하지 않았음을 알 수 있다. 이런 현상적인 것들이 안수길의 작품에 영향을 미쳤을 것은 자명하다. 그러므로 만주국 건립 이후 그의 작품은 전 시기와 비교해 이주민들의 빈곤과 시련이 그렇게 심각하지 않고 한층 여유 있는 문제 제시와 해결로 나아가고 있다. 또한 만주국 국책에 관한 내용도 작품에서 가끔 눈에 띈다.

> 부동성이 많은 조선 농민으로 하여금 한 농촌에 정착케 하여 농업만 주로 기여케 함은 건국정신에 즉한 것이요, 제 사는 고장에 애착을 붙임으로써 일로 증산에 매진하여 곁눈을 뜨지 않게 하는 것은 농촌 사람의 생각을 온건히 하고 똑바른 길로 인도하는 일이라. (『북향보』, 206쪽)

> 해는 쨍쨍 충천을 향하여 말없이 올라가고 쨍쨍한 햇볕 속에 논판에는 건강하고 명랑한 증산 풍경이 힘 있게 전개되어 있다. (『북향보』, 248쪽)

이 인용문에서 당시 만주국 국책의 일면을 읽을 수 있다. 그러나 이 작품에서 만주국 국책을 홍보하다든가 그것을 찬양하는 글귀는 찾아

볼 수 없다. 다만 단편적인 언급에 그칠 뿐 그 정책의 실행을 위하여 이
주민들의 헌신을 그린다든가 어떤 정당성을 주장한 내용 역시 없다.
그러므로 작가가 작품에서 만주국 국책 관련 내용을 삽입시킨 것은,
작품 발표에서 검열을 의식한 장치이거나 작품 발표를 위한 형식적인
장치로 보인다. 이는 당시 시대적 상황과 시국을 반영한 글을 보면 수
긍이 간다.

> 그리고 그 후임으로 우리 사람이 아닌 일본인이 국장으로 오
> 게 됐다. 관원이라고 했다. 자, 생각해 보자. 우리말 신문에 일인
> 편집국장……
> 1941년 초니까 있을 법한 일이라고 하기엔 너무나 기막히지
> 않을 수 없었다. 더욱이 그런 것은, 다른 기사는 그렇지 않은데
> 학예 방면과 특히 시 같은 것은 꼭 번역해 바치라는 것이었다.
> 그런데 이것(『북원』— 인용자 주)도 검열에 걸릴 뻔했다. 만
> 주의 단행본은 원고 검열제가 아니고 납본제로 되어 있었다. 홍
> 보부에 신경에서 신영철씨가 대신 납본해 주었는데, 검열관이
> 머리를 갸웃거렸으나 출입 기자였던 신언용씨가 잘 말해 통과
> 되었다는 후문이다.[42]

이 글을 통해서도 우리는 일제 말기 시국과 검열의 살벌함을 상상할
수 있다. 『북향보』는 1944년 12월부터 1945년 4월 사이에 창작 발표
되었다. 이때는 일제 패망 직전이라 만주국에서도 문학 작품에 대한
검열이 강화되어 사전 검열과 현장 감독을 받는 시기였다. 그렇게 절
박한 시기에 만주국 국책에 위배되는 내용이나 민족의식을 노골적으
로 표방한 작품은 검열에 걸려 통과되지 못할 것은 당연하다. 작가 또

---

42) 안수길, 『간도 . 용정시대』, 강진호, 위 책, 269쪽, 278쪽.

한 위기에 직면할 수 있을 것이란 추측은 어렵지 않다. 그러므로 작가는 당시의 시대적 현실을 무시할 수가 없었을 것이다. 묻어두거나 절필을 각오한 작품이 아닌 이상, 표면적으로라도 만주국의 국책을 반영해 주는 면이 나타나야 하며 적어도 검열하는 주체를 거슬릴 수는 없었을 것이다. 이 대목에 오면 안수길의 전기 작품들에서 민족 내부의 모순이 자주 등장하고, 만주국 건립 후는 전 시기처럼 심각한 민족의 생존과 민족의식의 표출이 줄어들었던 것에 대해 이해할 수 있다. 한편 작가가 성장기를 만주에서 보내고 창작하면서 그 범위를 벗어난 더 광범위한 차원에서 만주국 이주민들의 삶의 문제를 통찰하지 못한 것도 원인으로 지적할 수 있다. 마지막으로 검열의 문제와 작가의 안일한 현실 인식을 짐작할 수 있다.

Ⅳ. 주체성 확립과 관념적 민족의식 표출

1. 생존논리의 현실대응방식

작가는 현실 속의 인물을 작품 속에 그대로 등장시키는 경우도 있으나, 거의 모든 작가들은 바람직한 인간상을 허구의 과정을 통하여 작품 속에서 형상화 한다. 따라서 실존인물과는 상당히 달라진 모습을 소설 속에서 접하게 되는데, 이와 같이 변형과정에 중요하게 작용하는 것이 작가의 인간관[1]이며, 시대의식이다. 소설 연구에서 중요한 관심을 갖는 것 중의 하나가 작중인물에 대한 연구이다. 이 작중인물의 성격 연구를 통해서 작가가 지향하는 바의 의도나 정신에 쉽게 접근할 수 있는 방법이 생긴다.

소설이 잘 되었는가 못되었는가를 판가름하는 기준의 하나가 인물 창조의 성패여부와 관련되어 있다고 본다면[2], 이로부터 어떤 인물들이 어떠한 갈등 관계 속에서 어떤 성격을 형성하는가에 관심을 기울이게 되는 인물론의 출발근거가 마련된다. 따라서 「북간도」에 등장하는

---

1) E. M. Forster(이성호 역), 『소설의 이해』, 문예출판사, 1993. 25쪽.
2) 조남현, 『소설원론』, 고려원, 1982. 129~130쪽.

작중 인물의 성격을 검토함과 아울러, 작중 인물을 통해 형상화 된 작가의 시대의식과 가치의식을 츠출해 보는 것은 의미 있는 작업이라 할 수 있다.

특히「북간도」는 작품의 길이가 방대한 만큼 등장인물의 수도 많고, 소설 내의 그 배경이 되는 시간과 공간이 특수성을 지니고 있기 때문에 등장인물에 대한 연구를 더욱 더 소홀히 할 수 없게 한다. 이는『북간도』와 안수길 작품세계의 특색을 규명하기 위한 측면도 있지만, 안수길이 갖는 인간에 대한 이해도와 가치관에 대한 문제의 해답을 얻기 위함이기도 하다.

작가와 작품은 불가분의 관계다. 작가 안수길이 살아온 생은 근세 우리 민족의 역사이고 작품에 그의 삶을 충실하게 표현했다. 작품 속에는 작가의 다양한 경험과 사상 및 그의 가치관 등이 드러나게 마련이다. 작가의 전기에 대한 고찰은, 상상력에 관계 되는 허구적 작품의 문제보다는, 전 작품의 배경과 근원이 된 삶을 분석하여 여러 측면을 평가할 때 도움이 되는 요소를 얻을 수 있다[3]고 생각되기 때문에 필요한 것이다. 이것이 작품과 작가에 대한 연구에서 의미하는 바라고 한다면, 안수길의 경우는 좀 더 특이하다고 생각한다. 그것은 안수길의 일생을 통해서 겉으로 드러나는 삶의 문제가 작품에 더 영향을 미쳤을 것이라고 보기 때문이다.

안수길의 문학 의식을 규명하기 위해서는 먼저 그가 현실로 인식했던 대상과, 그의 올바른 삶에 대한 가치관적 문제를 살펴보는 과제가 우선되어야 한다. 안수길 작품은 우리 민족이 외세에 억압 되었던 상황에서 조명 된 간도문학과, 식민지 체제에서 벗어난 1960년대 상황

---

3) R. 웰렉 · A. 웨렌(이경수 역),『문학의 이론』, 문예출판사, 1989년, 115쪽.

에서 투시하였던 간도문학의 형태와, 우리 민족이 해방된 후부터 1970
년대까지의 문학으로 구분된다.

안수길의 초기 간도문학은 이주 한인들의 개간과 정착 등 주로 생존
적 문제가 중요했다. 따라서 여기에서는 민족정신이 은폐되었으며, 그
것은 외세의 억압 때문이다. 그에 반하여 후기 간도문학은 생존과 가
치규범을 삶의 원리로 수용하고, 초기 간도문학에서 은폐시켰던 민족
정신을 민족저항 문학으로 승화시키고 있다. 그는 억압적인 현실과 그
것에 반발하는 문학의 성격 때문에 현실 제시적 방법을 택하고 있다.
우리 민족이 현실의 어려움을 어떻게 극복해 나갈 것인가 하는 문제를
문학적 당위성으로 수용한 셈이다. 이러 민족의 문제를 그는 궁핍한
시대의 인간문제로 제시했다.

본고에서는 등장인물의 유형을 한 말의 간도지역 이주민으로서의
주어진 현실 속에서 살아가는 그 삶의 유형에 따라 크게 세 가지 유형
으로 나누고, 각 가계의 인물들을 분석하고자 한다. 이러한 방법으로
인물을 분석함에 있어서 각각의 등장인물에 투영된 작가의 역사의식
을 밝히는 데 주력하고자 한다.

1)주체적생존논리:이한복

이한복 일가는 의지적 인물로서 가부장적 문화권 속에서의 태도는
저항으로 드러나고, 자기 인생이 주인이 되려고 하는 강한 욕구를 가
지고 있고, 핏줄과 흙의 개념으로 인식되는 동족의 문제에서 핏줄에
더 많은 의미와 가치를 둔다.[4] 다시 말하면, 양심이나 도덕적 행위 등

---

4) E. 프롬(김병익 역),『건전한 사회』, 범우사」, 1982. 48쪽.
　　E. 프롬(박갑성 · 최현철 역),『자기를 찾는 인간』, 종로서적, 1989. 57쪽.

으로 민족의 혼을 지키고 발현하는 정신을 고수하려고 한다. 그래서 이들은 어떤 상황 아래서도 인내심이 강하고 확고부동한 신념을 가지고 있으며, 집요함과 침착함, 특히 일제 강점기 하의 폭정과 압박 아래에서도 침착성을 잃지 않는 유형의 인물이다.

　작가는 『북간도』에서는 이한복 일가에 초점을 두고 있음은 분명하다. 이한복이 강조하는 주체성이란 엄격하게 살펴보면 그의 할아버지에서 비롯된 것이다. 부연하면, 이한복의 할아버지는 젊은 시절 벼슬하려다 실패하고 농사도 부지런히 짓지 않았으며, 처자를 돌보지도 않았다. 게다가 방랑생활까지 하며 세월을 보낸 인물이다. 이한복은 그런 할아버지를 이상적인 인물로 여기며 자랐다. 철이 들어갈 무렵, 이한복 또한 할아버지를 닮아 농사일에 게으름만 피우고, 결국 아버지에게 얻어맞고 집에서 쫓겨난다. 마침내 이한복은 건실한 농부의 삶을 영위하는 것이 아니라, 백수건달처럼 방랑의 생활을 보내는 인물이다. 이와 같이 귀결은 그가 모방하고자 한 할아버지의 핏줄에서 연유한다.

> "나이 어렸으므로 글을 배우지 못한 아쉬운 생각과 더불어 한복이의 머리 속에는 할아버지의 영상이 무슨 성자의 모습처럼 간직되어 있다. 연골에 박혀 있는 그가 들려준 단편적인 이야기와 함께……"5)

　이한복은 그의 할아버지를 성자처럼 여기고 있으므로 할아버지가 말하는 정계비는 절대적인 것이며, 성스러운 것이라 할 수 있다. 이한복은 어린 시절 그의 할아버지를 따라 백두산 정계비에 가 본 적이 있었다. 백두산 정계비를 두 번씩이나 살펴보고 온 이한복은 그 정계비

---

5) 안수길, 『북간도』(상), 삼중당. 44쪽.

의 환상을 지니고 살아가는 인물이다.

청국인의 감자밭에서 감자를 훔치다 붙잡힌 손자 창윤이 변발(청국인 머리 모양)을 당해서 돌아오자, 비분강개하여 마침내 쓰러져 운명하는 장면을 작가는 어이없게도 시적으로 그리고 있다.6) 따라서 이한복과 같은 인물유형을 김윤식은 '역사적 환상의 인물'7)로 평가하고 있다.

> "청인한테 장난감이 된 손자의 머리를 숫제 당신 손으로 잘라 버리자는 것이리라. 얼마나 노여웠을까? 그리고 소리를 내어 못난 손자에게 들려주고 싶은 말이 많았을까? 창윤이 눈시울이 뜨거워질 겨를도 없이 가위를 쥔 채로인 할아버지의 육중한 몸이 시드럭 모으로 쓰러지는 걸 보았다.
> '큰아베, 큰아베!' 울음이 탁 터지면서 반사적으로 쓰러지는 할아버지의 몸을 달려 들어 안았다."8)

이와 같이 이한복의 죽음은 환상적 비현실적이라 할 수 있다. 이한복의 손자 창윤이는 중국인 동복산의 감자밭에서 감자서리를 하다가 붙잡혀 변발을 당한 채 돌아온다. 이는 다름 아닌 조선인의 청국인화를 의미하는 것이다.

『북간도』의 인물양상 중에서 민족의식에 입각한 저항형인 이한복 일가가 간도에 가서 열악한 조건에서 생활하면서 청·일의 틈바구니 속에서도 한민족에의 주체성을 잃지 않으며, 이농민으로 생활하는 것은 이한복 일가의 개인적인 고난인 동시에 민족적인 고난이었다. 전통

---

6) 김윤식,『우리 근대소설논집』, 이우출판사, 1986. 252쪽.
7) 김윤식,『한국 근대소설사 연구』, 을유문화사, 1986. 502쪽.
8) 안수길,『북간도』(상), 삼중당. 75쪽.

적으로 인종을 미덕으로 여기면서 살아 왔던 우리 민족에게 '어떻게 사는 것이 진정한 인간적 삶이냐'라는 것을 이한복 일가의 삶을 통해서 작가 안수길은 우리에게 보여 주고 있는 것이다.

『북간도』에서 투철한 민족의식에 바탕을 둔 현실저항형 인물들은 일종의 현실부적응형으로 정당한 민족의 생존을 위하여 외부의 모든 적과 대치하며 살아가고 있는 인물이다. 구체적으로 살펴보면, 1대인 이한보과 2대인 이장손은 지향적 의식을 가진 인물이며, 3대인 이창윤과 4대인 이정수는 당대 식민지 사회를 거부한 인물형이라고 할 수 있다. 이들은 부조리한 현실과 타협하거나 순응하지 않고, 오직 꿋꿋하게 자기 삶의 방식대로 살아가려고 한다. 이장손은 그의 아들 이창윤이가 청인 동복산의 송덕비에 불을 지르고 도주했을 때 은근히 통쾌해하는 모습이 드러난다.

> "단순한 게 아니었다. 그러나 그러면서도 마음 한 구석에는 일종의 통쾌감 같은 것이 샘물처럼 치솟고 있었다. 밭일을 다부지게 하는 걸 보았을 때 느껴지곤 하던 믿음직한 생각과는 다른 감정이었다. 그걸 무어라고 장손으로서는 꼬집어 밝힐 수 없었다. 그러나 아버지 이한복 영감이나 그의 할아버지가 가지고 있는 기개가 창윤이의 혈관 속에도 맥맥히 살아 있다는 생각임에 틀림이 없는 것이리라. 역시 장손으로는 정확한 말로 표현할 수는 없었느나 (우리 가문이 아직도 살아 있다. 선조에 대해서 부끄러움이 없다)는 것이라고 할까."[9]

이한복 영감의 주체의식이 내재된 지향의식은 그의 할아버지를 중개자로 하여 이루어지고, 2대의 이장손인 그 아버지인 이한복 영감을

---

9) 안수길, 「북간도」(상), 삼중당, 112~113쪽.

중개자로 선택하고 있다. 이한복 영감은 민족의 삶을 선대의 유산으로 받아들이고, 그 유산을 삶의 규범으로 고착시켜 삶과 개체의식과의 연관을 꾀한다. 그 결과 삶을 인종하고 개성의 작용보다는 선례의 수용을 강조[10]하고 있다.

이한복의 죽음은 단순한 생명의 종말이 아니라, 그 죽음 자체가 한 민족으로서의 삶의 저항이고 민족정신의 결과였던 것이다. 따라서 이 죽음은 이창윤의 민족의식을 핵심적인 요소로 움트게 하고, 후에 이창윤이가 보다 저항적이고 적극적인 삶의 자세를 갖게 되는 계기를 만들어 주었다. 2대인 이장손은 아들 창윤이가 감자서리를 하다가 혼자만 잡혔을 때 이창윤을 강한 사람으로 만들지 않으면 안 되겠다고 생각했다.

이한복의 당대 사회에 대한 불만은 이창윤과 이정수의 일제에 대한 저항정신으로 발전하게 되었다. 따라서 봉오동 전투나 청산리 전투는 '독립전쟁'으로 표현될 수 있는 것이다. 조국을 상실했던 특수한 시대 상황 속에서 독립전쟁은 절대적 의미를 획득하는 것이다. 독립전쟁을 하는 마당에는 그 나름의 독특한 논리가 있는 만큼 '땅의 사상'이나 '장사의 사상'따위는 한 갓 지엽적인 것이라서 독립전쟁의 사상과는 족히 겨룰 성질이 못 된다. 독립전쟁의 사상은 그 자체가 신성한 만큼 비교대상이 있을 수 없다[11]고 하였다.

이한복은 단순한 농민이 아니며, 비현실적일 정도로 강한 민족의식을 외세의 힘에 맞서 굳건하게 주체성을 견지하고 행동해 가는 인물인 것이다. 그러므로 이와 같은 성격이 정도의 차이는 있으나, 그 후손들에게 그대로 이어지고 있다. 2대 이장손의 경우 이한복 가계의 인물 중

---

10) 윤재근, 「안수길론」(상 · 하), 『현대문학』, 1977. 251쪽.

11) 김윤식, 『한국 근대소설사 연구』, 을유문화사, 1986, 512~513쪽.

에서 그 활약상이나 성격의 부각이 가장 미약하게 이루어져 있는데, 그러나 기본적으로는 이한복의 피를 그대로 이어 받고 있다. 비록 두드러진 행동을 보여 주지는 않지만, 아버지의 피를 그대로 이어 가는 것이다.

예를 들면, 최삼봉과 노덕심이 청인의 앞잡이로서 권력가 노릇을 하며, 청인에게 아부하기 위해 송덕비를 세우고자 할 때, 그의 이런 면모가 잘 나타난다.

> "이장손은 어처구니가 없었다. 비를 세워 주는 게 마대서가 아니다. 최삼봉이의 뱃속이 환히 들여다 보이기 때문이었다. 세금 독촉이요, 부역에 사람 뽑기요, 관청을 대신해 자잘구레 조선 사람을 청국 정부에 얽매어 놓고 주민을 욕 보이더니, 이번에는 하찮은 조건으로 송덕비를 세워주자는 게 아닌가? 그의 권력에 아첨하는 심보에 와락 비위가 거슬리지 않을 수 없었다. 더욱이 구역질 나는 것은 이 일로 지금 밭에까지 찾아온 것이었다. 청국 정부와 청국 사람과 친하려 들지 않는 이장손이었으므로, 먼저 그를 설득시킴으로써 다른 사람들이 반대할 여지를 남기지 않고, 일을 일사천리로 진행시키자는 것이라고 생각했기 때문이었다."[12]

3대 이창윤은 기본적으로는 유약한 성격의 소유자이다. 그러나 결과적으로 자신 때문에 운명한 할아버지 이한복의 상징적인 죽음으로 인해, 그 역시 이한복 가계의 혈통을 회복하게 되며, 이후『북간도』의 전반부에서 청인과의 갈등 속에서 민족의 주체성을 지켜 나가는 인물의 역할을 맡게 된다. 청인의 송덕비에 불을 지르고 용정촌으로 피신

---

12) 안수길,『북간도』(상), 삼중당, 99쪽.

하여 사포대에 가담해 교육을 받고, 한인들은 청인들의 간섭을 벗어나기 위해서는 자신들의 힘을 기르는 것 밖에 없다고 생각해, 비봉촌으로 돌아와 사포대를 조직하는 것들이 모두 그러한 역할의 연장선상에 있다.

그는 비봉촌에 돌아 와서도 청국의 앞잡이가 된 최삼봉, 노덕심 등과 끊임없이 갈등을 빚지만, 가문 대대로 이어 온 불굴의 민족적 의지를 굽힐 줄 모른다. 또한 비봉촌에 더 이상 머물 수가 없어 대교동으로 이사해 가서는 아들 정수를 신학문을 가르치는 민족학교에 입학시킨다. 이로써 창윤도 청인과의 갈등 속에서 강한 민족의식을 견지하며 싸워 나가는 인물로서, 할아버지 이한복이나 아버지 장손과 동일한 선상에 있음을 알 수 있다.

4대 이정수는 이한복 가계의 민족주의적 성격이 가장 두드러지게 외적으로 표출되고 있는 인물이다. 그는 그의 가계에 이어져 내려오는 민족주의적 태도를 견지하면서 행동을 통해 직접 일본에 대항하는 인물로 설정되어 있다. 이정수는 항일투쟁 운동에 가담해 독립군의 용정은행 15만 원 사건, 봉오동 전투, 청산리 전투 등의 현장에서 적극적으로 활동하다가 두 번에 걸쳐 감옥에 수감되는 고초를 겪다가 일제의 패망으로 출옥하게 된다.

이상에서 외세 저항의 주체적인 삶을 산 이한복 가계를 살펴보았다. 종합하면 몇 가지 점이 발견되는데, 먼저 이한복 가의 삶을 전체적으로 조명해 볼 때 올바르지 않은 것에의 항쟁과 순응하지 않는 그들의 기질은 대를 이어 가면서 변하지 않고 오히려 강해지고 거세어짐을 알 수 있다. 이는 한문족으로서 지켜야 할 주체성의 중요성을 잘 드러내기 위하여 쓴 작가의 의도라 하겠다. 저항과 투쟁이 지속적이고 통일적으로 가계에 내재해 있는 것을 상기해 볼 때, '이한복 일가'를 민족의식이 투철하고, 현실의 불의에 민감한 인물로 그려낸 것이다. 여기에서 정당하고 공정한 것이 아닐 경우, 그들이 일으키는 예민한 반응은 한민족으로 살아가야 할 이상적 모습이라 하겠다.

2)민족배신적생존논리:최칠성

『북간도』에서 주요한 역할을 하는 또 다른 인물유형으로 최칠성 가를 들 수 있다. 이들은 이한복 가처럼 충실히 설정되어 있지는 않지만, 작품의 긴장감을 조성하는 데 빼놓을 수 없는 인물이라 할 수 있다.

최칠성 가는 민족 배신적 성격으로 구분할 수 있다. 최칠성 가는 현실주의의 상징이다. 이한복 가가 민족주의를 이상으로 여겼다면 최칠성 가는 비봉촌에 뿌리를 내리기 위해서는 청국에 입적하여야 한다는 현실타협의 계산을 누구보다도 먼저 하게 된다. 힘의 논리, 현실의 법칙에 누구보다는 예민한 통찰력을 지닌 인물이다. 이들은 비타협적이면서 저항적인 인물의 전형으로 묘사되는 이한복 일가와 대립하는 인물로, 눈앞의 이익 추구 때문에 민족을 배신하는 행위까지 서슴치 않는 유형이다. 자신의 이익을 위해 동족인 조선인에게 어떤 박해가 가해지든지 상관없이 청을 위해 행동하는 민족배신의 전형적인 인물로 최칠성 가는 그려져 있는 것이다. 이러한 민족배신형의 인물을 제시한 작가의 의도는 평소 '어떻게 사는 것이 올바른 삶이냐'에 깊은 관심을 가졌던 작가의식에서 비롯된 듯하다. 최칠성 일가의 삶이 그 당시로선 최선이었다 하더라도 그것이 결코 진실이 될 수 없다는 생각에서 일 것이다.

최칠성 가와 이한복 가는 7·8대 전부터 좋지 않은 사이였다. 두 집안이 명당자리로 자리다툼을 하면서 시작되었던 싸움이 대를 이어 배척의 관계가 되게 하였던 것이다. 이러한 관계의 최칠성이 가족을 이끌고 간도에 온 것은 이한복이 비봉촌에 정착한지 2~3년이 지나서이다.

처음 그들이 비봉촌에 이주해 왔을 때에는 서로가 고향을 떠나온 안타까운 입장이었기에, 그 동안 골이 깊었던 그들의 갈등은 일단락된 듯하여 별다른 반목 없어 서로 협조하며 관계를 유지한다. 그러나 이들은 청국의 입적 강요와 변발의 문제로 결국 다시 서로 부딪히게 되는데, 이한복이 굴복하지 말고 끝까지 버텨야 한다는 입장인 반면, 최칠성은 비봉촌에 뿌리를 내리기 위해서는 청국에 입적해야 한다고 주장하기 때문이다.

최칠성의 입적에 대한 강력한 찬성과 이한복의 반대가 싸움의 원인이 되어 이한복은 쓰러지게 되고, 그 후유증으로 결국 죽게 된다. 이후 최칠성은 그의 아들과 마을에서 바보라고 칭해지던 노 서방을 지목하여 흑복변발을 명한다. 겉으로는 비봉촌을 위한다는 명분이었지만, 그에게 있어서는 토호 동복산과의 친교함으로써 힘 있는 자에게 아부하여 도움을 받고자 하는 목적이 숨겨져 있다고 볼 수 있다. 주어진 상황을 판단함에 있어 철저한 힘의 논리에 의해 현실을 바로 본 그는 자존심을 송두리째 버리고, 자기 아들을 대표로 입적시켜 흑복변발하게 함으로써 현실을 이용하는 기회주의자의 모습을 나타낸다.

명분은 대표자를 뽑는 것이 동네의 나머지 이주민을 지킬 수 있는 유일한 방편이 되고, 또 청국의 간섭을 적게 받기 위해 어쩔 수 없는 것이라 하지만, 여기에는 그의 계산이 들어 있다고 볼 수 있다. 실제로는 '기막힌 원조자'를 찾아 충성심을 보여서 현실에 순응하자는 것으로 보인다. 최칠성에게 가장 큰 관심은 이들에게 어떻게 충성심을 보여 끊임없이 도움을 받고, 이들로부터 분리되지 않을 수 있을까 였다. 이들의 충성심은 동복산의 송덕비 건립으로까지 실제화되어 나타난다.

이한복 가와 최칠성 가는 당시대의 간도 이주민의 현실을 대변하는 전형성을 지니기도 한다. 전형성의 개념은 루카치에 의해 본격적으로 다듬어졌는데, 그는 이 전형성의 원리가 작가의 객관적인 현실과의 접촉을 통해서만 그리고 현실의 충실하고 진정한 반영을 추구함으로써 구현될 수 있다고 믿는다.[13] 이렇게 구현된 전형성을 통해서 문학작품은 역사 발전의 일정한 단계에 처해 있는 특정한 사회의 모순을 드러내 주면서 동시에 역사발전의 필연적 방향을 제시해 준다. 이한복과 최칠성은 간도로 이주해 간 개척지에서 자신들의 뜻이 아닌 청국과 일본의 세력, 지주와 권력의 힘 앞에 생존의 위기의식을 느끼게 된다. 그들은 선뜻 그 현실 세력과 결탁하기를 주저하는데, 그것은 곧 민족의식의 주체성을 포기하는 문제와 연결되기도 한다.

> "송덕비는 청국인 노호 동복산 대인이 조선 사람에게 베푼 은혜를 진심으로 찬양하는 마음에서라기보다, 훗주인 최삼봉이와 노덕심이 권세에 아첨하기 위해 조선 사람의 이름을 팔고 가난한 동포의 주머니를 털 거라는 생각에서였다.[14]

이후 마을의 대표로 청국에 아부하며 살아가는 최칠성과 그의 아들 최삼봉은 끝까지 신념으로 살아가는 이한복의 가족과 대립되는 관계로 그려져 있다. 그들은 민족의식이 강한 이한복과는 대조적으로 눈앞의 이익을 위해 동족을 배반하고 탄압하는 반민족적 인물로 더욱 발전해 감을 보여 준다. 이들의 충성심과 굴종의 태도는 이러한 일의 추

---

13) 한용환, 『소설학 사전』, 문예출판사. 1999. 399쪽.
14) 안수길, 『북간도』(상), 삼중당, 112쪽.

진 이외에 의생활 습관까지 변화시켜 복장과 자세까지 달라지게 했던 것이다. 최칠성 가는 급박하게 변화하는 권력 앞에서 삶의 곤궁을 벗어나려는 시대가 낳은 또다른 피해자의 모습이기도 한다.

> "비단 다부쌴즈 두루마기같은 옷 위에 큰 무의 둥그런 후단 마꿜(마고자)같은 옷을 입은 최삼봉이는 머리를 따아 뒤로 들이우고 있었으나, 갓 대신 도토리 깍정 모양인 모오즈(모자)를 올려 놓고 있었다. 토호 동복산이 같은 점잖은 차림이었다. 걸음거리도 동복산이 본세를 따른 것임에 틀림이 없었다. 투거운 몸가짐, 배를 내밀고 느릿느릿한 동작! 그 뒤를 다부쌴즈 소매에 손을 엇바꿔 찌르고 노덕심이 따르고 있었다.15)

이러한 꼴이 다른 사람의 눈에는 우습게 보였지만, 최삼봉으로서는 절대로 놓칠 수 없는 원조자라로, 겉으로나마 닮아 일치되고자 하는 마음의 적극적 표현이었다. 그는 한 걸은 나아가 동복산의 아들로 동족인 노덕심을 내세워 입적시켜 충성심을 적극적으로 발휘할 뿐만 아니라, 이창윤과 결혼하려고 하였던 복동예와 노덕심을 결혼시켜 능력을 과시하기도 한다. 그리고, 다시 마을의 윤 서방을 동복산의 양아들로 입적시켜 청인들과의 유대감을 더욱 강화하며, 자기의 실속을 차리는 탐욕적인 행위를 일삼는다.16)

최삼봉과 노덕심은 그들의 원조자와 심리적으로 동일화된다. 그들의 원조자인 동복산이 위험을 느낄 때, 그들 역시 불안해하고 괴로워하다가 동복산과 함께 고림으로 피신을 한다. 이 피신의 시기는 의화단사건으로 러시아의 군대가 만주로 파견되었을 때로, 이주농민들이

---

15) 안수길, 『북간도』(하), 삼중당, 98쪽.
16) 안수길, 『북간도』(하), 삼중당, 99쪽.

청인들로부터 간섭과 억압에서 벗어나서 비교적 편안하게 지냈던 시대였다고 한다. 그러나 같은 이주민이면서도 더불어 사는 것이 불안하여 이민족을 따라 피신한 최삼봉의 경우를 보면, 동족끼리의 갈등상이 얼마나 심각하였나를 알 수 있다.[17]

최삼봉은 자신의 태도에 전혀 부끄러움이나 수치심을 느끼지 않았다. 민족혼보다는 이주개척지에서 토지문권의 소유를 무엇보다 소중하게 생각했기 때문이다. 최사봉은 비봉촌 촌장에 만족하지 않고 광화사의 향장을 꿈꾸게 되고, 결국 성공한다.[18] 김윤식은 이러한 최칠성 가의 인물을 '비봉촌에 뼈를 묻을 수 있는 자격을 갖춘 유일한 인물'[19] 이라고 쓰고 있다. 그것은 최칠성 가만이 땅의 사상과 연결된 유일한 태도로 삶을 살았기 때문이라고 설명하고 있다. 최칠성으로부터 시작된 최삼봉의 여러 행위, 특히 입적행위가 땅을 소유하고자 하는 순수한 농민의 정신으로 풀이될 때 이상의 평가는 가능할 수도 있다.

그러나, 최삼봉은 결코 땅만으로 만족하지 못하는 영리한 성격의 소유자로 형상화되고 있다는 점에 문제가 있다. 반명에 최삼봉의 아들 최동규는 아버지와는 달리 때로는 이창윤과 뜻을 같이 하기도 하고, 혹은 아버지를 설득하여 동족을 위하여 일하는 인물로 나타난다. 최동규의 이러한 측면은 이창윤의 아들 이정수가 제 발로 들어가 자수한 행위가 가문의 성격을 달리 보이게 했던 것과 같은 효과를 나타내고 있다.

즉, 이주 4대인 이정수의 행우는 부정적으로 보이기도 하지만, 최동규의 행위는 동족의 입장에서 볼 때는 부정적이고 부끄러움 그 자체였

---

17) 안수길, 『북간도』(하), 삼중당, 322쪽.

18) 안수길, 『북간도』(하), 삼중당, 358쪽.

19) 김윤식, 『안수길 연구』, 정음사, 1986. 214쪽.

던 아버지의 태도를 그의 대에 와서는 긍정적이고 자존심을 갖는 성격으로 변질시키는 작용을 한 것으로 평가된다. 이주지라는 사회는 이렇듯 인간의 성격을 양극화시켰던 것이다. 핏줄이냐 땅이냐, 저항이냐 순응이냐를 선택하여 적응하지 않으면 안 되는 상황이었다. 결국 이러한 선택을 해야 하는 이유를 살펴 볼 때, '인간의 동기에 대해 이해하려면 인간 상황에 대한 이해가 있어야만 한다'[20]는 말을 상기하게 된다.

안수길이 동일한 환경과 동일한 경험을 한 상황을 전제로 하고, 이 한복 가와 대조되는 인물을 창조한 것은 이주자의 문제보다는 인간 성격의 문제와 가치의 문제에 중점을 두었던 것으로 풀이된다.

아무튼 최칠성과 최삼봉의 성격은 역시 비생산적인 편파적 성격으로 볼 수 있고, 특히 이주지라는 특수상황에 적응한 그들의 태도는 민족성과 사회적 책임감이나 인간적 유대를 결여한 것[21]으로 평가될 수 있다.

『북간도』를 통해서 등장한 최칠성과 최삼봉은 당시의 현실에 민감하게 반응한 인물일 뿐 아니라, 이들의 가치는 현실에 바탕을 둔 땅과 권력, 명예에 있었다. 당시 사회상황을 살필 때 이주민들 중에서도 이렇게 살기를 원했고, 살았던 사람들이 없었을 것이라는 것은 상상할 수 없다. 당대의 시간적 · 공간적 현실을 직시했던 안수길은, 이주지에서 발생할 수 있는 인간의 정직하고 솔직한 삶의 자세가 어떤 것인가 보여 주고자 이러한 인물을 창조하였던 것이다.

---

20) E. 프롬(박갑성 · 최현철 역),『자기를 찾는 인간』, 종로서적, 1989. 149쪽.
21) E. 프롬(김병익 역),『건전한 사회』, 범우사」, 1982. 60쪽.

3)현실타협의 생존논리 : 장치덕

인간의 행동양상을 살펴 볼 때, 자신의 현실을 운명으로 돌리면서 체면이나 양심을 저버리고 현실에 순응하며 타협해야 하는 인간형이 있다. 이런 유형을 현실타협형 혹은 현실적응형이라 말할 수 있는데, 『북간도』에서 장치덕 일가가 그 부류이다. 주어진 현실에 적응하면서 타협적인 삶의 양식을 지니고 있다는 측면에서 최칠성 일가와 동류의 인물일 수도 있겠으나, 특별히 드러내어 민족을 배반하는 부분이 없고, 또한 비봉촌은 아니지만 용정에 머물면서 세계 정세나 한민족의 주체적인 삶에는 관심 없이 그저 자신의 안일을 위해 장사로 기반을 잡아 가는 모습에서 그 차이가 있다고 할 수 있다.

장치덕 가의 인물들은 일본이든 청국이든 상관하지 않고 현실을 있는 그대로 받아 들여, 아예 갈등의 원인을 없애고자 노력하는 유형이다. 그는 이한복 가와 대립하며 나서서 민족을 배신하는 최칠성 가와는 달리 동족을 배반하지는 않지만, 결코 불의에 정면으로 대항하지도 않는다. 그들은 대립함으로써 닥치게 될 개인적 불이익과 수난을 외면하고, 현실에 순응하면서 개인적인 이윤추구만을 위해 노력하는 인물로 그려져 있다.

장치덕 가는 농촌형의 인물 성격보다는 도시적 성향이 짙은 인물로서의 성격을 지닌다. 장치덕 가는 이한복 가와는 인척 간(이한복의 처남)으로 나타나지만, 그럼에도 장치덕은 이한복과 전혀 다른 인생관과 가치관의 소유자로 그려지고 있을 뿐만 아니라, 간도 이민 1세대에게 가장 충격적인 사건이라 할 수 있는 단발문제에 이한복과 대립적인 위치에 선 것으로 그려진다.

　"'총각은 앞만 깎고 어른은 상투를 풀면 된다.'고 장치덕이는 자신부터 머리를 빡빡 깎았다. 그리고 부락 전체에 단발을 권했다. 본국에서는 갑오경장 후의 단발영이 아직도 완전히 실시되고 있지 않은 이 때, 강 건 너 이곳에서는 60 노인부터 솔선 단발을 했던 것이다. 반항의 표시였다. 어떤 일이 있든 청복과 변발은 하지 않는다는 의사표시였던 것이다.[22]

　장치덕의 손자 장현도가 만석이를 보통학교에 넣은 것은 결코 박만호가 구제회나 영사관 순사의 등을 대고 우쭐대는 것과는 다른 생각에서임을 창윤은 처음부터 알고 있다. 말하자면, 장현도의 태도는 불어오는 북풍에 맞서 그것과 대항해 싸우려는 자세가 아니다. 단지 그는 급변하는 정세를 있는 그대로 받아들이면서 일신의 안전과 영달을 꾀하자는 생활태도, 그것을 할아버지 장치덕으로부터 이어져 내려와 혈통적으로 몸에 밴 생활신조이기도 하다.

　월산촌에서의 일·청국 관청에서 조선족에게 변발과 흑복을 강요했을 때 장치덕은 동네 사람의 머리를 빡빡 깎도록 한 것이고, 그와 같은 현실타협적 자세와 이기주의가 현도에게도 그대로 계승되었던 것이다.

　불어오는 폭풍에 맞서 그것과 싸우려는 자세가 아니다. 그것을 그것대로 받아들이면서 몸의 안전을 꾀하자는 생활태도, 그것은 할아버지 장치덕이로부터 내려와 혈통적으로 몸에 밴 생활신조이기도 했다. 월산촌에서의 일·청국 관청에서 우리 사람에게 변발흑복(辮髮黑服)을 강요했다. 그 때 현도의 할아버지 장치덕은 동네 사람들의 머리를 빡빡 깎도록 했다. 뒤로 드리워 청국 사람의 것처럼 만들 머리를 숫제 없

---

22) 안수길, 『북간도』(하), 삼중당, 65쪽.

어 버린다는 생각에서였던 것이 아닌가? 그 정신이 현도에게도 이어 받아져 있는 것이었다.

> "할아버지의 현실에 대한 그런 수법의 적극성이 현도에게는 현실에 대한 적응성으로 이어 받아진 모양이었다. 그리고 그것은 생활신조로 전해지고 있었다. '해란상점'의 확장이 그 결과로 나타났고, 앞으로 더 큰 성공이 내다보이게 했다. 아들의 교육문제도 이런 생활 신조에서 나온 것이었다. 이 점을 창윤이 이해하지 않는 것은 아니었다. 그러나 현실에 앞질러 적응하려는 심리가 약삭빠르게만 보였다."[23]

장치덕 가는 현실의 벼화에 매우 약삭빠르게 대응하고 있음을 알게 된다. 장치덕 가의 삭발행위를 가리켜 그것은 '외세에 대응하는 새로운 방식의 도입이며, 현실 대처의 가장 확실한 길'[24]이라 할 수 있다. 그리고 그 근거로 장치덕이 용정에서 장사를 시작한 것이나, 현도로 하여금 용정의 장사꾼이 되게 한 점을 제시하고 있다. 그에 따르면 장치덕의 이러한 행동은 상업정신과 자본가 사상이 중시되는 시대적 성격과 상응하는 현상이라는 것이다. 실제로 장치덕이 선택한 삭발의 방식은 청국이 요구하는 변발을 원천적으로 거부하기 위한 행위로 볼 수 있으며, 이런 점이야 말로 장치덕의 현실에 대한 기민한 대처력과 영악한 적응력을 단적으로 드러낸 보기라 할 수 있다. 그러니까 장치덕의 현실대응 방식은 '어떻게 사느냐'가 아니라 '어떻게 살아 남는가'에 초점이 맞추어져 있고, 그러한 생존철학은 장현도에 와서 그 전형적인 양상을 드러낸다.

---

23) 안수길, 『북간도』(하), 삼중당, 55~56쪽.
24) 김윤식, 『안수길 연구』, 정음사, 1986. 64쪽.

장현도는 『북간도』에서 철저하게 상인의식으로 뭉쳐진 자본사상의 모습을 띠고 있다. 아버지를 따라 용정에 정착한 그는 곡물상 직원으로 있으면서 비봉촌에서 탈출한 창윤에 이끌려 사포대에 가담하기도 하지만, 장삿길에 나서 해란상점의 주인이 되고 용정 대화제를 겪고서도 놀라울 만큼 치부에 성공한다. 그는 간도가 우리 땅이라는 확고한 영토의식을 가지고 이주한 것이 아니기에, 땅에 대한 절박한 관심과 종족의 혈연의식이 이한복 가와는 전혀 다른 양태를 보일 수밖에 없는 것이다.

가령, 용정에서 조선인이 죄인으로 몰려 추격을 당하다 청국 순경과 일인 순경의 관할권 다툼으로 조선인이 도망친 사건이 벌어지는데, 이 사건을 두고 창윤은 '가슴이 꿈틀거리는' 민족의 비애를 느끼지만, 현도는 '우리 사람들도 값이 오르는 셈이 아닌가'[25]라며, 장사꾼다운 어투로 분위기를 만드는 것이다. 이처럼 장사꾼의 기질을 농후하게 지니고 있는 그의 현실인식은 대체로 낙관적인 것으로 그려진다. 그리고 그것은 자신의 직접적 이익과 관련이 없는 일에는 신경을 쓸 것 없다는 이기적인 생각에 기반을 두고 있다.

> "일본 아이들이 영사관이라구 해서 저어 나라 깃발으 높이 달구 있지마는 그기 무슨 상관 있는가? 가아들이 우리르 보호해 준다믄, 그러라구 해 두잔 말이네, 그거르 되레 이용해 보자능 길세."[26]

위의 인용문에서 확인할 수 있듯이 현도는 자신의 직업에 충실할 뿐

---

25) 안수길, 『북간도』(상), 삼중당, 321쪽.
26) 안수길, 『북간도』(상), 삼중당, 315쪽.

이지, 이국 땅에서 조선의 주권을 가지고 살아가는 것이 무슨 의미가 있는지에 관하여는 도통 관심이 없는 인물이다. 그는 장사꾼으로서 용정의 유지가 되어 중국인과 마찰을 일으키기 보다는, 일본 영사관의 권력과 타협하여 경제적 이익을 도모하는 데 더 많은 관심을 보인다. 다시 말해, 장현도는 이익이 되는 것이라면 남다른 수완을 펼치는 전형적 상인으로, 주변의 사건에 적극적으로 간섭하며 문제를 해결하기도 하지만, 경제적으로 손해라는 판단이 서면 철저하게 거래를 끊는 이재와 기회에 민첩한 실리적인 성격이다.

장현도의 남다른 수완은 용정 대화재를 치부에 적극 활용하는 모습에서 역력히 볼 수 있다. 장현도의 이러한 현실주의적 · 출세지향적 태도는 아들 만석을 학교에 보내 끝내 동척회사에 취업시키는 일에서 그 정점을 이룬다고 하겠다. 장치덕 가는 용정에서 장사로 성공했다고 자부할지는 모른다. 그러나 그러한 성공에는 넘지 못할 한계가 있다. 일제 시대라는 사회적 성격으로 보면, 일제에 겉으로나마 동조 내지 협조하는 사람들에게는 어느 정도까지 성공을 거둘 수 있게 해 준 것은 사실이지만, 그렇다고 해서 그것이 우리 민족의 자산으론 커 가도록 내버려 둔 것은 아니라는 부정할 수 없는 사실이다.

이상에서 자주적 주권이 없던 시절에 현실대응 방식이 저항과 순응이라는 이원적 양상을 띠고 대립하고 있음을 보았다. 자주통치권이 없는 시대현실 속에서 '나의 것'을 고수하며 의연하게 살아온 삶이 있다. 그런가 하면 현실에 매우 이해 타산적이고 개인목적 지향적인 삶을 살아온 기민한 현실주의 내지 기회주의적인 삶의 양상을 볼 수 있다. 특히 현실 순응적 · 반가치적 삶을 살아온 인물의 행적을 통해서, 지조와 민족적 신념이 부족하고 패배의식과 아부의 노예근성이 몸에 익숙한 지식인들이 이 나라의 위정자가 되었을 때, 어떻게 사회를 이끌었을까

하는 생각을 하면 열강에 의한 민족의 비극이 결코 가볍게 지나칠 것
이 아니라는 것을 알 수 있다.

2. 근대성 수용과 민족주체성의 확립

작가 자신이 『북간도』에 대하여 몇 가지 자기 견해를 보임으로써
작품의 주제 의식을 살펴보도록 하겠다. 이는 다름아닌 작가의식과 일
맥상통하기 때문이다. 간략하게 말하면, 『북간도』의 주제는 땅에 대
한 농민들의 애착과 강렬한 민족의식에 바탕을 둔 그들의 현실 대응의
지라 할 수 있다.

안수길은 초기작품에서 작중 인물의 성격을 창조하면서 '민족'을
가장 우선하는 이름으로 내세우고 있다. 1950년대의 소설을 전체적으
로 살펴보면 분단의 상처가 내재된 소설의 관심은 대부분 개인단위 혹
은 동족 상호 간의 문제에 집중되어 있음을 볼 수 있다.

이에 반해 안수길은 소설의 관심을 '민족'으로 확대하였다. 그는 만
주에서 이주민의 생활상을 민족단위로 서술하면서 민족 간의 갈등구
조를 가족사적인 전개로 대치시키고 있다. 우리 민족의 역사에서 만주
의 민족문제는 매우 중요한 것이라고 할 수 있다. 만주 이주민의 숫자
에 있어서도 그러하지만, 그들이 처한 상황이 우리 민족 전체의 수난
을 첨예하게 드러낸다고 할 수 있기 때문이다. <북간도>의 이한복은
선대부터 내려온 관습과 규범에 따라 삶을 이어 가려 한다. 그것은 민
족의 주체성을 회복하는 일이 된다.

　　약자의 행동이라는 것이 그것이었다. 부모가 준 모발을 함부
　로 깎는 것도 불효거늘, 청인 때문에 깎아 버리는 건 더한 일이

라 했다. 그것은 나라를 사랑하고 청인이 아님을 표시하는 굳건
한 생각임에 틀림이 없으나, 그럴 필요가 어디 있느냐는 것이었
다. 이럴 때일수록 우리 사람이 가지고 내려오던 것이면 더 고
집스럽게 지켜 나가야 된다는 생각이었다. 그러면서 이겨야 된
다는 것이었다. 풀어 드리울 가능성이 있다고 해서 머리를 빡빡
깎는 건, 벌써 청인에게 한 풀 지고 들어가는 일이라 했다.[27]

『북간도』는 두 가지 문제 해결에 초점을 두고 있다. 그것은 땅에 대
한 농민의 강렬한 애착과 민족의식이다. 땅에 대한 애착은 능동적 형
태로 서술되며, 이것은 민족의식에 뿌리를 두고 있다. 따라서 민족의
식 회복이 '밥'보다 더 중요한 문제로 제시되고 있다. 다음 인용은 이
러한 면을 뒷받침한다.

> 그렇다고 해서 청국 사람이 될 수는 없었다. 어떻게 흰 옷을
> 소매 긴 청복으로 바꿔 입고 상투를 풀어 등 뒤로 드리울 수 있
> 을까? '민족의 얼'이 용서하지 않았다.[28]

인용문에서와 같이 인물들의 삶의 자세를 구체적으로 제시함으로
써, 결과적으로 민족자립에 기초를 둔 민족사상이 나타난다. 안수길의
작가적 사명의식은 한민족의 본질을 캐는 작업이며, 그의 작가적 사명
의식 속에 민족 수난을 투영시켜 민족의 삶을 보다 선명하게 굴절시켜
준 것이라 하겠다.

> 그런 창윤인지라, 아들이 독립군이 되었다는 사실을 알았을
> 때 충격이 크지 않을 수 없었다. 사내자식으로 잘한 일이다. 마

---

27) 안수길, 『북간도』(하), 60쪽.
28) 안수길, 『북간도』(하), 450쪽.

치 창윤이 자신을 대신했다는 생각이기도 했다. …중략… 아버
지와 의논하고 간 것은 아니었다. 그러나 만약 의논했다고 하
자. 그리고 창윤이가 이런 의견을 말했다기로 고스란히 들었을
정수가 아니었을 것이다. 젊은이들 사이에 열병처럼 퍼지고 있
는 독립군에의 정열에 사로 잡혀 있기 때문이다. 이렇게 홍범도
앞에서 실전에도 참가하고 있는 정수였으나, 훈춘에서는 아무
도 창윤이의 아들이 독립군이 된 것을 모르고 있었다.29)

위에서 드러난 이한복 일가의 주장은 작은 이익을 얻는 대신, 나라
땅 간도를 송두리째 잃을 수도 있다는 우려를 내포하는 주장이다. 이
같은 주장은 민족자존에 대한 자각이며, 그 자각은 다시 민족 자립에
의 의지와 민족 주체성으로 확대된다.

역사적으로 우리의 땅임이 분명한 이 지대에 남의 땅에 온 것
처럼 우여곡절 복잡다단했던 세기말에서부터 금세기초에 걸친
열강들의 각축전 속에 부대끼는 우리 농민들의 생활상은 古老
들의 傳言과 더불어 기자였던 탓으로 현지답사 같은 것에 의해
뼈저리게 실감할 수 있었다. 그들의 생활에 있어서는 '人間이 무
엇이냐?'보다도 '어떻게 살아야 하느냐?'가 절실한 문제로 등장
하고 있었던 것이다.30)

위의 인용문을 통해 작가의 확고한 자기 신념을 추출해 낼 수 있다.
즉, 작가는 '북간도가 역사적으로 우리 땅임이 분명'하며 '남의 땅'일
수 없다는 신념을 견지하고 있다. 또한 '뼈저린 실감'을 작가의 의식을
통해 우리 민족 전체의 삶의 대응 방식을 보여주는 계기가 된다. 이와

---

29) 안수길, 『북간도』(하), 179쪽.

30) 안수길, 「어떻게 사느냐?」, 『自作의 周邊』, ≪문학사상≫, 1973, 3월호, 206쪽.

같은 작가의식은 '어떻게 사느냐'에 대한 본격적인 연구의 대상이 된다.

작품의 내용이 되는 인간 そ체도 '그것이 무엇이냐'와 '어떻게 살 것인가'로 가려 생각해 볼 수 있다. 물론 이것은 방패의 양면 같은 것이어서 그 한 쪽만으로 작품이 성립될 수 없는 것인데, 가령 전자에 치중한다 하더라도 인간의 본질의 구명은 그것으로 머무는 것이 아니라 '어떻게 살 것인가'의 문제를 그 작품에서 받을 수 있고 후자의 경우도 작가가 인간의 본질을 구명하는 날카로운 눈을 가지고 임하지 않을 때 그 인간이 어떻게 살 것에 대해 올바르고 정확한 길을 제시할 수 없을 것이다.

작가가 인식하고 있는 소설의 예술적 형상화의 과정을 두 가지 측면에서 고찰하고 있다. 하나는 '어떻게 사느냐'이고 다른 하나는 '그것이 무엇이냐'이다. 작가는 이 둘 사이에는 상호 보완적인 관계가 바람직하다고 본다.

> 나의 작가적 체질은 어떻게 사느냐에 적합한 것임을 스스로 인정하고 있다. 그것은 나의 처녀작에서부터 그랬고 근 40년의 작가생활을 통해 일관된 작풍이 되고 있는 것이다. …(중략)… 두말할 것도 없이 두만강 이북에 살고 있는 우리 사람들의 한때의 삶의 모습을 구체적으로 보여 줌으로 해서 결국 어떤 핍박 밑에서도 굴치 않고 살아나간다. 그리고 살아나가야 함을 더듬어 보려는 의도였던 것이다.[31]

안수길은 자신의 작가적 체질로서 '그것이 무엇이냐'보다 '어떻게 살 것인가'가 자신에게 더 적합함을 스스로 인정하고 있다. 그 이유는

---

31) 안수길, 위의 책, 203쪽.

강력한 작가의식 때문이라고 명확히 밝히고 있다. 이와 같은 작가의식이 작품의 주제 의식 설정에도 많은 영향을 끼쳤으리란 추측은 가능한 것이다.

만주지방의 우리 농민과 민족의 생활을 발굴하는 것으로 작품의 출발점을 삼아온 나는 6년 전에 『북간도』를 완결함으로써 재만시절 중단편적 단편들을 규모를 크게 한 종합적인 것으로 마무리한 셈이었으나, 민족수난의 역사를 펼쳐 본 그 작품도 기초는 '어떻게 사느냐', '어떻게 사는 것이 올바른 삶이냐'에 두고 있음은 두말할 것도 없는 일이다.32) 구한말과 일제 강점기하 암담, 암울했던 민족의 수난사를 투철한 작가의식에 의해 『북간도』를 집필했음을 밝히고 있다. 또한 『북간도』의 주제의식을 '어떻게 살 것인가'에 초점을 맞추고 있음이 드러났다.

그런데 문학에 있어서 「어떻게 사느냐」를 더듬는 경우, 작가의 눈이 추상적인 문제, 가령 生, 死, 愛, 憎, 情感의 意識, 등등에서보다도 현실문제에 돌려지기 마련인 것이다. 그것은 곧 작자가 살고 있는 시대와 사회에 관심이 기울어지고 있음을 말하는 것이요, 그 시대 그 사회에 작자 자신이 충실하게 삶을 뜻하는 것이다. 그러므로 「어떻게 살 것인가」의 작품은 현실적이요, 사회성을 띠고 있다고 말할 수 있을 것이다. 그러나 소위 「사회소설」이 되지 않기 위해서는 작자가 한 현실생활과 사회생활이 어떤, 미리 마련된 목적의식에 의해 재구성되어서는 안 될 것이다. 어디까지나 작자의 작가 의식에 따른 비판력과 그 생명력의 발로로써 이룩될 때 작품으로서의 성과가 약속될 수 있는 것임을 이 자리에서 새삼스럽게 느끼게 된다.33)

---

32) 안수길, 위의 책, 203쪽.
33) 안수길, 위의 책, 205쪽.

작품을 재구성하는데 있어서 작가 의식이 지나쳐 어떤 목적의식을 겉으로 너무 드러나게 내세워서는 안된다고 강조한다. 작가가 인식하고 있는 작품의 예술적 형상화란 '어디까지나 작가의식에 따른 비판력과 그의 생명력의 발로로써 이룩되어야 한다'는 신념을 지니고 있기 때문이다.

작품의 주제의식을 드러내는데는 일반적으로 '그것이 무엇이냐'와 '어떻게 살 것인가'의 두 가지 방법이 있는데 작가의 선호도에 따라 그 중 하나가 더 강조될 수 있다. 따라서 안수길은 소설적 주제로서 '어떻게 살 것인가'를 가장 잘 형상화한 작품이 『북간도』라고 밝힌다. 그러나 『북간도』가 당시 시대상황과 당시 사회의 삶을 사실적으로 표현했다고 해서 '사회소설'은 될 수 있는 것이다. 왜냐 하면, '그의 작가의식에 따른 비판력'과 '생명력의 발로'로써 형상화될 때 비로소 순수소설이 될 수 있기 때문이다.

> 어떻게 사느냐에 대해서 그 문제를 더듬어 찾는 것이 내 작품을 뚫고 있는 이라고 할 수 있겠는데 바꾸어 말하면 나에게 있어서 작품이란 곧 어떻게 사느냐를 연구하는 도정이 되겠지요.[34]

안수길의 작가의식은 시종일관 '어떻게 살 것인가'에 맥을 잇고 있다. 따라서 작가는 사회적 역할과 사명감을 명확하게 인식하고 있었다. '작가가 살고 있는 시대와 사회에 관심이 기울어지고 있음'에 초점을 둘 때 일제 강점기 시대상황 속에서 인식한 작가의 식을 간략하게 도식화하면, 국가상실 → 항청운동 및 민족자립 → 국가회복(조국광

---

34) 안수길, 「나의 인생 나의 문학」, ≪월간문학≫, 1976년 5월호. 13쪽.

복) 이라는 민족수난사와 맥락을 같이 함을 드러났다.

한민족이 당시 사회를 얼마나 치열하게 살아냈느냐를 밝히는 작업이 곧 작가의 사명임을 뜻하며 아울러 그 질문에 대한 대답이 곧 작품 자체임을 뜻하는 것이다. 따라서 작중인물들의 구체적 삶을 추적해봄으로써 '어떻게 살아냈느냐'라는 작품의 주제를 탐색할 수 있다. 또한 작가는 당시 시대상황하에서 민족자립에 대한 열망과 더불어, 소박하지만 끈질긴 자기 나름의 작가로서의 사명감과 사회적 역할 의식에 깊이 뿌리를 두고 있었음이 위 인용문을 통하여 알 수 있다.

> 그러나 한복이는 마치 개선 장군 같은 기개였다.
> 강 건너가 우리 땅임을 두 눈으로 보고 왔으므로 그럴 밖에 없었다. 먼지투성이요, 수염이 무성한 얼굴 속에서 이빨을 들어내고 벙글벙글 웃었다.
> 「어망이 좋은 쉬가 생기게 됐읍메다. 강 건너가 우리 땅이랍메다.」35)

> 어머니와 아내와는 달라 장손이의 얼굴에는 차겁고 엄숙한 것이 서려 있었다.
> 「머저리 새끼 ! 다른 아들은 다 약빠르게 뺑소니르 치는데 혼자 붙잽힌단 말이……」
> 그렇고야 어떻게 이 싸움판에서 할아버지가 피땀으로 이룩해 놓은 이 농토를 억세게 지켜 나갈 수 있을까?
> 동무 셋 중에서 혼자 붙잡힌 아들이 못난이만 같아 장손이는 분노가 치밀었다.36)

할아버지가 손자(창윤)한테 이루지 못했던 일을 창윤이 대신

---

35) 안수길, 『북간도』(상), 삼중당, 52쪽.
36) 안수길, 『북간도』(상), 삼중당, 70쪽.

제 아들에게서 이루어 보자던 다짐이 좌절될 위험성이 없지 않다. 현도와 의논해 정수로 하여금 교육 기관이 많은 용정에서 중학교 하나는 완전히 졸업시겨 주자는 생각이었다.

「입이 떨어지지 않아 그 말은 못했는데 맡겨 두랑이 그건 고맙네마는……」

「보통학교는 싫다는 말잉가?」

「거기는……」

「하하하, 스무 살을 넘어 서른이 다 된 사람들두 고등학과에 많이 댕긴다네.」

…(중략)…

「소학교만 시키구 말겠능가? 앞으루 중학교 전문대학으로 올라가자문 내지에 유학을 해야 될 기구 그러자문 여기 보통학교 와서 공부는 해야 되네.」

「자네나 만석이르 그렇게 공부시키랑이.」

「하하, 그렇게 팩하게 굴지말구, 잘 생각해 보게」37)

「실력 행사만이 광복의 방법이다.」

정수의 주장에 영애는 맞서곤 했었다.

「신앙이다.」

「신앙심도 필요하다. 그러나 실력이 앞서지 않는 신앙심은 힘이 없다.」

「신앙이 왜 힘이 없나?」…(중략)…

「모두 속임수야.」

제 일은 제 손으로 해야 된다는 정수의 신념은 영애에게도 이해 안되는 것은 아니었다. 그러나 우리를 도와주는 선교사마저 흘려 볼 것은 없다고 생각했다.

그것은 너무 옹졸하다.

「믿음이 모자라 오해를 하고 있는 걸 게야.」

그 후 만나서 이렇게 말하기도 했다.

---

37) 안수길, 『북간도』(하), 삼중당, 55쪽.

「또 신앙이야?」

정수는 화가 난 듯이 뱉아 버렸었다.

그리고는 침울하게 지내다가 마침내 병원에서 사라지고 말았다.[38]

인용문에서와 같이『북간도』를 집필한 안수길의 투철한 작가의식은 '어떻게 살 것인가'에 바탕을 둔 등장인물들의 삶의 태도와 방식을 구체적으로 제시함으로써 결과적으로 민족자립에 기조를 둔 민족사상의 발로로 나타났다. 안수길의 대사회적 역할과 작가적 사명의식은 한민족의 본질을 찾는 작업에서 비롯되었으며 그의 작가적 사명의식 속에 구한말과 일제 강점기치하 민족수난을 투과시켜 민족의 삶을 보다 선명하게 굴절시켜 준 것이라 하겠다. 이는 작가의 현실 인식 태도가 뛰어나 민족수난기의 민족의 삶의 애환을 사실적으로 그린 작가로서 손색이 없을 것이다.

안수길의 작품을 통해 일관되게 바탕에 흐르고 있는 그의 문학정신은 인생의 문학이며 민족의식의 문학이라 할 수 있다. 이와 같은 성격은『북간도』에 이르러 더욱 심화되고 역사적 시각이 한층 더 고조되며 우리 한민족의 수난과 저항의 삶의 태도를 사실적으로 보여준다.

작품에 대한 가치부여와 평가는 다양한 척도와 가늠자에 의해 이루어질 수 있다. 그러나 기존의 문학 연구자들에 의한『북간도』연구는 다소 일률적인 척도와 외재적 분석에 편중되어『북간도』의 문학적 의의는 다소 도식적이고 경직된 의미망 안에 갇혀 있는 것이다. 작품에 대한 외재적 분석에 바탕을 두어『북간도』에 가치를 부여하는 중심에는 언제나 소재적인 측면, 즉 소설공간인 '만주' 혹은 '간도'가 등장한

---

38) 안수길,『북간도』(하), 삼중당, 223~224쪽.

다. 이는 작가의 직접적인 간도체험과 밀접히 연관된다.

그러나 주목을 끄는 것은 무엇보다도 간도를 중심으로 한 만주다. 한국 소설의 배역은 대체로 한반도라는 좁은 테두리 속에 머문 경우가 많다. 1932년에 김동인의 「붉은 산」에서도 간도를 배경으로, 그러한 배경을 통한 민족의 한이 그려져 있다. 그러나 그것은 소재 확대 이상의 의미를 획득하기는 어려운 것 같다. 30년대 소설 가운데서 간도를 무대로 갈등, 망국인의 통한 등을 표현한 것은 안수길이다. 그의 의식은 만주가 외국일 수 없었다. 선열들의 핏방울이 엉키어 있고 '민족정신이 맥맥히 깃들이 있는 곳이다. 이것은 안수길이 만주에서 체험, 목격한 사실이라는 데 더욱 리얼리티와 설득력을 갖고 있다.39)『북간도』는 1870년부터 1945년 한국이 광복을 맞을 때까지 북간도를 중심으로 일어났던 민족의 수난과 그를 극복하고 살아나려는 이주민의 의지를 전 5부로 다루고 있는 대하소설이다. 안수길의 소설에서 보이는 만주 혹은 간도체험을 최서해, 김동인 등 여타 작가와 비교할 때, 작가 자신이 그곳에서 살면서 실제로 체험한 장점을 지닌다. 그러므로 이는 더욱 작품이 리얼리티와 설득력을 가지고 있음이 각별한 주목과 평가의 대상이 되고 있는 것이다.

또한 이렇게 치열성에 바탕을 둔 간도체험이『북간도』에서 집대성되었다는 시각이 대부분의 평가들에 의해 인정되고 있다. "민족 문학의 초석이 되어 줄 만한 거작"40) "해방 뒤 십여년래의 우리 문학사에 있어서 가장 뛰어난 작품"41)과 같은 찬사와 평가는『북간도』에 대한 의미부여의 가장 전형적인 예라 할 수 있다. 이 작품은 그것은 1870년

---

39) 김영화, 「역사와 개인」, ≪현대문학≫ 1979년 4월호. 319쪽.
40) 신동한, 「안수길 작품 해설」,『한국대표문학전집』7권, 삼중당.
41) 백　철,『북간도』(상) 서문, 삼중당, 1994.

경에서부터 1945년 해방까지의 약 80년간의 북간도의 수난을 묘파하고 있다. 그러나 그것은 4대에 이르는 한 가족사로 대치되어 있어 도식적인 수난사를 뛰어 넘는다. 그의 상상력의 기점인 만주는 그의 최초의 중편소설 「벼」(1940)에서부터 뚜렷한 모습을 드러내고 있다. 「벼」에서 『북간도』에 이르는 그의 작품의 기조음을 이루는 만주는 최명익, 정비석의 낭만적 도피처도 아니며, 최서해의 「홍염」에서처럼 외인지주와 소작인의 갈등의 장소도 아니다. 그의 만주는 이태준의 「농군(1939)」에서 묘사된 것과 같은 땅에 대한 깊은 애착과 결부되어 있는 만주이다. 일제의 악랄한 수탈정책 때문에 정든 고향을 등지고 떠나와서, 원주민과의 목숨을 건 투쟁 끝에 쟁취하였고, 계속 원주민들의 압력을 받을 수밖에 없었던 만주의 땅이 안수길의 정신적 안식처이자 고향이다.[42)]

1870년에서 1945년에 이르는 역사적 기간의 한민족의 수난사, 만주라는 공간의 소재적 의의에 대한 강조는 마땅하다. 따라서 『북간도』의 문학적 의의를 규정할 때 반드시 언급되는 것은 당연한 일이나. 물론 『북간도』에서 이루어진 소설적인 공간의 확대, 한민족 수난사의 중언적 가치는 귀중하며 그 의의는 충분히 인정되어야 한다. 이와 같은 부분이 『북간도』의 의의를 부여하는 데 있어서 삭제하거나 경감할 수 없는 점들이란 사실 또한 결코 부인할 수 없을 것이다.

『북간도』는 안수길의 작품세계의 방향성만 제시한 작품이 아니라 한국 소설의 가능성과 그 방향성을 가늠해 준 작품이라 할 수 있다. 한국소설의 가능성 측면에서 볼 때, 『북간도』는 이념의 벽을 뚫고 만주라는 역사적 공간으로 소설의 배경공간을 확대하였으며 시간배경도

---

42) 김윤식 · 김현, 『한국문학사』, 민음사, 1973. 236쪽.

이제까지 장편소설이나 역사소설에서 보여주었던 시간적 구조배경과 길이와는 다른 측면을 보여주고 있는 바, 이 두 가지 요소가 결국 소설 형태의 변화, 즉 대하소설의 가능성으로 이어졌다고 평가할 수 있다. 그리고 작가의 측면에서 평가될 수 있는 새로운 태도는 사적 체험세계를 확대, 심화시켜 그것을 민족 집단적인 삶의 전개 내지는 가족의 삶의 전개과정으로 연결시켜 총체화하고 있음이다.

다시 말하면, 이처럼 개인의 체험세계의 한계를 극복하고 민족 집단적인 삶의 문제를 제시한 안수길의 작가로서 변모된 태도는 당시로서는 새로운 시도임에도 불구하고 절실히 요구되는 작가정신이었다. 따라서 안수길의 작가 정신을 한국 소설의 새로운 방향성을 제시하는 관점에서 해석되어야 할 것이다.

우리 소설이 주된 관심대상으로 삼아왔던 개인적 삶의 순간들의 문제화보다는 역사와 민족 집단, 역사와 개인 등의 문제에 관심을 가지고 소설 속에서 다루어야 되며, 이러한 자세는 소설을 통해서도 인간의 총체적 삶의 적응태도와 형상, 총체적인 민족의 삶이 제시될 수 있다는 소설의 새로운 가능성을 보여주는 것이다.

안수길의『북간도』를 그의 다른 작품들과 관련시켜 살펴볼 때,『북간도』는 안수길의 대표작이라 해도 결코 손색이 없을 정도의 가치와 의미를 지니고 있다.

첫째, 간도체험의 객관화라는 측면이다.

둘째,『북간도』이전의 작품과 이후의 작품들을 연결시켜 주는 고리로서 보편적이면서도 독특한 구성과 다양한 등장인물을 가지고 있다는 점을 그 근거로 들 수 있다. 특히『북간도』의 등장인물들은 안수길의 작품들에 등장하는 전형적인 인물들이라고 할 수 있다.

셋째, 안수길이 추구하는 삶의 자세와 방식에 대한 해답이 『북간도』
를 통해서 제시되고 있다는 점이다. 현실적 삶의 대응 방식의
유형으로는 세 유형이 있지만, 근본적으로 안수길은 인간을
악보다는 선의 측면에서 해석하고 있으며, 봉건적 가치를 추
구하기보다는 근대화 된 가치를 추구하는 인간에게 더 많은
관심과 애정을 가지고 있음을 알 수 있다. 이것은 소극적 자세
로 삶에 대응하는 인물보다는 적극적 자세로 현실에 대응하
는 인물을 긍정적으로 보는 작가의 견해가 반영되어 있는 것
으로 이해된다.

작가는 『북간도』에서 최칠성 가문이나 장치덕 가문과 구별되는 이
한복 가문의 만주에서의 주체성 주장의 과정과 의미를 드러내주고 있
다. 민족적 주체성의 문제는 이 작품이 이야기하고 캐어내려는 중심적
인 문제가 되어 있다. 우리는 근자에 민족적 주체성에 관한 논의를 많
이 들어왔다. 『북간도』는 이 논의에 대한 기여로 생각될 수도 있겠다.
아마 이 주체성의 논의에서 그 살아 있는 의미를─그것이 비록 그 이
념이 의미하는 바 전 폭을 포괄하는 것이 아니라 할지라도 ─ 이 소설
만큼 설득력 있게 이야기하고 있는 경우도 찾아보기 어렵지 않을까 한
다. 『북간도』에 있어서 민족적 주체성은 처음에 제 것을 지키고자 하
는 인간 본연의 충동─비교적 원시적인 자아의 위엄성에 대한 주장으
로 생각되어지고 소설이 앞으로 나아감에 따라 점점 강력하게, 이것은
하나의 필수 불가결한 삶의 조건으로 파악된다.43)

한말부터 해방까지의 한국근대사는 한국 민중의 주체성 확립을 위
한 투쟁 과정이기도 하다. 그러므로 한국 근대사의 가장 어지러웠던

---

43) 김우창, 『궁핍한 시대의 시인』, 민음사, 1977년, 351쪽.

격동기와 민족의 수난기인 역사를 소설로 옮긴 것 자체가 벌써 의의를 지닌다고 말한 김우창의 주장은 일리가 있다. 이주민이 가장 많이 발생했던 한말부터 시작해 조국의 광복을 맞기까지 조선 국내가 아닌 간도와 만주를 배경으로 한국근대사에서 투쟁의 주체가 되었던 민중의 투쟁사를 문학작품으로 형상화 한다는 것은 그 자체로도 의미 있는 일일 것이다.

3. 관념적 민족주의와 역사의식

『북간도』는 1870년부터 해방을 맞은 1945년까지의 민족사를 배경으로 이민족의 압박 속에 유랑민의 신세로 살아온「이한복일가」의 4대에 걸친 투쟁사를 통하여 조선인 이주민의 삶을 증언하고 있다. 또한 작가는 중국 민족주의자들의 불굴의 투쟁에 대한 경의와 함께 조선 이주민들의 일제에 의한 압박을 슬퍼하며 당시 현실에 강렬한 불만을 직접 행동으로 드러내고 있다. 안수길은 만주체험을 작품화하여 실향민 문제에 대한 실향민 의식과 만주국 시기 만주에서 반만항일 활동을 한 중국민족주의자들의 희생에 대한 가슴 저림과 조선 이주민들이 일제에 의해 약탈당하는 것을 슬퍼하고 분노해하는 민족주의 의식을 드러내 보이고 있다.

민족주의는 어느 민족이 자신을 다른 것으로부터 구별하여 의식하려 하고 스스로의 통일 독립 발전을 꾀하고자 하는 사상 및 운동[44]이다. 문학에 있어 민족주의는 계급주의 문학의 대타의식에서 출발하는 것이다. 따라서 민족주의 문학은 사회운동 노선상의 민족주의에 근거한 문학으로 민족주의의 이상을 실천하는 것으로 그 중요 임무를 삼는

---

44) 천이두,『민족문학의 반성과 전망』, 문학과 지성사, 1981. 126쪽.

형태의 문학이라고 정의내릴 수 있다.

안수길의 민족주의 의식은 우리 민족의 전의식을 작품 속에서 구체적으로 표현하고자 하는 것에 그 확고한 바탕을 두고 있다. 그는 이러한 민족의식을 통하여 한민족의 문화 순응의 특수성을 표현하고 이러한 특수성 속에서 한민족의 전의식을 체험하려고 한다. 한 민족이 형성한 특유한 문화에 그 민족에 속해 있는 개체들이 동질적인 순응을 일으킬 때 이루어지는 심리적 균형을 그 민족의 전의식이라 한다.[45] 안수길은 한민족의 삶의 가치관이 한민족의 문화순응의 동질성과 서구 문화의 이질성과의 교접 속에서 변해 나가는 민족사의 변혁을 잘 인식하고 있었기에 그의 민족의식은 시대와 함께 발전하고 있는 것이다.

만주국의 허구를 깨고 그의 만주체험의 속죄의식과 자존심은 그를 부끄러움으로부터 탈출하는 방법으로 『북간도』를 창작하게 된다. 이 작품은 전 5부작으로 구성되었는데, 전반부에 해당하는 1·2·3부와 후반부에 해당하는 4·5부로 나누어 살펴볼 수 있다. 백두선 정계비는 제1부에서 간도 이주의 발판이 되어 준다.

> 예에 뵈아 드릴 거는 강 건너가 우리 땅이라고 새겨놓은 빗돌이고, 들려 디릴 거는 나라에서는 어째서 강 건너 우리 땅인 무인지경에다가 옥토르 두고 서리 몇에르 내리 백서멍 굶게 쥑이느냐는 겁메다.[46]

사이섬 농사를 짓다 부사에게 잡혀간 이한복이 백두산 정계비를 이

---

45) 윤재근, 「안수길론(상)」, 『현대문학』 1977. 7.
46) 안수길, 『북간도』(상), 삼중당, 1983. 24쪽.

야기하며 강 건너가 우리 땅이라는 확신에 찬 주장을 하여 종성부사 이정래의 정계비 답사와 어윤중의 장계에 의해 월강 죄가 해제되어 조선인들은 자유롭게 강을 건너가 농사를 짓게 된다. 결국 이한복을 중심으로 간 이민 1세대들은 간도에 대해 다분히 '주인의식'을 가지고 새로운 땅을 개간하며 떳떳하게 살아가려 한다.

그러나 청은 간도가 자기네 땅이라면서 그 지방 사람들에게 청국 관청에 세금을 바치고, 법률에 복종하고, 청국 복장과 변발 등을 강요한다. 이로 인해 비극은 시작되고 생존을 위해 찾아온 이주민들에게 쉽게 거부하지 못할 상황으로 전개되었다. 이러한 속에서 이한복은 어느 누구보다도 그들의 요구를 완강히 거부하면서 민족적 자존심을 지켜나간다.

> 한 두 사람의 대표를 뽑아 변발 흑복을 시키는 건 무방하다. 그리고 우리들의 토지를 통틀어 그 사람의 명의 집조를 받은 뒤 마음 놓고 농사를 짓는 것을 마다 고는 하지 않는다.
> 그러나 그렇게 되면 이 지역이 청국 영토라는 걸 스스로 인정하고 들어가는 일이 되고 만다. 우리 땅인걸 알면서 어떻게 그럴 수 있을 것인가? 이것이 이한복 영감을 중심한 사람들의 주이었다.[47]

이러한 이한복의 모습은 그의 할아버지에서 비롯되었다.

> 나이 어렸으므로 글을 버우지 못한 아쉬운 생각과 더불어 한복이의 머릿속에는 할아버지의 영상이 무슨 성자의 모습처럼 간직되어 있었다.

---

47) 안수길, 『북간도』(상), 삼중당, 1983. 79쪽.

> 연골에 박혀 있는, 그가 들려준 단편적인 이야기와 함께
> ……48)

이와 같이 이한복에게 지대한 영향을 준 할아버지인 만큼, 할아버지가 말하는 정계비는 성스러운 것이라 할 수 있다. 더구나 한복이는 열여덟 무렵에 집을 나섰다가 백두산에 다녀온 적도 있다. 그래서 그는 종성부사 이정래를 안내하여 백두산 정계비를 찾아갈 수 있었고, 그만큼 정계비에 대한 믿음이 강할 수밖에 없었다. 이러한 믿음은 그에게 남다른 민족의식을 심어 주었고, 간도라는 새로운 땅에서도 주인으로서 살아갈 수 있게 해주었다.

이러한 인물이었기에 손자 창윤이가 청인에 대한 저항 행위로 동복산의 감자를 훔치다가 청인에 잡혀 동복산의 집에서 변발을 당하고, 변복을 입고 나오는 수모를 당하자 이한복은 의분을 참지 못하고 비극적 죽음을 맞이하게 된다. 그만큼 이한복은 의지적인 인물로 그려져 있다.

그러나 한편에서는 이한복이란 인물 유형이 소설 속에서 현실성을 잃고 있다는 평을 내리기도 했다. 특히 김윤식은 이한복과 같은 인물 유형을 '역사적 환상적 인물'49)로 평가하고 있다. 그는 이한복이 농부이면서도 농사짓는데 주력하지 않았고 강한 민족의식으로 인해 일반인과는 다른 최후를 맞이하게 됐다는 것이다.

> 청인한테 장난감이 된 손자의 머리를 숫제 당신 손으로 잘라
> 버리자는 것이리라! 얼마나 노여웠을까? 그리고 소리를 내어 못

---

48) 안수길,『북간도』(상), 삼중당, 1983. 40쪽.
49) 김윤식,「안수길 연구」, 정음사, 1986.

난 손자에게 들려주고 싶은 말이 얼마나 많았을까? 창윤이 눈시
울이 뜨거워질 겨를도 없이 가위를 쥔 채로인 할아버지의 육중
한 몸이 시드덕 모로 쓰러지는 걸 보았다.[50]

이와 같이 이한복의 죽음은 극적으로 묘사되고 있다. 그만큼 비현실
적이라는 말도 맞을 것이다. 그러나 이러한 인물 유형은 작가의 의지
에서 표출된 자연스러운 모습이라고 할 수 있다. E.M 포스터의[51] 의
인물론에 의하면, 허구의 과정을 통하여 작품 속에 자화상을 변형 내
지 객관화한 것이 작중인물이라 할진대 이한보과 같은 인물은 수난의
시대를 살아가는 우리민족의 삶을 대변하는 『북간도』의 중심인물로
서 마땅한 무게를 가졌다고 본다.

반면 최칠성은 다분히 현실적인 인물로 그려져 있다. 그는 동복산의
주구 역할을 하면서 처음엔 '얼되놈'이라 불리기도 했지만 점차 이주
민들과는 다른 우월감을 가지며 경제적 부를 쌓는다. 이한복과는 대대
로 알력관계에 있는 집안으로, 청국의 정책문제에 대해서도 첨예한 대
립양상을 보인다.

그건 그렇기도 하다. 그렇다면 무슨 구체적인 방법을 보여다
구, 그것은 이상론에 지나지 않는다. 실제 문제로 우리 정부가
뒷받침을 해주지 못하고 있는 이 마당에서 어떡해야 한 단 말이
냐? 최칠성 영감의 의견은 어디까지나 현실주의였다.[52]

그러므로 최칠성은 이한복을 이상주의자라고 비난했다. 그리고는

---

50) 안수길, 『북간도』(상), 삼중당, 1983. 73쪽.
51) E. M Foster(이성호 역), 『소설의 이해』, 문예출판사, 1993. 50쪽.
52) 안수길, 『북간도』(상), 삼중당, 1983. 79쪽.

이한복의 죽음 후 사실상 마을의 대표가 된다. 그러한 그는 동복산에게 끊임없는 충성심을 보임으로써 현실에 적응한다. 따라서 그의 안중에는 민족이란 개념은 없다. 다만 자신을 중심으로 한 그의 가족들만이 평안하며 잘 되길 바랄 뿐이다. 그래서 동네를 대표해서 흑복변발로 입적하는 대표를 뽑을 때 그는 아들과 그 마을에서 바보라고 불리던 노서방까지 지명함으로서 동복산에 대한 지극한 충성심을 보이고 그 대가로 받을 도움을 계산에 넣는 사람이다. 결국 그는 강자편에 서서 그들에게 동화되어 그들의 힘에 기생하는 삶의 태도를 보이고 있다.

그런데 장치덕은 들과는 또다른 입장을 취하고 있다. 그는 청국이 변발요청에 머리를 빡빡 깎아보였다.

> 반항의 표시였다. 어떤 일이 있든 청복과 변발을 하지 않겠다는 의사 표시였던 것이다.[53]

극단적 저항도 아니고 그렇다고 타협하지도 않으면서 나름대로 현실에 적응해 나가는 모습이다.

이와 같이 하나의 사건을 두고서도 각기 다른 양상을 보인 세 사람의 가치관은 바로 후손들에게도 이어져 비슷한 모습으로 나타난다. 이한복의 경우, 아들 장손에게서는 노덕심이나 최삼봉에 대한 비판의식과 아들 창윤의 저항행위에 대한 소리 없는 응원을 하는 모습으로 미미하게나마 자존의식이 전해졌다.

> "단순한 게 아니었다. 그러나 그러면서도 마음 한 구석에는

---

53) 안수길, 『북간도』(상), 삼중당, 1983. 61쪽.

일종의 통쾌감 같은 것이 샘물처럼 치솟고 있었다. 밭일을 다부
지게 하는 걸 보았을 때 느껴지곤 하던 믿음직한 생각과는 다른
감정이었다.

　　그걸 무어라고 장손으로서는 꼬집어 밝힐 수 없었다. 그러나
아버지 이한복 영감이나 그의 할아버지가 가지고 있는 기개가
창윤이의 혈관 속에도 맥맥히 살아 있다는 생각임에 틀림이 없
는 것이리라.54)

창윤에게 와서는 보다 적극적 행동 양식으로 발전하게 된다. 할아버
지의 죽음에 대한 죄책감에서 헤어나지 못하던 창윤은 점차 청국 문화
에 순응해가는 주민들에게 불만을 느끼고 있다. 동복산의 비석을 세우
던 날 밤 비각에 방화를 하고 비봉촌을 떠난다. 이러한 그의 행동은 할
아버지 이한복의 민족적 자존심 고수의 일면과 상통한다고 볼 수 있
다. 비록 이 사건으로 그의 아버지 장손이 문초 끝에 죽음을 당했으나,
그의 잠재되어 있던 저항의식이 마침내 표출되고 행동화될 수 있는 중
요한 계기를 이루었다고 볼 수 있다.

　　(할아버지와 아버지의 ㅍ를 더럽혀서는 안된다.)
　　창윤이는 스스로 다짐했다. 장례를 치르고 나니 갑자기 한 집
의 가장이 되었다는 자각이 마음에 꽉 찼다. 그나마도 가져 볼
수 있었던 꿈도 이젠 깨어지고 말았다. 창윤이 앞에 절실한 문
제는 도회에 나가는 일도 입신출세하는 일도 아니었다. 오직 할
아버지와 아버지의 유업을 이어 받들어 건실한 농사꾼이 되는
일 밖에 없었다.55)

---

54) 안수길, 『북간도』(상), 삼중당, 111쪽.
55) 안수길, 『북간도』(상), 삼중당, 142쪽.

이와 같이 창윤은 비봉촌을 떠나 용정촌에서 만난 신용팔 대장의 사포대에 들어가고 그 경험으로 비봉촌으로 돌아와 사포대를 결성하게 된다. 이로써 자신을 지키고자 하는 행동방식으로 '힘'을 기르고자 했던 것이다. 그러나 복잡한 정세 및 생존의 문제가 급급한 상황 속에서 창윤 등 몇몇의 외침은 주민들의 호응을 얻지 못함으로 인해 좌절의 연속을 겪는다. 이에 창윤도 의욕을 잃고 비봉촌을 떠나 대교동-훈춘-용정으로 삶의 행로를 밟는다. 그러나 창윤의 저항 의지는 여기서 끝났다고 볼 수 없다. 그는 대교동으로 이사해 가서 아들 정수를 신학문을 가르치는 민족학교에 입학시킨다. 이로써 창윤도 이한복에서 이어지는 민족자존의식을 가진 인물로 평가할 수 있게 된다.

한편 최삼봉으로 이어지는 최칠성 가의 기생하는 삶의 태도는 의생활 습관까지 변화시키는 모습에서 더욱 두드러진다.

> 큰길에였다. 최삼봉이와 노덕심이 걸어가고 있는 모습이 바라보였다. 비단 다부쇤즈 두루마기같은 옷 위에 큰 무의 둥그런 후단 마퀼(마고자)같은 옷을 입은 최삼봉이는 머리를 따아 뒤로 들이우고 있었으나, 갓 대신 도토리 깍정 모양인 모오즈(모자)를 올려 놓고 있었다. 토호 동복산이 같은 점잖은 차림이었다. 걸음거리도 동복산이 본세를 따른 것임에 틀림이 없었다.[56]

이러한 모습은 다른 사람들에게는 웃음거리였지만 최삼봉은 최대한 동복산이와 닮아 감으로써 유대감을 강화하고 싶었던 것이다. 결국 최삼봉 역시 자신의 안위를 위해서라면 힘있는 자에게 잘 보임으로써 그만큼의 보장을 바라는 지극히 현실적 처세술을 가진 인물이다. 그러

---

56) 안수길, 『북간도』(상), 삼중당, 93쪽.

므로 청국의 힘이 약해지면서 한동안 비봉촌에서 설자리가 없을 때에
도 그는 당장 우리 옷으로 갈아입고 조선 사람 일에 나서는 약삭빠름
도 보여준다.

> "나는 조선 사람이 앙이란 말인가?"
> "조선옷에 갓을 쓰면 조선 사람인 줄 아시오?"
> "내가 청복으 했다구 해서 그러는 모양이지마는 … 그거는
> 그렇게 하라구 온 동네가 모아서 뽑는 게 아인가 바루 이 자리
> 에서, 하라는 대루 했는데 지금 와서 무슨 소링가?"57)

이와 같이 최삼봉은 어느 때에도 능숙하게 현실과 타협할 수 있는
기회주의적 인물이다.

그리고 장현도로 이어지는 장치덕 가는 이한복과 최칠성과는 또 다
른 면모를 보인다. 장치덕 가는 일찍이 용정으로 이주해 왔다. 그리고
거기서 장사를 시작해 비봉촌을 중심으로 한 농사중심의 사회와는 다
른 공간을 꾸며낸다. 이러한 배경 속에서 현도는 근대 자본주의에 맞
는 장사꾼으로 성장한다.

> 더구나 우리 백성들이 무슨 심이 있는가? 결국으는 살아야 될
> 기 아잉가 말이네. 호랭이 한테 물레가두 정신만 차리문 된다구
> 했거덩. 국운이 기울어져 늗우 나라 법에 살 바에야 되놈우 법
> 보다두 왜놈의 법이 훨씬 나을기 아잉가구 생각해.58)

이와 같이 현도는 자신의 직업에 충실할 뿐이지 이국 땅에서 조선의

---

57) 안수길, 『북간도』(상), 삼중당, 135쪽.
58) 안수길, 『북간도』(상), 삼중당, 298쪽.

주권을 가지고 살아가는 것이 무슨 의미가 있는지에 관하여는 도통 관심이 없는 인물이다. 다만 그에게 있어 중요한 것은 일신의 안전과 영달을 꾀하는 것으로 이는 최칠성 가와 다를 바 없지만 최칠성 가가 힘에 기생하여 그 안에서 보호받아 얻은 안전이라면 장치덕 가의 경우는 어디에서건 상황을 긍정적으로 이용하여 자신의 의지대로 일신의 영화를 이룬다는 점에서 다르다고 할 수 있다.

결국 백두산 정계비 사건을 중심으로 그려진 1 · 2 · 3부의 사건과 인물은 다분히 허구적 사실들 속에서 나름대로 유기적 관계를 맺으며 뚜렷한 인물군을 만들어 냈다. 그 인물들은 새로운 땅 간도에서 이주민으로서의 생존문제 해결을 각자 다른 방식으로 풀어 나가고 있다. 그리고 이런 방법들은 작가의 '어떻게 사느냐?'에 대한 물음에 대한 답변이고 주인공 이한복을 중심으로 한 주인의식과 저항의식은 작가 안수길의 역사적 현실을 바라보는 시선이라고 볼 수 있다.

그런데『북간도』는 4 · 5부에 와서 역사적 사실을 부각시키면서 내용을 달리하고 있다. 공간적 배경은 비봉촌에서 용정으로 옮겨왔고, 농사를 생업으로 살았던 전반부에 비해 후반부는 상업을 중심으로 하는 구조를 보이고 있다. 이러한 변화 속에 4 · 5부의 주된 내용은 국권회복을 위한 저항의지라고 할 수 있다. 4부에서는 주인인 교사를 중심으로 한 간도의 교육상황, 독립운동을 준비하는 지하운동을 볼 수 있고, 5부에서는 청산리 · 봉오동 전투가 소설의 중심 사건이 되어 보다 적극적인 독립운동 양상을 볼 수 있다. 4대의 정수는 이 같은 상황에서 교육을 강조하는 아버지 창윤의 영향으로 교사등과 지하실에서 독립선언문을 동사하는 등 저항운동에 가담한다. 그리고 홍범도장군의 휘하에 들어가 역사적인 봉오동 전투나 청산리 전투에 참여하게 된다. 그러나 홍범도 부대가 일본군의 토벌작전과 감시로 흩어지게 되자 아

버지의 권유로 자수하여 5년여의 옥고를 치른다. 그 후 정수는 교편생
활을 하게 되고 일제말기에 이르러 청림교 사건으로 다시 7년여의 옥
고를 치르다 해방을 맞는다.

이와 같은 4대 정수의 성격은 3·1 운동을 전후해서 해방을 맞은
1945년까지 역사적 사실 속에서 한 인물의 성격창조보다는 역사적 증
언의 매개체 역할 정도로 그치고 있다. 그만큼 이 작품의 후반부는 역
사적 사실을 민족전체의 입장에서 바라본 서사적 면모를 보인다. 그렇
기 때문에 정수가 비록 민족의 독립에 대한 열의가 있었다고 하나 그
에 대한 구체적인 인물 설정이 이루어지지 않았던 관계로 정수의 생각
은 흔들릴 수밖에 없었다. 결국 작품의 결말이 이렇다 할 결말도 없이
끝난 이유는 이와 같은 인물설정의 결함에 있었다.

작품『북간도』는 수난기 우리 민족의 간도 이민사를 민족적 주체성
이라는 명제 아래 서술하고자 했다. 1대 이한복에게 나타나는 주인의
식과 2대 장손과 3대 창윤에게 나타나는 '우리 것, 나'를 지키기 위한
저항, 의지, 그리고 4대 정수에게 나타나는 국권회복의지가 그것이다.
이러한 저항의지는 최칠성 가로 대표되는 무조건 순응주의와 장치덕
가로 대표되는 기회주의적 현실주의형의 인물들과 구별되면서 '어떻
게 사느냐'에 대한 답변을 찾고자 했다. 그러나 인물들의 유기적 관계
가 후반부에 와서 약해지면서 '어떻게 사느냐'의 답변 역시 지속되지
못한 것이다.

소설은 시간의 경과에 따른 인물들의 발전에 관심을 두게 된다. 일
상생활에서 일어나는 사건들에 대한 소설의 상세한 묘사 또한 시간이
란 차원에 미치는 힘에 의존하고 있다.[59] 창윤이는 정수의 교육과 생

---

59) 이언 와트(전철민 옮김),『소설의 발생』, 열린 책들, 1989년, 33쪽.

활을 위해 선조들의 뼈가 묻혀 있는 비봉촌을 떠나 대교동으로 옮긴
다. 그리하여 정수는 어려서부터 주진태 교사 등 독립 운동가들의 교
육을 받으며 민족의식을 키웠다. 그뿐 아니라 어려서부터 비밀 단체의
일을 돕고 간도에서 만세운동에도 직접 참여하며 나중에는 홍범도의
부대에서 독립 전쟁에까지 참여하게 된다. 선대들보다 용감하고 대담
하며 적극적인 모습을 보여주는 부분이다. 정수의 성장과 생활 경력은
대부분 독립운동과 연결되어 있으며 가문의 전통을 이어 이것을 가장
직접적으로 구현한 인물이다. 정수의 이러한 결말은 가문의 주체성을
지키고자 4대에 걸친 저항과 투쟁 및 민족의 자주 독립을 위해 싸우면
서 얻어진 결과이기도 하다. 즉 정수의 가문은 선조 때부터 내려오는
민족주의적 성격 때문에 토지 소유로 대변되는 간도 정착의 의지는 거
듭 좌절되고 시련을 겪지만 간도 이주민들에게 우리 것 지키기의 하나
의 본보기가 되었고 조선 사람들의 불굴의 의지를 보여 주었다.[60]
<北間島>가 민족문학, 민족의 대서사시라는 평을 듣는 것도 바로 이
런 인물들의 주체성 확립을 위한 고투를 작가가 높이 사고 있기 때문
이다.

　『북간도』는 한말(1870년경)로부터 민족해방기에 이르는 간도에서
의 한민족사를 에토스 정신을 바탕으로 추구한 소설이다. 이 작품은
인물의 구조층과 더불어 역사적 구조층이 중요한 골격을 이루고 있다.
그런데 역사적 구조층이 소설의 중요한 골격이면서 소설의 결함쪽으
로 지적되고 있다는 것은 기존 연구에서 언급된 바 있다. 소설의 역사
적 구조층은 역사의식에 의해 파악되어야 할 것은 사실이다.『북간도』
에 나타난 역사의식은 현재를 이해하기 위해서는 과거를 소유해야 하

---

60) 박은숙,「북간도와 삶의 양식」,『성균어문연구』제 35집, 성균관대학교 성균어문
　　학회, 2000년, 298쪽.

며 현실을 역사적 흐름의 일환으로 파악하려는 의식[61]이다. 안수길의 역사의식을 기존연구의 다음과 같은 지적에서 찾아볼 수 있다.

> 첫째, 『북간도』에서 국경문제는 실증적인 차원이 아니고 관습과 힘의 논리 위에 서 있는 것인 만큼 '동위토문'이란 그리 큰 문제일 수 없다. 그렇기 때문에 '동위토문'을 유일한 증거로 매달리는 조선측의 논리는 현실적인 것이 못된다. …(중략)… 다만 조선인들은 '동위토문'이라는 글자 하나를 신주 모시듯 하여, 힘과 관심에 맞서고자 했을 뿐이다.[62]

> 둘째, 청산리 독립전쟁은 앞에서 우리가 문제 삼은 정계비 사건과는 성격이 조금 다르다. 정계비는 많이 불확실한 것이지만 청산리 독립전쟁은 분명한 사건인 것이다. 『북간도』에서 작가 안수길은 청산리 독립 전쟁을 제5분의 주축으로 삼고 있다.[63]

위와 같이 청산리 전쟁은 역사적으로 실증이 분명한 사건인데 비해 정계비의 사건은 불확실하며, 제5부의 소설적 주축은 청산리 독립전쟁이라는 의미일 것이다. 「북간도」의 역사적 실증성과 역사적 상상력을 말하기 위해서는 다시 정계비로부터 소급하여 언급되어야 할 것 같다.

[가] 소설 『북간도』에서 백두산 정계비는 조선인의 간도이민의 동기를 부여했으며 민족정신의 근거적 의미가 된다. 그 예는, 이한복의 경우로서 그가 사잇섬에 투쟁을 하고도 앞에서 '담보 큰 놈'으로 행세한 것은 간도 땅이 조선의 영토였다는 역사적 신념과 정계비의 비문을 확인한 근거에서다. 함경도 변방의 빈민계층이 만주 땅의 개간을 당연

---

61) 안수길, 「어떻게 살 것인가」, 『문학사상』, 1973년 6월호.

62) 김윤식, 『안수길 연구』, 정음사, 1986. 166쪽.

63) 김윤식, 앞의 책, 170쪽.

시 하고 가 을 서둘러 허용하였던 것도 간도와 정계비의 상관성이 역
사적 타당성을 얻음으로 하여 소설의 모티브가 될 수 있는 것이다. 여
기서 역사적 타당성이란 한청의 국경문제인데, '한ㆍ중 국경문제가
역사적ㆍ지리적 배경 속에서 주장되어야 함[64]에도, 작가는 간도협약
(1909)으로 간도일대를 청국에 넘겨준 역사적 분노를 정계비 비문에
서만 찾고 있다. 여기에는 작가의 주관적 의도가 개재되어 있을 것으
로 믿고 정계비 문제를 보기로 한다.

소설에서 서술된 정계비의 사실은 대체로 연려실기술의 내용과 같
으나 세 가지 부분에서 불일치점을 발견할 수 있다. 예컨대『북간도』
는,

① 곧장 서울로 와서 조정에 국경선 때문에 온 뜻을 전하고 조선측
대표를 요청했다.[65]

② 이 직접 백두산에 오르지 않고 우리 측 군관 2, 3명과 통역 그리
고 목극등의 부하가 정계비를 세웠다.

③ 등 정대표들이 든 기생을 무릎에 앉히고 환락에 잠겨 있는 사이
에 두 나라 국경선은 정해졌다 정계비도 청국측이 자의로 돌에 새겨
세웠다.

그런데, 조선조 이긍익에 의하면,

① 숙종 임진년 38년(1712)년에 목극등이 와서 정계비를 정할 때,
접반사 박 과 함경감사 이선보를 보내어 삼수 의 연연에서 맞이하였
고, 이 때 목극등이 통역관 김응헌, 김경문 만을 데리고 산 꼭대기에 올
라 분수령의 돌에 글을 새겨 사연을 기록하였다.

---

64)『한국사총서』, 동아출판사, 1981. 26쪽.
65) 안수길,『북간도』(상), 삼중당, 50쪽.

② 박권과 이선보가 목극등을 후주에서 맞았고, 다시에서 만나기로 하고[……]강의 근원을 따라 끝까지 올라가 백두산 꼭대기 못 가에 돌을 새겨 비를 세웠다.(「통문관지」)

③ 목극등이 畵師를 데리고 와서 가는 곳마다 산과 물을 그려서 경계선 구역을 그린 그림 두 책을 만들어서 하나는 황제에게, 하나는 우리나라에 주었다.

「대한국사」(이선근)에도 목극등이 박권과 서울에서 만난 것이 아니고, 후주에서 만났다고 하여 위의 기록을 확인하고 있다. 이같이 역사적 사실과 허구적 진실간의 괴리를 통하여 작가는 한말 위정자의 불철저한 의식으로 인하여, 오늘날 행정 구역상 함경북도 무산군 삼장면 농사리에 설치된 石碑가[66] 민족역사의 증언은커녕 민족의 한을 남긴 기록으로 인식됨을 보였다 이 같은 민족의 한을 작가는 목극등의 무례와 만용 등 개인적 차원에서 그 부당성을 구명코자 하였다. 그런데 그가 국경문제의 역사적 타당성을 정계비에서 모색코자 한 것은 작가의 아버지, 안용호가 실제로 정계비를 답사하였던 전기적 사실과 상관되는 일이다. 안수길은 박권의 「북정일기」가 발견되고 그것을 '증언'하는 자리에서 다음과 같이 말한 적이 있다.

> 내가 어릴 때 선친으로부터 들은 얘기다. 선친께서 백두산에 등반, 실낱같이 흐르는 압록·두만·조문 등 세 강의 수원지에 다다랐다. 안내인인 보수가 동쪽에다 오줌을 누면 두만강으로 흐르고 서쪽에다 오줌을 누면 압록강으로 흐르고 북쪽에다 오줌을 누면 토문강으로 흐른다고 말했다. 이 토문강이 송화강의

---

66) 양태진, 『한국의 국경문제』, 동아출판사, 1981, 127쪽.

지류임은 말할 것도 없고, 그래서 간도의 훨씬 북쪽까지 우리 영토임은 새삼스러운 얘기가 아님을 알 수 있다. 나는 이 얘기를 나의 작품『북간도』에다 간단히 쓴 바 있다. 박권 선생은 청의 목극등에게 한 마다의 주장도 내세우지 못하고 돌아왔지만 후에 안변부사 이중하는 '목이 달아나도 토문강의 송화강의 지류가 틀림없으니 한 치도 양보할 수 없다'고 버틴 일이 있다. 박권 선생은 접반사로 가서 妓樂에 빠져 자기 임무를 다 수행치 못했다는 비난도 있지만 이「북정일기」는 어쨌든 당시의 정황을 살피는 데 좋은 자료가 된다.[67]

박권이 쓴「북정일기」에도 '숙종 38년(1712) 5월 17일에 총관이 정계비를 세운 후 연안을 따라 동쪽으로 내려온다는 보고를 받았으며…', 5월 24일자에 목극등이 '백두산 지도 하나를 보내왔다'고 함으로써 앞의 ③의「연려실기술」내용과 일치하고 있다.

그런데, 소설에서는, 부사가 .수의 전언을 의심없이 받아들여 토문강과 두만강은 별개의 강이며 송화강 이남은 조선의 땅이 분명하다고 확신한다.

그러나 포수의 전언을 근거로 국경문제를 실증하려는 의도는 역사적 증언으로서는 신빙성이 미약할 것이다. 더구나, 부사는 비가 분수령에 있지 않고 동북방 40리에 앉아 있음에 대해 ①비가 처음부터 현재 위치에 있었거나 ②분수령 상의 것을 지금 위치로 옮긴 것으로 '좋도록 해석해 버렸다'고 하였다. 부사가 정계비의 위치 이동을 좋도록 해석해 버리는 의문 속에 정계비의 비밀이 숨어 있을 것이라는 지적도 있다.

사실상, 부사가 '좋도록 해석해 버리는' 이면에는 첫째 이정래의 판

---

67) 안수길,「북정일기」증언,『문학사상』, 1973. 1월호.

단이 역사적 관점에서 탐색되지 않고 현지 답사와 비문에 의거 내린 결론이라는 점에서 실증성 내지 논리적 한계성이 있고 둘째, 이정래의 '적당한' 해석으로는 목극등의 이론을 능가할 수 없으며, 토문강이 두만강으로 해석될 애매성은 상존하는 것이다. 셋째로, 부사의 그 같은 적당한 해석은 심정적 판단의 결과이지 객관적인 판단은 아닌 것이다. 윤재근은『북간도』의 조국관을 정의 것이요, 이의 것이 아니라 한 견해도 부사가 '좋도록 해석해 버리는' 태도와 상관할 것이다.『북간도』에는 비교적 심정적 판단으로 역사적 사실을 해석하려는 의도가 빈번하게 보이고 있다. 그것은 당시 위정자들의 불철저한 역사의식과 무책임했던 외교정책에 대한 작가의 비판적 의도가 함유되어 있다고 할 것이다.

예컨대, 청에서는 백두산 정계비를 목극등이 세운 비라고 하여 '정계비'라 하지 않고 '穆碑'라 하고 있는데 조선에서는 국경을 정한 비라하여 정계비라 할 이유가 없다는 것이다.() 따라서, 기존 연구의 지적처럼, 한·청 국경 문제는 관습과 힘의 논리에 의해 해결되어야 한다고 정치적, 외교적 해결을 강조한다 해도 결과는「간도 협약」의 결과 이상으로 승산이 있는 것도 아니다.

다시 말하면, 국경문제는 한달 당시의 위정자나 기타 집권층에 의해서 제기될 사실인 데도,[68] 농민 이한복과 그 주변인에 의해 제기되었다는 것에 문제성이 있고 따라서, 작가는 고의로 당시 위정자의 국경 의식을 비하시켜 비판하려는 의도가 아니었나 하는 것이다. 국경의식 또한 변경의식은 민족국가의 대두와 근대국가의 성립 이후에 등장한

---

68) 간도협약(1909) 이전에 일어났던 국경문제 담판은 을유감계담판(1885)과 정해감계담판(1887)이 있었다. 이중하는 을유담판에서 정계비와 토문강설을 정해담판에서는 定界碑와 紅土水를 주장하였다.

것이며 국민 다수의 관심사를 절대 근거로 한다. 그럼에도, 『북간도』
의 변경의식은 함경도와 평안도의 변경 주민들 즉, 경제적 궁핍을 극
복할 수 없는 빈민계층의 삶의 한 요구로서 제기된 것이 국경 문제였
다는 데 약점이 있는 것이다.

사실은 조선조에도 양반계층에 의해 국경문제가 누차 제기됐던 사
실을 상기할 수 있다. 즉, 한말 실학자에 의해 제기된 변경의식과[69] 국
토 회복의식은 민족주의적 발상에 의한 것이었다. 그러나 소설 세계에
는 실학자들의 관심과 그들의 국경의식에는 전혀 언급이 없다.

또한 『북간도』의 정신적 지도자인 조선생과 황선생의 입에서도 국
경에 대한 언급이 전혀 없었다는 것은 실학자들의 변경론과 그들의 민
족의식이 안도지역에는 미치지 못하였다고 하겠다. 어쨌든, 「북간도」
의 경우 민중계층에 의해 국토회복과 국경문제가 제기되었던 사실은
민중적 근대의식에 의한 조국관이었다고 할 것이다.

[나]홍범도의 봉오동 전투와 노투거우령 전투 등을 통해 역사적 진
실과 허구적 진실의 거리를 살피고자 한다.

기존 연구에서는 제 5부의 주축이 청산리 전투에 있다고 하였으나,
작가 안수길은 홍범도의 봉오동 전투를 비교적 소상하게 서술하여 이
채를 보였다. 그것은 일반적으로 만주에서의 민족독립전투가 김좌진
의 청산리 전투로 인식되는 통념을 깨고 홍범도의 업적과 인간을 새롭
게 보아야 한다는 인식을 주려는데 있는 것 같다.

실제 『북간도』(하)에서는 봉오동 전투를 「보리 팰 무렵의 凱歌」로
다루어 21쪽을, 청산리 전투는 19쪽을, 독립군 소탕을 다룬 「가을의
연극」은 23쪽으로 균등한 관심을 보였다. 홍범도 장군에 대해서는 간

---

69) 조 광,「조선후기의 변경의식」, <백산학보>제16호, 백산학회, 1974. 149~153쪽.

단히 언급한 바 있지만 그는 14년간 평안도, 함경도 일대에서 포수생활을 하다가 한말 위정자의 가렴주구와 일제 침략을 계기로 항일·반봉건에 앞장서서 일진회를 저격하는 등 의병을 이끌고 항일무장투쟁을 전개한 인물로 알려져 있다. 그는 취의 전투 승리 외에도 후치령전투, 봉항리전투, 중평탕전투 등 10여 차례 전투를 했고, 특히 그가 조직한 대한 독립군은 수차 국내진공작전을 하여 갑산군과 평북의 만포진에서 일군을 패주시킨 최초의 국내진공 성과를 거둔 바 있다.[70]

홍범도는 그의 의병시절과 대한 독립군 시절의 전과와 인품으로 인해 재만 한인들로부터 열렬한 환영을 받았고 그는 한인들을 정신적으로 위무하여 민족의식을 공고히 하였던 인물이다. 작가는 소설에서 왕청현 일대의 독립군은 북로군정서, 국민회 등 12단체가 있다고 하고, 정통성 문제로 단체간에 알력이 있었지만 '마침내 임정산하에 들어 움직이게 되었고 횡적 연계를 맺고 있었다'고 하였다.[71]

그런데, 작가가 북로군정서의 피전책을 완곡하게 비판하고 있는 점이 주목된다. 앞에서 언급을 간단히 했지만, 홍범도가 김좌진에게 '장군과 힘을 합하야'적을 침공하고 '내기에까지 밀고 들어갈 때'라고 서찰을 보냈으나 소설에서는 이디 북로군정서가 서대파로 떠난 뒤라고 하였다. 그러나 이 대목은 작가가 북로군정서측의 피전책을 서찰의 미달로 처리한 것이고 사실은 독립군 간의 불협화음을 우회적으로 나타낸 것이다. 그 같은 사정은 홍범도의 서찰 속에서, 독립군으로서 뿐 아니라 무인의 기개로서도 '도피'는 천부당 만부당 하다는 주장에서 쉽게 발견되는 일이다. 여기서 홍범도의 도피란 말은 일군에 대한 피전책을 의미하는 것이다. 그러나 결국 청산리의 전투는 일어났던 것이다.

---

70) 신용하, 「한국민족운동사연구」, 『한국학보』제43집(1986년 여름호), 일지사. 35쪽.
71) 안수길, 『북간도』(하). 156쪽.

홍범도의 서간문 내용이 소설의 한 페이지 분량을 차지하면서 천재일우의 기회를 놓칠 수 없다는 주장은 작가가 당시의 피전책을 비판하고 대한국민회의 '독립전쟁론'을 옹호하려는 의도에 있다고 하겠다. 피전책의 결과는 일군이 도리어 선공을 해온 사실에서 성산리 전투의 아이러니칼한 성격을 발견하게 된다. 이 같은 홍범도의 의도는 독립군 의병활동에서 독립전쟁군으로의 발돋움에 있었고, 대일교전단체로서의 국제적 승인을 얻는 데 목적이 있었다. 즉, 1919년 10월 열릴 예정이던 「국제연맹회의」[72]를 겨냥한 것이다. 소설에서 '내지에까지 밀고 들어갈 때'라는 것은 국제연맹회의의시기를 겨냥한 의도이며, 국내진공작전은 '독립전쟁'으로서 국제적 승인을 받고자 할 의도였다. 민족해방이 미 · 소 등 타력에 의해 결정되자 전쟁 당사국으로서는 물론, 독립전쟁 한 번 해보지 못하고 해방을 맞았다는 김구의 후회를 낳았던 것은 홍범도의 선각자적 인식과 연계되는 일이다.

또, 『북간도』에는 청산리 전투가 김좌진의 북로군정서 단독부대 수행인 것으로 하였으나, 청산리 전투는 북로군정서, 대한국민회, 대한독립군 등 연합군의 수행이었고 결정적 승기에 홍범도가 기여했음이 밝혀지고 있는 것이다.[73]

> 「홍범도, 안무의 부대가 이도구 남방 장사평 부락에 도착한 것은 김좌진 부대가 청산리 전투에서 빛나는 전과를 올리고 철퇴한 다음날이었다.」[74]

---

72) 조동걸, 『한국민족운동사』, 지식산업사, 1986. 133쪽.

73) 신용하, 앞의 글, 125쪽.

74) 안수길, 『북간도』(하), 삼중당, 22쪽.

예문에서 볼 때, 『북간도』의 역사자료 해석은 북로군정서 계열의 자료와 해방 후 이범석의 자료 또는 '청산리 전쟁은 모두 김좌진이 지휘한 북로군정서 단독전의 대승첩인 것으로 이범석이 증언[75]한 때문이라 할 수 있다. 두 단체 간의 구성은 북로군정서는 대종교를 기반으로 하고, 대한국민회는 기독교 장로회를 기반으로 하고 있으며, 전자는 유림출신 지도자 등 유명인사가 많았고 후자에는 홍범도 등 양민출신 지도자가 많은 점이 다르다.

[다]『북간도』(하) 제4부, '두 장례'에 보면, 간도지방의 조선 독립 선언식이 '1919년 3월 13일 정오 용정 개방지 밖'에서 국민회 주최로 열렸다는 내용이 있다. 3·1 독립선언서는 구민회의 경성 연락책 강봉우가 서울에서 가져온 것으로, 여기에 서명한 이는 김요연, 김영학, 구춘선, 강백규, 정재일 등 역사상의 실명이 그대로 나오고 있다.

그런데, 안수길의 기록은, 서울의 3·1 독립선언서보다 앞서 간도에서 戊午년(1918)에 무오독립 선언서가 있었다는 종래 사학계의 통설을 『북간도』(1967)에서는 이미 부인하고 있었다고 할 수 있다. 이같은 문제는 그가 송우혜의 연구[76] 이전에 간도의 독립선언식은 서울의 3·1 독립선언식보다 12일 늦게 그리고, 강봉우가 서울에서 독립선언서를 가져왔다고 함으로써, 『북간도』가 역사적 증언에 철저한 면밀성을 보여주는 소설로 인식되고 있다. 이것은 작가의 투철한 역사의식의 소산이라고 하겠다.

그리고 작가는 백두산 정계비 문제, 봉오동 전투와 청산리 전투, 간도 조선독립선언식 등에서 한국인의 역사적 우월성을 발견하였고, 더

---

75) 송우혜, 「청산리 전투와 홍범도 장군」, 『신동아』, 1984년 9월호.
76) 송우혜, 「북간도 대한국민회의 조직 형태에 관한 연구」, 『한국민족운동사 연구』
    (신용하 외), 지식산업사, 1986. 121쪽.

구나 홍범도의 은폐됐던 국내진공작전과 그의 독립전쟁 의지를 통해 역사적 '아픔'을 역사적 '극복'으로 치환시켰으며, 민족저항 문학 내지 민족증언 문학의 진실성을 소설『북간도』를 통해 보여주고자 하였다.

『북간도』의 한계로는 이주지의 실상과 이주민들의 삶을 다룬 작품이라는 점에서 안수길의 체험세계와 내면의 감성적인 요소가 지나치게 주관적으로 관여하고 있음을 문제점으로 지적할 수 있다.『북간도』는 한국소설 가운데 북간도 조선 주민의 역사를 가장 넓게, 가장 일목요연하게 보여준 것으로 평가되고 있다.77)『북간도』의 경우 작품세계를 유기적으로 이해하고 또 작품 속에 형상화 된 민족사상의 본질을 이해하기 위해서는『북간도』에 반영된 역사적인 측면을 살펴 볼 필요가 있다.

『북간도』의 역사적 배경은 1870년부터 1945년 해방을 맞을 때까지 간도를 중심으로 한 만주 이주민의 수난사를 엮어놓은 것이다. 작가는 이러한 구체적인 삶의 공간에서의 역사적 진실을 "반영웅적이고 소시민적인 평범한 인물"78)을 통해서 구현하고 있다. 그러면서도 그들의 수난과 점철에만 그치지 않고 민족의 자긍심과 주체성을 증언하기 위해 역사적인 사건을 서술구조 속으로 끌어들이고 있다.

작품의 서술시간을 따라 기술된 역사적 사건을 끌어내면 다음과 같이 열거할 수 있다.

첫째, 정계비 문제이다. 말하자면 간도의 역사적 귀속문제를 밝혀줄 백두산 정계비에 대한 고증이다. 간도의 역사적 성격을 밝히는 백두산 정계비사건이 작품머리에 나와 있다. 역사의 기록에 의하면 이 정계비

---

77) 이주형,「『북간도』와 북간도 민족사 인식」,『작가연구』제2호, 새미, 1996. 77쪽.
78) 김윤식,『안수길 연구』, 정음사, 1986. 216쪽.

는 18세기 초에 청국이 우라 총독 모극등과 조선의 박권, 이선박 등이 백두산 일대를 현지 답사후 소위 백두산 정계비를 세웠다.

『북간도』에서 작가는 백두산정계비의 원문을 그대로 인용하고 종성 이정래의 입을 빌어 "서변은 압록강이요, 동변은 토문강이라? 그리고 분수령위에 비를 立한다?"라고 적어놓음으로써 간도가 우리 땅 임을 더욱 믿게 된다. 그리고 이 정계비는 간도이주 이후 청국이 요구하는 귀화의 문제가 비봉촌에도 제기되었을 때 최칠성과 대결하는데 있어 주체적 자세를 견지하는 물적 근거로 삼게 된다.

백두산 정계비 문제는 국경문제로서 정부적 차원에서 제기되어야 할 것이지만 소설에서는 함경도 변방의 한 평민의 시각에 의해 제시됨으로써 민중의 역사의식을 보여주자고 하는 작가의 창작관에서 비롯되었음을 알 수 있다. 국경문제는 실증적인 차원이 아니고 습관과 힘의 논리위에서 있는 것인 만큼 '동변은 토문강'이란 그리 큰 문제일 수 없다. 때문에 <東爲土們>을 유일한 증거로 매달리는 조선측의 논리는 그리 현실적인 것이 못된다.79) 『북간도』에 있어 역사적 구조층은 여러 가지가 있지만 정계비문제가 제일 큰 비중을 차지하고 있다. 간도이민의 제1세대에 속하는 이한복은 간도이민 월씬 이전에 할아버지를 따라 정계비를 보러간 적이 있다. 그는 공부를 못한 무식한 농민으로 성장했지만 할아버지 유지를 받들어 간도가 조선땅임을 확신하고 있었다. '사잇섬 농사'를 대담하게 지은 것도 이런 자존심과 관련이 있다. 이로 말미암아 이한복은 종성부사를 안내하여 정계비를 다시 보러 가게 된다. 간도 농사는 그 후로 자유롭게 되었다. 말하자면 이한복은 간도 이민의 합법화 위해 노력한 숨은 일등공신이다.

---

79) 김윤식,『한국근대소설사연구』, 을유문화사, 1986. 457쪽.

둘째, 청국에의 조선인 입적에 관한 역사적 사항이다. 작품 북간도 이주민의 주 생활환경인 비봉촌에도 갈등을 고조시키며 이한복가, 최칠성가, 장치덕가의 가계적 특성을 규정짓는 계기가 된다. 이러한 갈등 속에서 창윤은 복동예를 잃게 되며 결국은 비봉촌을 떠나고 만다. 청인은 조선인을 입적시키기 위하여 많은 압력을 가했다. 작품 속의 주인공 이한복 집안은 이를 철저히 거부하였다. 그런 긴장감 속에 일어난 사건이 있었는데 이한복은 이에 충격을 받아 숨을 거두고 만다. 이한복의 최후는 이러하였다. 이한복의 이러한 저항의식은 이 문제를 계기로 죽은 후에도 되살아나며 이는 또한 손자 창윤을 일생동안 억매는 사슬이 되기도 한다.

한복 영감은 조선 적인 것을 지키고 자신의 삶을 지키고자 하는 것을 통해 민족의 주체성을 주장하지만 그것이 속절없이 청의 힘에 의해 꺾이고 부정됨으로써 조선 이주민들의 처지를 대변해주며 한편 그들의 주체성 주장의 어려움과 그에 따른 희생을 암시한다. 하지만 간도에 대한 영토주장은 이한복의 당시의 부패한 조선 정부에 대한 비판과 반항의식의 표출로 민족주체성 주장을 피력하는데는 중요한 단서로 작용한다.

세 번째, 청산리전투이다. 독립군은 활동지역에서 대부분 청산리 근처 이독, 삼도구 쪽으로 옮겼다. 그 결과 독립군은 이도구, 삼도구 근처 및 백두산 중심의 밀림지대에 새 근거지를 마련했을 뿐 아니라 독립군을 집결시켜 전투력을 강화시킨다. 일본측은 크게 당황하여 '훈춘사건'을 조작하기에 이른다. 일본군은 조선독립군을 가장하여 마적단을 만들어 성을 습격하고 위장을 철저히 하느라 훈춘의 일본영사관까지 불사른다. 이것이 바로 '훈춘사건'이라는 역사적 사건이다. 이를 구실로 하여 마침내 일본군은 만주에 출병하기에 이른다.[80]

이 전투에서 김좌진, 홍범도 등의 실존인물이 등장하고 작품의 주인공 이정수가 등장하게 되며 당시의 상황을 역사적 사건 위주로 기술하고 있다. 이처럼『북간도』는 역사적인 사건의 발생시간에 의존해 있다. 역사 속에서 민족의 생존의미를 주체적으로 분석하고 있다. 이러한 작가의 역사에 대한 인식은 '역사적 사실을 정확히 원용한 최초의 역사소설'81)을 산출해내게 된다.

하지만 문학이 역사적 사건의 서술일 수는 없다. 문학의 구조와 역사의 구조는 개별의 자동적인 의미를 가진 것이 아니라 상호 보조적인 유기성을 지녀야 한다. 역사적 사건과 실존 인물들은 단지 시대적인 배경만을 확정해줄 뿐이다. 역사란 그렇게 직접적으로 존재하는 것도 아니고 어떤 상식적인 외부적 현실도, 또한 역사 편찬물도 아니다. 그것이 작품의 내적 구성물이 될지라도 상징행위로 문맥 속에 내포되어 있어야 한다. 이 방면에서『북간도』는 이상적인 경지에 이르지 못함이 그 아쉬움으로 남는다. 역사적 진실에 허구의 옷을 너무 얇게 입혔기에 역사 자체를 소설 속에 옮겨 놓는데 그치는 경우가 있어 소설이라는 전체 맥락에 어색함을 만들어 주었다.

지금까지 안수길 소설에 서슬된 역사적 사실을 작가의 역사의식이란 관점에서 접근하였다. 사실상 일제 치하 간도에서의 민족 수난과정은 국내 사정과는 달리 우리의 상상을 초월하는 고난사였으며, 따라서 우리의 의식에서 망각될 수 없는 역사적 사실이다. 더구나 일제하의 역사를 국가 개념이 아닌 민족의 개념으로 본다면 간도한인들의 저항과 수난의 역사는 민족문학의 큰 장이어야 할 것이다. 작가는 이 점을 놓치지 않으려고 했을 것이다.

---

80) 신용하,『한국민족독립운동사 연구』, 을유문화사, 1985. 419쪽.
81) 백 철,「또 하나의 리얼리즘」,『사상계』, 1959년 5월호. 331쪽.

V. 결 론

　『북향보』와『북간도』의 문학사적 의의는 민족문학의 새로운 지평을 연 역사소설이라는 점이다. 민족 수난시대에 민족주의를 바탕으로 민족의 삶을 형상화 한 점과, 민족 수난시대에 민족의 생존 방식에 관한 다각적인 조명을 가한 점 등으로 요약할 수 있다. 작가는 그가 생활하던 시대의 환경과 여러 가지 조건에 의해 성숙되고 완성된다고 할 수 있다. 때문에 작가의 전기적 생애에 대한 연구는 작품 이해의 첩경(捷徑)이다. 특히 안수길은 그가 살았던 시대의 공간적인 배경을 중심으로 한 사건들을 작품 속에 많이 나타냈기 때문에 작가의 생애 연구가 중요한 부분을 차지한다.

　해방 전·후의 대표적 장편인 두 작품을 비교해 보면『북향보』는 안수길의 첫 장편소설이자 만주에서 창작한 마지막 작품이다. 이 작품은 만주국 정책에 충실히 따르고 있다는 비판을 받아왔다. 주제라 할 수 있는 북향정신이 만주국의 국책사업인 목축농업을 중심으로 하기 때문이다. 이 작품이 가지는 중요한 의미는 첫째, 만주국 건국 이후 새로운 만주 안에서 조선인이 차지하는 현실적 위치와 역할을 따져보고 있다. 북향정신은 만주국 건국 이후 조선인이 안정된 삶을 꾸려 나갈 민족 집단을 이룰 수 있는가를 현실적으로 고민하는 사상이다. 둘째, 이 작품은 만주에서 태어나 성장하여 근대적 교육을 받은 이주 2세대의 삶을 중심에 놓고 있다. 이들은 조국인 조선이 식민지로 전락한 상황에서 만주에 대한 강한 애착과 만주를 고향으로 인식하려는 의지를 보여준다. 그러나 이들은 근대적 교육을 받았음에도 불구하고 새로운 경제관과 세계관을 이해하지 못하고 단순한 온정주의로 문제를 해결하려는 한계를 안고 있다.

『북간도』는 8년이 넘는 긴 집필 기간을 통해 탄생한 안수길 문학의 역작이다. 이 작품은 그가 이전에 경험했거나 작품으로 다루었던 내용들을 역사적 사실들과 함께 형상화 했다. 작품의 만주 공간은 크게 가상적 공간과 현실적 공간으로 나눌 수 있다. 가상적 공간은 주인공 1대 이한복과 2대 이장손이 건설한 비봉촌을 중심으로 1·2부에 나타난다. 가상적 공간은 민족의 역사, 민족의 얼, 그리고 민족을 위한 희생으로 이루어진 공간이다. 따라서 주인공들은 자신의 목숨만큼 소중한 이 공간을 지키기 위해 노력한다. 이들에게 위협을 가하는 존재는 청나라 지주보다 이들의 하수인이 된 얼되놈 최칠성 같은 인물이다. 그것은 이들의 '민족의 얼'을 버리고 배반했기 때문인데, 이 배반이 용서될 수 있는 경우는 이들이 민족에 대한 가치를 스스로 깨우쳤을 때뿐이다.

3대 창윤은 그의 부조(父祖) 세대와는 달리 비봉촌을 떠나 현실적인 공간으로서의 만주를 체험한 인물이다. 비봉촌은 이한복의 죽음으로 대변되는 민족애의 상징으로 지켜졌으나 새로운 주인공의 현실 인식으로 그 기능이 약화된다. 따라서 상징적 공간이 급변하는 현실의 문제와 위협 속에서 해체되는 과정을 겪게 된다. 때문에 주인공들이 현실적 공간(용정)으로 이동하고 실제 역사적 사건들 속에 배치되면서 작품의 서술 태도 역시 변하게 된다. 그러나 당시 만주의 조선인들 사이에 발생하는 민족 내적인 갈등 상황을 사건으로 형상화 하거나 인물을 통해 고민하는 점이 미약하다는 단점을 보여준다. 즉 일본에 기대어 부를 축적하는 부류에 대한 판단이 명료하지 못하고 공산주의자들과의 갈등 역시 해결되지 못한 것이 이에 해당된다. 때문에 주인공인 이정수는 독립운동의 중심에 위치하면서도 1930년대 이후의 역사 상황에서 배제되고 있으며, 이 때문에 작품의 완결성이 훼손되었다고 보았다.

위 두 작품의 비교로 상관성과 차이점을 살펴 볼 때, 두 작품의 주제 성향은 기본적으로 민족주의 이념을 구현했다는 점에서 비슷하다. 그런데 『북향보』에서의 민족주의는 현실순응적 또는 부일적(附日的)인 측면이 내재되어 있다고도 볼 여지가 있다. 그래서 우리나라의 입장에서는 수긍하기 어려울지 모르나 만주에 있는 조선족의 입장에서는 다르다. 만주국 국민이기 때문에 민족성과 국민성이라는 이중적 정체성을 소유할 수밖에 없었을 것이다. 이주민으로서 민족성을 보존하는 방식은 중국인과 더불어 일제에 적극 저항하는 것이다. 그것이 궁극적으로 일제를 몰아내고 중국인과 어울려 사는 것과 중국인과 일제 통치 사이에서 적당히 이용도 하고 타협도 하면서 생존의 가능성을 모색하는 것이다.

안수길의 소설은 중국인·일제와 공존 및 타협의 방식을 지향하고 있다. 이주민 정착의 의지와 대 등국인과의 측면에서 『북향보』와 『북간도』 두 작품이 별 차이가 보이지 않는 것은 이 때문일 것이다. 그러나 대일본관(對日本觀)에서는 커다란 차이를 보인다. 『북향보』에 나오는 일본인은 위엄은 있으나 악하지 않은 경찰이 주인공의 친구로 나오지만,『북간도』에 나오는 일본인은 간사하고 악한 경찰대장이다. 인물로서만이 아니라 독립군 투쟁이나 저항 세력들의 투쟁 대산으로서 일제가 존재한다. 이런 차이는 작가의 입장에서 글쓰기 환경의 차이에서 비롯된 것이라 하겠다. 즉 일제의 통치하에서와 그 통치에서 벗어난 시대적 상황 차이 때문인 것이다. 그리고『북간도』에서의 부일(附日)성향에 대한 반성의 의미도 동시에 지닌다고 볼 수 있다.

이상경은 민족주의적 글쓰기라는 측면에서『북간도』를 1930년대 반만 항일투쟁을 외면했다하여 부정적으로 평가하고 있다. 그러나 이 작품에서 그 부분이 전혀 나타나지 않은 것은 아니다. 편견은 있었지만 외면한 것은 아니다. 진실성도 나타내고 있다. 그러한 편견은 공산당의 반일투쟁에 대한 이해 부족 내지는 1960년대 우리 사회 상황의 인식이나 표현의 제약도 인정해야 할 것이다.

안수길만큼 '어떻게 사느냐'라는 민족적인 생존문제를 진지하게 작품에서 추구해 온 작가도 드물 것이다. 특히『북간도』는 민족적 생존에 대한 작가의 진지한 태도와 작품의 시간대나 공간대에 있어서의 스케일의 광대함, 그리고 '민족 생존권 투쟁'이라는 소재의 장중함이 돋보이는 작품이라 할 수 있다. 이렇게 총체적인 민족의 삶을 작품으로 다루었다는 점에서 안수길은 우리나라 현대문학사의, 해방 전에는 '간도문단을 대표하는 작가'로서, 또 해방 후에는 '민족주의 문학의 대표적 작가'로서, 그 위상을 뚜렷이 남긴 작가라고 볼 수 있다. 이러한 작가의 대하소설의 출현과 발달은 특정 가족들의 역사적 현장 체험을 통해 우리 민족의 총체적인 모습을 형상화 하면서 우리 문학 세계의 폭과 깊이를 심화시켜 주었으며, 독자들의 문학에 대한 관심과 흥미를 한층 더 높여주었으며 문학의 오락적 기능도 충실히 해낸 공헌이 있다고 본다.

정리하면『북향보』는 만주국이 건립된 이후 변화된 만주의 상황을 인식하고 민족이 차별 받지 않고 살아갈 방향에 대해 작가는 고민하고 있다.『북간도』는 한 시대의 역사적 사실을 그린 민족주의 문학이다. 즉 주인공의 삶을 통해 역사와 민족에 대한 인식을 새로이 할 수 있는 민족 문학의 뿌리가 되는 작품으로서, 위기에 처한 우리 민족의 삶과 생존의 방식을 고민하며 소설로 표현한데서 문학사적으로도 중요한 의미가 있다고 볼 수 있다.

소설은 현실을 바탕으로 진정한 삶의 의미를 모색하는 허구의 이야기이다. 이중에서도 역사소설은 역사적 사실을 바탕으로, 그 이면에 있을 법한 사건들을 작가의 상상력으로 형상화 하는 양식이다. 따라서 본고에서는 안수길의 대표작이라 할 수 있는『북향보』와『북간도』를 중심으로 그의 작가의식을 고찰했다.

안수길 소설은 우리나라 근대사의 정경 중에서도 독특한 시간대와 공간대에서 우리 민족의 총체적인 모습을 비춘 거울이라 할 수 있다. 그것은 안수길의 소설이 일제시대 간도라는 이국 공간에서 척박한 삶을 이어갈 수밖에 없었던 우리 민족의 이야기를 담고 있고, 중국 속의 한민족으로 지금도 면면히 삶을 이어가는 간도 이주민의 생활상을 작품 속에 담았다는 점에서 더욱 의의가 있기 때문이다.

안수길은 소설을 통해 독특한 상황과 환경에서 우리 민족 혹은 개인이 '어떻게 사느냐'의 문제를 진지하게 추구해 온 작가였다. 안수길의 작품에서 일관 되게 흐르는 작가의식은 우리나라 근대사의 역사적 상황에서 우리 민족과 개인이 '어떻게 살아가느냐'의 생존 문제를 진지하게 모색하고 있다. 그 가운데 그가 찾은 생존방식은, 어떠한 역경 속에 있어도 삶이 우선이고 민족적인 것을 지켜야한다는 불굴의 주체성을 지켜가는 것으로 요약할 수 있다.

해방 전의 작품들에서는 그 생존 방식이 때로 부자유한 시대 상황 속에서 현실순응적인 자세로 드러나기도 하고, 때로 그 당시 현실에 대해 작가의 편협한 시각도 드러나기도 한다. 하지만 간도 이주농민의 생활상을 소재로 하고, 그들의 생존 의지를 작품으로 다루려 한 작가의 의도가 뚜렷하게 나타난 것은 분명하다. 더욱이 당시 간도문학을 대표할 만큼 작품들의 문학성만큼은 인정해야 할 것이다.

해방 전의 시기를 문학적 출발기라 한다면, 해방 후의 시기는 문학적 완숙기라 할 수 있으며, 안수길의 본격적이고도 참된 의미의 작가 생활은 해방 이후의 활동에서 찾아야 할 것으로 생각한다. 왜냐하면 해방 전의 작품에서는 부자유한 상황 아래서 진실한 표현이 억압된 부분도 있었을 것이고 굴절된 시각에서 묘사된 시대상도 나타날 수 있기 때문이다. 그런 의미에서 안수길의 대표작은 『북간도』로 볼 수 있다.

『북간도』에는 작가가 주장했던 민족의식이 분명하고, 주어진 상황에 굴복하지 않고 민족주체적인 삶을 살아가는 인물의 형상화가 등장인물의 상호관계 속에서 구체적으로 드러나고 있다. 특히 역사적 사실을 통해 민족의 삶의 모습을 리얼하게 표현했고, 가치관의 혼돈 시기에 우리는 무엇을 추구하며, 어떻게 살아야 가치 있는 삶인가 하는 것에 진지한 물음을 탐색하고 있다. 이런 면에서 안수길은 민족적 주체성을 주창한 민족문학 작가로서 그 위치가 확고하다.

『북향보』는 안수길의 첫 장편 소설이다. 만주에서 창작한 마지막 작품이며 만주국 정책에 충실히 따른 작품이라는 비판을 받아왔다. 그 작품의 주제인 북향정신이 만주국의 국책사업인 목축농업을 중심으로 하기 때문이다. 그러나 이 작품의 중요한 의미는 만주 안에서 조선인이 안정된 삶을 꾸려나갈 민족 집단을 어떻게 이룰 것인가를 현실적으로 고민하고 있다는 점이다. 그 고민 속에서 문제가 되는 것은 만주 이주 2세대들을 올바른 세계관과 경제관을 이해하지 못하고 단순한 온정주의로 문제를 해결하려는 한계가 있다는 점이다. 또한『북원』이나『북향보』가 서있는 세계관은 '만주국 조선계'라는 매우 한정된 세계관 위에서 선 것인 만큼 그것이 아무리 대단한 것일지라도 한국 민족문학의 범주에는 똑바로 들어올 수 없다는 한계를 스스로 느꼈다고 본다. 그가 추구하고 있는 북향정신이 만주국 이념과 일치하기 때문이다. 그런 한정된 세계관에서 벗어나 북간도의 조선 민족문제를 한국 민족운동사의 주류 속에 편입하는 방식이 무엇일까? 작가는 고심했을 것이다. 그에 대한 답이 작품『북간도』였다.

『북간도』는 8년이 넘는 긴 집필 기간을 통해 탄생된 역작이다. 1870년 조선 말기부터 1945년 광복까지를 시간적 공간으로 북간도에 이주한 한민족의 수난사와 끈질긴 민족의 생명력을 4대에 걸친 이한복 일가의 가족사를 통해 그려낸 작품이다. 그는 혼신의 힘을 기울여『북간도』를 썼다. '이 주제를 쓰지 않고는 나는 죽을 수 없다'라는 각오로『북간도』를 쓰는 도중 교통사고라도 나서 죽을까봐 몹시 걱정했노라고 실토할 만큼 작가에게『북간도』는 사명이었다.

『북간도』를 쓰기 위해 안수길은 '어떻게 사느냐'의 창작 방법을 재확인하는 오랜 과정이 필요했다. 만주국 조선계의 시각에서 벗어나 한국 민족의 주체성 쪽에서 만주 체험을 재편성하는 일이 그것이다. 정리하면 안수길의 제1창작 시기에 해당하는 때에 집필한『북향보』는 민족 작가 계열에 똑바로 들어오기에는 한계가 있다. 그러나 당시의 시대 상황을 고려하면 작가 또한 자유롭지 못했음을 이해할 수 있다. 그보다 더 중요한 것은 우리 민족의 생존에 더 큰 비중을 둔 작품이라고 할 수 있다. 인간에게 삶이란 명제보다 더 큰 것은 없고 인간애가 작가의 본질이란 점을 생각하면『북향보』를 만주국 국책사업에 충실히 따른 작품이란 비판은 재고되어야 한다고 보았다.

『북간도』역시 국경의 문제가 명료하게 정리되지 못했고 후반부에
서 역사적 사실만 나열했다는 인상은 분명히 남는다. 뿐만 아니라 이
한복의 4대손 이정수가 자수하는 장면부터는 그동안의 인물의 창조에
서 일관성을 상실하고 있는 것이 사실이다. 특히 마무리는 완결성이
떨어진다는 표현보다는 '어이 없다'는 느낌이 들 정도로 독자를 당혹
스럽게 하는 것도 사실이다. 그러나 많은 논자들이 피력했듯이 만주라
는 특별한 공간과 조선 말 혼란한 시기와 일제시대의 시간대를 생각하
면 이 작품의 평가는 달리해야 한다. 누차 거론되었듯이 국내에서의
문인들의 활동과 비교하면 민족주의를 작품 속에 투영하고 민족혼을
잃지 않으려는 작가 정신이 스며있기 때문이다. 따라서 안수길은 북간
도를 통해 자신의 처한 환경에서 최대한 민족의식을 일깨우고 민족의
생존방식을 제시한 작가라고 할 수 있다.

참고문헌

1. 기초자료

안수길, 북간도(상. 학), 삼중당. 1994

_____, 명아주 한 포기, 문예창작사, 1977

_____, 왜 쓰느냐,『지성』. 1972

_____, 만주시절을 회상하며(세대 1965.9)

_____, 북정일기(문학사상. 1973. 4)

2. 단행본

강만길, 고쳐 쓴 한국 근대사, 창작과 비평사, 1994.

김태준,『증보조선소설사』, 한길사, 1990.

김윤식, 한국현대소설사, 일지사, 1983

_____, 안수길 연구, 정음사, 1986

_____, 우리 근대소설론집, 이우출판사, 1986

_____, 한국근대소설사 연구, 을유문화사, 1986

_____, 한국문학의 근대성과 이데올로기 비판, 서울대학교출판부, 1987.

김윤식 · 김현, 한국문학사, 민음사. 1973

김재용 · 이상경 · 오성호 · 하정일,『한국근대민족문학사』, 한길사, 1993.

윤병로, 한국현대소설 탐구, 범우사, 1980.

이상섭,『문학연구의 방법』, 탐구당, 1993.

이재선, 현대한국소설사, 민음사, 1991.

이재인, 한용환, 우한용 편저,현대 소설의 이해, 문학사상사, 1996.

임영택,『한국근대문학사론』, 한길사, 1982.

조남현, 소설원론, 고려원. 1982
한용환,『소설학 사전』, 고려원, 1992.

D.맥도넬(임상훈 역),『담론이란 무엇인가?』, 한울, 1992.
E. 프롬(김병익 역), 건전한 사회, 범우사, 1982.
E. 프롬(박갑성 · 최현철 역), 자기를 찾는 인간, 종로서적, 1989

3. 논문

김영민,「한국 근대소설사 연구방법론」,한국문학연구회 심포지움 팜플렛,
        1998.
고   은,「문학이 이끄는 사회와 역사」,『창작과 비평』, 1995년 여름.
최원식,「한국 문학의 근대성을 다시 생각한다」,『창작과 비평』, 1994년
        가을
백낙청,「문학과 예술에서의 근대성의 문제」,『창작과 비평사』, 1993년
        겨울.
한금윤,「1920년대 전반기 소설의 문학사적 특성 연구」, 연세대 박사학위
        논문, 1996.

P. 엔더슨(김영희 · 유재덕 역,)「근대성과 혁명」,『창작과 비평』, 1993년 여름.

찾아보기

151, 172, 173, 174, 175, 177, 188,
189, 192

[ㅅ]

사회소설 157, 158
사회적 산물 38
사회학적 방법 17, 28
삭발 150
상관관계 17, 65, 110
새마을 27, 46, 57
새벽 18, 27, 43, 44, 45, 47, 48, 53,
57, 105, 127, 128
생존방식 12, 21, 195, 198
성천강 27, 39, 40, 59, 116
성천강(城川江) 58
세계 대공황 32
수난의 기록 27
수난의 역사 16, 190
수난의 현장 40
수용양상 17
수탈정책 33, 38, 163
순수소설 158
시류 10, 18
식민지 13, 22, 26, 27, 29, 31, 32, 33,
39, 46, 47, 49, 50, 52, 67, 68, 69,
72, 79, 107, 108, 116, 134, 138,
192
식민지 수탈 33
신(新)사실주의 13
실천궁행 76, 101, 121, 122
심리적 동요 16
싹트는 대지 27, 37, 53, 57

[ㅇ]

아류 12
아름다운 새벽 64
암흑기 15, 19, 26, 30, 50
애착 12, 13, 38, 82, 94, 107, 110, 128,
129, 153, 154, 163, 192
에토스 정신 177
여수 58
여인전기 64
역사 강담사 14
역사소설 12, 58, 64, 164, 190, 191,
195
역사인식의 변모 26
역사적 가치 28
역사적 공간 22, 31, 163

[ㅎ]

안수길 소설의 근대성 연구

지은이 | 김영희

인쇄일 | 초판1쇄 2009년 5월 16일
발행일 | 초판1쇄 2009년 5월 20일
펴낸이 | 정구형
총괄 | 박지연
편집 | 강정수
디자인 | 김숙희 선승희
마케팅 | 정찬용
관리 | 한미애
펴낸곳 | 국학자료원

등록일 2005 03 14 제17 – 423호
서울시 강동구 성내동 447 – 11 현영빌딩 2층
Tel 442 – 4623 Fax 442 – 4625
www.kookhak.co.kr
kookhak2001@hanmail.net

ISBN | 978 – 89 – 6137 – 445 – 3 *93800
가격 | 17,000원

* 저자와의 협의하에 인지는 생략합니다.
새미는 **국학자료원** 의 자회사입니다.
잘못된 책은 구입하신 곳에서 교환하여 드립니다.

한·중·일 공통漢字

808字

문학박사 陳泰夏

明文堂

서문

　최근 韓·中·日 3국의 대표 학자들이 한 자리에 모여, 漢字의 사용 빈도수를 조사하여 共通漢字를 선정한 것은 역사상 처음 있는 일로, 3국의 友誼를 돈독히 할 수 있을 뿐만 아니라, EU(유럽연합)에 대하여 앞으로 AU(아시아연합)를 결성하는 데도 礎石이 될 수 있을 것이다.

　우리나라 중앙일보(한국)가 신화사(중국)·일본경제신문(일본)과 공동 주최한 韓·中·日 30人會에서 약 3년의 협의를 거쳐 韓·中·日 공통상용한자 808자를 선정하였다.

　앞으로 3국의 젊은이들이 808자만 철저히 학습하여도 상호 문화교류와 의사소통에도 크게 도움이 될 것이다. 『한·중·일 공통 漢字 808字』의 부록으로 소책자를 만든 것은 평소 늘 가지고 다니면서 학습하는데 편리하도록 엮은 것이다.

한·중·일 공통漢字 808字

※ 빈칸은 한국의 漢字 字形과 동일하므로 생략한 것임.

번호	韓(正字)	中(簡字)	日(略字)	訓音	
001	價	价	価	값	가
002	街			거리	가
003	假		仮	거짓	가
004	歌			노래	가
005	加			더할	가
006	可			옳을	가
007	家			집	가
008	各			각각	각
009	角	角		뿔	각
010	看			볼	간
011	間	间		사이	간
012	敢			구태여	감
013	感			느낄	감
014	甘			달	감
015	減			덜	감
016	江			강	강

번호	韓(正字)	中(簡字)	日(略字)	訓音	
17	講	讲		강론할	강
18	强		強	강할	강
19	降			내릴	강
20	改			고칠	개
21	個	个		낱	개
22	皆			다	개
23	開	开		열	개
24	客			손	객
25	去			갈	거
26	擧	举	挙	들	거
27	居			살	거
28	巨			클	거
29	建			세울	건
30	犬			개	견
31	堅	坚		굳을	견
32	見	见		볼	견
33	決	决		결단할	결
34	潔	洁		깨끗할	결
35	結	结		맺을	결
36	輕	轻	軽	가벼울	경
37	慶	庆		경사	경
38	更			고칠	경

번호	韓(正字)	中(簡字)	日(略字)	訓音	
39	敬			공경	경
40	經	经	経	글	경
41	驚	惊		놀랄	경
42	競	竞		다툴	경
43	耕			밭갈	경
44	景			볕	경
45	京			서울	경
46	季			계절	계
47	計	计		셀	계
48	界			지경	계
49	告			고할	고
50	固			굳을	고
51	高			높을	고
52	考			생각할	고
53	苦			쓸	고
54	故			연고	고
55	古			예	고
56	穀	谷	穀	곡식	곡
57	曲			굽을	곡
58	困			곤할	곤
59	骨	骨		뼈	골
60	功			공	공

번호	韓(正字)	中(簡字)	日(略字)	訓音	
061	公			공평할	공
062	空			빌	공
063	工			장인	공
064	共			한가지	공
065	科			과목	과
066	課	课		과정	과
067	果			실과	과
068	過	过		지날	과
069	官			벼슬	관
070	觀	观	観	볼	관
071	關	关	関	빗장	관
072	廣	广	広	넓을	광
073	光			빛	광
074	敎	教	教	가르칠	교
075	橋	桥		다리	교
076	交			사귈	교
077	校			학교	교
078	球			공	구
079	區	区	区	구역	구
080	救			구원할	구
081	句			글귀	구
082	九			아홉	구

번호	韓(正字)	中(簡字)	日(略字)	訓音	
083	究	究		연구할	구
084	舊	旧	旧	예	구
085	久			오랠	구
086	口			입	구
087	國	国	国	나라	국
088	局			판	국
089	軍	军		군사	군
090	君			임금	군
091	弓			활	궁
092	權	权	権	권세	권
093	勸	劝	勧	권할	권
094	卷	卷		책	권
095	貴	贵		귀할	귀
096	歸	归	帰	돌아갈	귀
097	均			고를	균
098	極	极		극진할	극
099	近			가까울	근
100	勤			부지런할	근
101	根			뿌리	근
102	禁			금할	금
103	今			이제	금
104	急			급할	급

번호	韓(正字)	中(簡字)	日(略字)	訓音	
105	及			미칠	급
106	給			줄	급
107	記	记		기록	기
108	期			기약	기
109	氣	气	気	기운	기
110	己			몸	기
111	起			일어날	기
112	技			재주	기
113	基			터	기
114	吉			길할	길
115	金			쇠	금
116	暖			따뜻할	난
117	難	难		어려울	난
118	南			남녘	남
119	男			사내	남
120	內			안	내
121	女			여자	녀
122	年			해	년
123	念			생각	념
124	怒			성낼	노
125	農	农		농사	농
126	能			능할	능

번호	韓(正字)	中(簡字)	日(略字)	訓音	
127	多			많을	다
128	茶			차	다
129	端			끝	단
130	團	团	団	둥글	단
131	短			짧을	단
132	單	单	単	홑	단
133	達	达		통달할	달
134	談	谈		말씀	담
135	答			대답	답
136	當	当	当	마땅	당
137	堂			집	당
138	待			기다릴	대
139	代			대신	대
140	對	对	対	대할	대
141	大			큰	대
142	宅			집	댁
143	德		德	큰	덕
144	圖	图	図	그림	도
145	道			길	도
146	都			도읍	도
147	徒			무리	도
148	度			법도	도

번호	韓(正字)	中(簡字)	日(略字)	訓音	
149	島	岛		섬	도
150	到			이를	도
151	刀			칼	도
152	讀	读	読	읽을	독
153	獨	独	独	홀로	독
154	冬			겨울	동
155	東	东		동녘	동
156	童			아이	동
157	動	动		움직일	동
158	同			한가지	동
159	頭	头		머리	두
160	豆			콩	두
161	得			얻을	득
162	燈	灯	灯	등불	등
163	等			무리	등
164	登			오를	등
165	落			떨어질	락
166	浪			물결	랑
167	來	来	来	올	래
168	冷			찰	랭
169	兩	两	両	두	량
170	凉			서늘할	량

번호	韓(正字)	中(簡字)	日(略字)	訓音	
171	量			수량	량
172	良			어질	량
173	旅			나그네	려
174	力			힘	력
175	連	连		이을	련
176	練	练	練	익힐	련
177	烈			매울	렬
178	列			벌일	렬
179	領	领		거느릴	령
180	令			하여금	령
181	例			본보기	례
182	禮	礼	礼	예도	례
183	路			길	로
184	老			늙을	로
185	勞	劳	労	수고로울	로
186	露			이슬	로
187	綠	绿	緑	푸를	록
188	論	论		의논	론
189	料			헤아릴	료
190	留			머무를	류
191	流			흐를	류
192	陸	陆		뭍	륙

번호	韓(正字)	中(簡字)	日(略字)	訓音	
193	六			여섯	륙
194	律			법칙	률
195	理			다스릴	리
196	里			마을, 속	리
197	利			이할	리
198	林			수풀	림
199	立			설	립
200	馬	马		말	마
201	晚			늦을	만
202	萬	万	万	일만	만
203	滿	满	満	찰	만
204	末			끝	말
205	亡			망할	망
206	望			바랄	망
207	忙			바쁠	망
208	忘			잊을	망
209	每		毎	매양	매
210	買	买		살	매
211	妹			손아랫누이	매
212	賣	卖	売	팔	매
213	麥	麦	麦	보리	맥
214	面			낯	면

번호	韓(正字)	中(簡字)	日(略字)	訓音	
215	免			면할	면
216	眠			잘	면
217	勉			힘쓸	면
218	命			목숨	명
219	明			밝을	명
220	鳴	鸣		울	명
221	名			이름	명
222	母			어머니	모
223	暮			저물	모
224	毛			터럭	모
225	木			나무	목
226	目			눈	목
227	妙			묘할	묘
228	武			무사	무
229	無	无		없을	무
230	舞			춤출	무
231	務	务		힘쓸	무
232	文			글월	문
233	聞	闻		들을	문
234	門	门		문	문
235	問	问		물을	문
236	物			만물	물

번호	韓(正字)	中(簡字)	日(略字)	訓音	
237	尾			꼬리	미
238	味			맛	미
239	米			쌀	미
240	未			아닐	미
241	美			아름다울	미
242	民			백성	민
243	密			빽빽할	밀
244	反			돌이킬	반
245	半			반	반
246	飯	饭		밥	반
247	發	发	発	필	발
248	放			놓을	방
249	防			막을	방
250	方			모	방
251	訪	访		찾을	방
252	拜		拝	절	배
253	百			일백	백
254	白			흰	백
255	番			갈마들	번
256	伐			칠	벌
257	法			법	법
258	變	变	変	변할	변

번호	韓(正字)	中(簡字)	日(略字)	訓音	
259	別			다를	별
260	兵			군사	병
261	病			병	병
262	報	报		갚을	보
263	步		歩	걸음	보
264	保			보전할	보
265	福	福	福	복	복
266	伏			엎드릴	복
267	服			옷	복
268	本			근본	본
269	奉			받들	봉
270	部			떼	부
271	浮			뜰	부
272	婦	妇		부인	부
273	富			부자	부
274	扶			붙들	부
275	夫			사나이	부
276	否			아닐	부
277	不			아닐	불
278	父			아버지	부
279	北			북녘	북
280	分			나눌	분

번호	韓(正字)	中(簡字)	日(略字)	訓音	
281	佛		仏	부처	불
282	備	备		갖출	비
283	比	比		견줄	비
284	飛	飞		날	비
285	悲			슬플	비
286	非	非		아닐	비
287	鼻	鼻		코	비
288	貧	贫		가난할	빈
289	氷			얼음	빙
290	四			넉	사
291	寫	写	写	베낄	사
292	史			사기	사
293	謝	谢		사례할	사
294	私			사사로울	사
295	思			생각	사
296	士			선비	사
297	師	师		스승	사
298	射			쏠	사
299	事			일	사
300	寺			절	사
301	死			죽을	사
302	舍			집	사

번호	韓(正字)	中(簡字)	日(略字)	訓音	
303	使			하여금	사
304	産	产		낳을	산
305	山			메	산
306	算			셈할	산
307	散			흩을	산
308	殺	杀		죽일	살
309	三			석	삼
310	常			떳떳할	상
311	賞	赏		상줄	상
312	傷	伤		상할	상
313	想			생각	상
314	相			서로	상
315	上			위	상
316	喪	丧		잃을	상
317	商			장사	상
318	色			빛	색
319	生			날	생
320	書	书		글	서
321	暑			더울	서
322	西			서녘	서
323	序			차례	서
324	石			돌	석

번호	韓(正字)	中(簡字)	日(略字)	訓音	
325	惜			아낄	석
326	昔			옛	석
327	席			자리	석
328	夕			저녁	석
329	選	选		가릴	선
330	鮮	鲜		고울	선
331	先			먼저	선
332	船			배	선
333	仙			신선	선
334	線	线		줄	선
335	善			착할	선
336	雪			눈	설
337	說	说		말씀	설
338	設	设		베풀	설
339	舌			혀	설
340	星			별	성
341	省			살필	성
342	城			성	성
343	姓			성씨	성
344	聖	圣		성인	성
345	性			성품	성
346	盛			성할	성

번호	韓(正字)	中(簡字)	日(略字)	訓音	
347	聲	声	声	소리	성
348	成			이룰	성
349	誠	诚		정성	성
350	細	细		가늘	세
351	稅	税		세금	세
352	洗			씻을	세
353	世			인간	세
354	歲	岁		해	세
355	勢	势		형세	세
356	所			바	소
357	素			본디	소
358	消			사라질	소
359	笑			웃음	소
360	小			작을	소
361	少			적을	소
362	速			빠를	속
363	續	续	続	이을	속
364	俗			풍속	속
365	孫	孙		손자	손
366	送	送		보낼	송
367	松			소나무	송
368	收		収	거둘	수

번호	韓(正字)	中(簡字)	日(略字)	訓音	
369	愁			근심	수
370	樹	树		나무	수
371	誰	谁		누구	수
372	修			닦을	수
373	首			머리	수
374	須	须		모름지기	수
375	壽	寿	寿	목숨	수
376	水			물	수
377	受			받을	수
378	秀			빼어날	수
379	數	数	数	셈	수
380	手			손	수
381	授			줄	수
382	守			지킬	수
383	宿			잘	숙
384	純	纯		순수할	순
385	順	顺		순할	순
386	崇			높을	숭
387	習	习		익힐	습
388	拾			주울	습
389	勝	胜		이길	승
390	承			이을	승

번호	韓(正字)	中(簡字)	日(略字)	訓音	
391	乘		乗	탈	승
392	時	时		때	시
393	施			베풀	시
394	示			보일	시
395	視	视	視	볼	시
396	始			비로소	시
397	詩	诗		시	시
398	試	试		시험	시
399	是			이	시
400	市			저자	시
401	食			밥	식
402	式			법	식
403	植	植		심을	식
404	識	识		알	식
405	神			귀신	신
406	辛			매울	신
407	身			몸	신
408	信			믿을	신
409	新			새	신
410	臣			신하	신
411	申			알릴	신
412	室			방	실

번호	韓(正字)	中(簡字)	日(略字)	訓音	
413	實	实	実	열매	실
414	失			잃을	실
415	深			깊을	심
416	心			마음	심
417	十			열	십
418	氏			성씨	씨
419	我			나	아
420	兒	儿	児	아이	아
421	惡	恶	悪	모질	악
422	樂	乐	楽	즐거울	락
423	眼			눈	안
424	案			책상	안
425	安			편안	안
426	暗			어두울	암
427	央			가운데	앙
428	仰			우러를	앙
429	愛	爱		사랑	애
430	哀			슬플	애
431	野			들	야
432	夜			밤	야
433	若			같을	약
434	藥	药	薬	약	약

번호	韓(正字)	中(簡字)	日(略字)	訓音	
435	弱			약할	약
436	約	约		언약	약
437	養	养		기를	양
438	揚	扬		날릴	양
439	陽	阳		볕	양
440	讓	让	譲	사양할	양
441	羊			양	양
442	洋			큰바다	양
443	魚	鱼		고기	어
444	漁	渔		고기잡을	어
445	語	语		말씀	어
446	憶	忆		생각	억
447	億	亿		억	억
448	言			말씀	언
449	嚴	严	厳	엄할	엄
450	業	业		업	업
451	如			같을	여
452	餘	馀	余	남을	여
453	與	与	与	더불	여
454	逆			거스를	역
455	易			바꿀	역
456	歷	历		지낼	력

번호	韓(正字)	中(簡字)	日(略字)	訓音	
457	研			갈	연
458	然			그럴	연
459	煙	烟		연기	연
460	熱	热		더울	열
461	葉	叶		잎	엽
462	永			길	영
463	英			꽃부리	영
464	迎	迎		맞을	영
465	榮	荣	栄	영화	영
466	藝	艺	芸	재주	예
467	誤	误		그르칠	오
468	悟			깨달을	오
469	午			낮	오
470	五			다섯	오
471	玉			구슬	옥
472	屋			집	옥
473	溫	温	温	따뜻할	온
474	完			완전할	완
475	往			갈	왕
476	王			임금	왕
477	外			바깥	외
478	要			요긴할	요

번호	韓(正字)	中(簡字)	日(略字)	訓音	
479	浴			몸씻을	욕
480	欲			하고자할	욕
481	勇			날랠	용
482	用			쓸	용
483	容			얼굴	용
484	憂	忧		근심	우
485	又			또	우
486	遇	遇	遇	만날	우
487	友			벗	우
488	雨			비	우
489	牛			소	우
490	右			오른	우
491	宇			집	우
492	雲	云		구름	운
493	運	运	運	운전	운
494	雄			수컷	웅
495	園	园		동산	원
496	圓	圆	円	둥글	원
497	遠	远		멀	원
498	原			언덕	원
499	怨			원망할	원
500	願	愿		원할	원

번호	韓(正字)	中(簡字)	日(略字)	訓音	
501	元			으뜸	원
502	月			달	월
503	偉			거룩할	위
504	威			위엄	위
505	危			위태할	위
506	位			자리	위
507	油			기름	유
508	遺	遗	遺	남길	유
509	遊	游	遊	놀	유
510	由			말미암을	유
511	柔			부드러울	유
512	幼			어릴	유
513	有			있을	유
514	肉			고기	육
515	育			기를	육
516	銀	银		은	은
517	恩			은혜	은
518	陰	阴		그늘	음
519	飮	饮		마실	음
520	音			소리	음
521	泣			울	읍
522	應	应	応	응할	응

번호	韓(正字)	中(簡字)	日(略字)	訓音	
523	意			뜻	의
524	義	义		옳을	의
525	衣			옷	의
526	議	议		의논	의
527	醫	医	医	의원	의
528	依			의지할	의
529	耳			귀	이
530	異	异		다를	이
531	二			두	이
532	以			써	이
533	移			옮길	이
534	已			이미	이
535	益	益		더할	익
536	引			끌	인
537	印			도장	인
538	人			사람	인
539	認	认		알	인
540	仁			어질	인
541	因			인할	인
542	忍			참을	인
543	日			날	일
544	一			한	일

번호	韓(正字)	中(簡字)	日(略字)	訓音	
545	入			들	입
546	字			글자	자
547	者	者	者	사람	자
548	慈			사랑	자
549	姉	姊		손윗누이	자
550	自			스스로	자
551	子			아들	자
552	昨			어제	작
553	作			지을	작
554	章			글월	장
555	長	长		긴	장
556	場	场		마당	장
557	壯	壮	壮	씩씩할	장
558	將	将	将	장수	장
559	再			두	재
560	栽			심을	재
561	在			있을	재
562	材			재목	재
563	財	财		재물	재
564	才			재주	재
565	爭	争	争	다툴	쟁
566	著	著	著	나타날	저

번호	韓(正字)	中(簡字)	日(略字)	訓音	
567	低	低		낮을	저
568	貯	贮		쌓을	저
569	的			과녁	적
570	敵	敌		대적할	적
571	適	适		마침	적
572	赤			붉을	적
573	錢	钱	銭	돈	전
574	田			밭	전
575	電	电		번개	전
576	典			법	전
577	戰	战	戦	싸움	전
578	前			앞	전
579	全			온전	전
580	傳	传	伝	전할	전
581	展			펼	전
582	絕	绝		끊을	절
583	節	节		마디	절
584	店			가게	점
585	點	点	点	점, 점찍을	점
586	接			접할	접
587	靜	静	静	고요할	정
588	淨	净	浄	깨끗할	정

번호	韓(正字)	中(簡字)	日(略字)	訓音	
589	庭			뜰	정
590	情	情	情	뜻	정
591	停			머무를	정
592	正			바를	정
593	井			우물	정
594	政			정사	정
595	頂	顶		정수리	정
596	定			정할	정
597	精	精	精	정할	정
598	除			덜	제
599	諸	诸		모든	제
600	弟			아우	제
601	題	题		제목	제
602	祭			제사	제
603	製	制		지을	제
604	第			차례	제
605	調	调		고를	조
606	助			도울	조
607	鳥	鸟		새	조
608	朝			아침	조
609	早			일찍	조
610	兆			조짐	조

번호	韓(正字)	中(簡字)	日(略字)	訓音	
611	造	造	造	지을	조
612	祖			할아버지	조
613	族			겨레	족
614	足			발	족
615	尊	尊		높을	존
616	存			있을	존
617	卒			군사	졸
618	宗			마루	종
619	終	终		마침	종
620	鐘	钟		쇠북	종
621	種	种		씨	종
622	從	从	従	좇을	종
623	左			왼	좌
624	罪	罪		허물	죄
625	晝	昼	昼	낮	주
626	走			달아날	주
627	注			물댈	주
628	朱			붉을	주
629	住			살	주
630	酒			술	주
631	主			주인	주
632	宙			집	주

번호	韓(正字)	中(簡字)	日(略字)	訓音	
633	竹			대	죽
634	中			가운데	중
635	重			무거울	중
636	衆	众		무리	중
637	增			더할	증
638	證	证	証	증거	증
639	枝			가지	지
640	持			가질	지
641	止			그칠	지
642	地			땅	지
643	志			뜻	지
644	指			손가락	지
645	知			알	지
646	至			이를	지
647	紙	纸		종이	지
648	支			지탱할	지
649	直	直		곧을	직
650	進	进	進	나아갈	진
651	盡	尽	尽	다할	진
652	眞	真		참	진
653	質	质		바탕	질
654	集			모을	집

번호	韓(正字)	中(簡字)	日(略字)	訓音	
655	執	执		잡을	집
656	次			버금	차
657	借			빌릴	차
658	車	车		수레	거
659	着	著		붙을	착
660	察			살필	찰
661	參	参	参	참여할	참
662	唱			부를	창
663	窓	窗		창문	창
664	菜			나물	채
665	採	采		캘	채
666	責	责		꾸짖을	책
667	册			책	책
668	處	处	処	곳	처
669	妻			아내	처
670	尺			자	척
671	川			내	천
672	泉			샘	천
673	淺	浅	浅	얕을	천
674	千			일천	천
675	天			하늘	천
676	鐵	铁	鉄	쇠	철

번호	韓(正字)	中(簡字)	日(略字)	訓音	
677	晴	晴	晴	갤	청
678	聽	听	聴	들을	청
679	清	清	清	맑을	청
680	請	请	請	청할	청
681	靑	青	青	푸를	청
682	體	体	体	몸	체
683	招			부를	초
684	初			처음	초
685	草			풀	초
686	寸			마디	촌
687	村			마을	촌
688	最			가장	최
689	秋			가을	추
690	追	追	追	따를	추
691	推			밀	추
692	祝			빌	축
693	春			봄	춘
694	出			날	출
695	蟲	虫	虫	벌레	충
696	充			채울	충
697	忠	忠	忠	충성	충
698	取			가질	취

번호	韓(正字)	中(簡字)	日(略字)	訓音	
699	就			나아갈	취
700	吹			불	취
701	治			다스릴	치
702	致			이룰	치
703	齒	齿	歯	이	치
704	則	则		법칙	칙
705	親	亲		친할	친
706	七			일곱	칠
707	針	针		바늘	침
708	快			쾌할	쾌
709	他			다를	타
710	打			칠	타
711	脫			벗을	탈
712	探			더듬을	탐
713	太			클	태
714	泰			클	태
715	土			흙	토
716	統	统		거느릴	통
717	通	通	通	통할	통
718	退	退	退	물러갈	퇴
719	投			던질	투
720	特			특별할	특

번호	韓(正字)	中(簡字)	日(略字)	訓音	
721	破			깨뜨릴	파
722	波			물결	파
723	判			판단할	판
724	八			여덟	팔
725	貝	贝		조개	패
726	敗	败		패할	패
727	片			조각	편
728	便			편할	편
729	平			평평할	평
730	閉	闭		닫을	폐
731	布			베	포
732	抱			안을	포
733	暴			사나울	포
734	表			겉	표
735	品			성품	품
736	風	风		바람	풍
737	豊	丰		풍년	풍
738	皮			가죽	피
739	彼			저	피
740	必			반드시	필
741	筆	笔		붓	필
742	河			물	하

번호	韓(正字)	中(簡字)	日(略字)	訓音	
743	下			아래	하
744	何			어찌	하
745	夏			여름	하
746	賀	贺		하례(賀禮)	하
747	學	学	学	배울	학
748	限			막을	한
749	寒			찰	한
750	閑	闲		한가할	한
751	韓	韩		한국	한
752	漢	汉		한수(漢水)	한
753	恨			한할	한
754	合			합할	합
755	海			바다	해
756	解	解		풀	해
757	害			해할	해
758	行			다닐	행
759	幸			다행	행
760	鄕	乡		시골	향
761	香			향기	향
762	向			향할	향
763	虛	虚	虚	빌	허
764	許	许		허락	허

번호	韓(正字)	中(簡字)	日(略字)	訓音	
765	革			가죽	혁
766	現	现		나타날	현
767	賢	贤		어질	현
768	血			피	혈
769	協	协		화협할	협
770	兄			맏	형
771	形			모양	형
772	刑			형벌	형
773	惠		恵	은혜	혜
774	虎			범	호
775	呼			부를	호
776	號	号	号	이름	호
777	好			좋을	호
778	戶	户	戸	지게문	호
779	湖			호수	호
780	混			섞일	혼
781	婚			혼인	혼
782	紅	红		붉을	홍
783	畫	画	画	그림	화
784	花			꽃	화
785	化			될	화
786	話	话		말씀	화

번호	韓(正字)	中(簡字)	日(略字)	訓音	
787	火			불	화
788	華	华		빛날	화
789	貨	货		재물	화
790	和			화할	화
791	患			근심	환
792	歡	欢	歓	기쁠	환
793	活			살	활
794	黃	黄	黄	누를	황
795	皇			임금	황
796	回			돌아올	회
797	會	会	会	모일	회
798	效			본받을	효
799	孝			효도	효
800	厚			두터울	후
801	後	后		뒤	후
802	訓	训		가르칠	훈
803	休			쉴	휴
804	胸			가슴	흉
805	黑		黒	검을	흑
806	興	兴		일	흥
807	喜			기쁠	희
808	希			바랄	희

한·중·일 공통漢字 808字 ※ 포켓용

초판 1쇄 발행 2014년 7월 21일
초판 3쇄 발행 2019년 7월 30일

저　자 | 陳泰夏
기　획 | 田光培
발행자 | 김동구
디자인 | 이명숙 · 양철민
발행처 | 명문당(1923. 10. 1 창립)
주　소 | 서울시 종로구 윤보선길 61(안국동)
　　　　우체국 010579-01-000682
전　화 | 02)733-3039, 734-4798(영), 733-4748(편)
팩　스 | 02)734-9209
Homepage | www.myungmundang.net
E-mail | mmdbook1@hanmail.net
등　록 | 1977. 11. 19. 제1~148호

＊낙장 및 파본은 교환해 드립니다.
＊불허복제
＊저자와의 협약에 의하여 인지 생략함.